U0534072

斯蒂芬·金作品系列

布莱泽
〔美〕斯蒂芬·金 著　路旦俊 译
STEPHEN KING　BLAZE

人民文学出版社
PEOPLE'S LITERATURE PUBLISHING HOUSE

著作权合同登记号　图字 01-2017-1153

BLAZE
by Stephen King

Copyright © 2008 by Stephen King
This edition arranged with The Lotts Agency, Ltd.
through Andrew Nurnberg Associates International Limited
Simplified Chinese edition copyright ©
Shanghai 99 Readers' Culture Co., Ltd. 2017
All rights reserved.

图书在版编目(CIP)数据

布莱泽/(美)斯蒂芬·金著；路旦俊译.—北京：
人民文学出版社,2017
(斯蒂芬·金作品系列)
ISBN 978-7-02-012525-8

Ⅰ.①布… Ⅱ.①斯… ②路… Ⅲ.①长篇小说-美国-现代 Ⅳ.①I712.45

中国版本图书馆 CIP 数据核字(2017)第 044388 号

出 品 人	黄育海
责任编辑	叶显林　任　战
封面设计	陈　晔

出版发行　人民文学出版社
社　　址　北京市朝内大街 166 号
邮政编码　100705
网　　址　http://www.rw-cn.com

印　　刷　上海利丰雅高印刷有限公司
经　　销　全国新华书店等

字　　数　213 千字
开　　本　890 毫米×1240 毫米　1/32
印　　张　9.875
版　　次　2010 年 3 月北京第 1 版
印　　次　2017 年 6 月第 1 次印刷

书　　号　978-7-02-012525-8
定　　价　55.00 元

如有印装质量问题，请与本社图书销售中心调换。电话：010-65233595

献给汤米和洛丽·斯普鲁斯
难忘詹姆斯·T. 法雷尔

这是心灵的贫民窟。

——约翰·D. 麦克唐纳

彻底解密

亲爱的忠实读者：

　　这是一部翻箱倒柜找出来的小说，明白了吗？我要赶紧告诉大家这一点，免得你们把购物单据扔了，或者将肉汁或冰淇淋滴落在上面，最后很难或者根本无法退货。① 这是一部经过修改、经过完善的小说，但它仍然是翻箱倒柜找出来的，这是无法改变的基本事实。它的上面挂着巴克曼这个名字，因为这是那位先生在其最高产的一九六六至一九七三年间创作的最后一部长篇小说。

　　我在那几年里应该算是两个人，一个是创作惊悚短篇小说并将它们出售给诸如《骑士》和《亚当》这种粗俗杂志的斯蒂芬·金，② 另一个是创作了一系列小说却没有将它们出售给任何人的巴克曼。这些长篇小说包括《怒火》③《路漫漫》《道路施工》

---

① 我这么说是因为我估计大家都像我一样，坐下来吃饭的时候——哪怕只是随便吃点东西填填肚子——手边也总会放着目前正在看的书籍。（前言里的注释全部为作者加注，后面不再另外标明。）
② 只有一个例外：巴克曼以约翰·斯维森的笔名售出了一个大案短篇小说——《第五季》。
③ 现在已经脱销，真是件好事。

和《魔鬼阿诺》。① 这四部小说全以平装原创小说的形式出版。

《布莱泽》是那些早期创作的长篇小说中的最后一部……如果你们愿意的话，可以将它称作第五季。当然，如果大家硬要坚持的话，也可以将它称作某知名作家的另一部翻箱倒柜找出来的小说。它完成于一九七二年底与一九七三年初之间。我当初写它时觉得它非常棒，完成后回过头来看它时却觉得它简直是垃圾。我记得我没有把它交给任何一家出版社，包括我的朋友威廉·G. 汤普森所在的双日出版公司。比尔后来慧眼识珠，发现了约翰·格里沙姆；同样也是比尔与我签约，促使我创作了《布莱泽》之后的那本书——讲述缅因州中部某班级舞会的一个复杂但饶有趣味的故事。②

《布莱泽》被我遗忘了好几年。后来，在巴克曼的其他早期作品纷纷问世之后，我将它找出来，细细看了起来。看完最前面的二十多页后，我认为自己当初的评价没有错，于是继续将它束之高阁。我觉得书本身写得不错，但故事情节却让我想起了奥斯卡·王尔德曾经说过的一句话。他说每次看《老古玩店》都会情不自禁地流下含笑的涟涟泪水。③ 结果，《布莱泽》被遗忘了，但是一直没有遗失，而是被孤孤单单地塞在缅因大学福

---

① 在这几部小说之后问世的巴克曼作品是《瘦到死》，结果我的双重身份暴露了出去，因为那本书其实出自斯蒂芬·金笔下，封底折页上登出的那张假冒的作者照片恐怕连傻瓜都蒙骗不了。
② 我相信我是英语小说创作史上唯一一位将其创作生涯建立在卫生巾上的作家；我的那部分文学遗产似乎百试百灵。
③ 我在看菲力普·罗斯的《普通人》、托马斯·哈代的《无名的裘德》和吉姆·爱德华兹的《监护人女儿的回忆》时也会有相同反应——我看那些书时，偶尔会突然放声大笑，手舞足蹈地喊叫："快让癌症上场! 快让失明上场! 我们还没有见到那些情节!"

格勒图书馆的某个角落里,与斯蒂芬·金/理查德·巴克曼的其他手稿在一起。

在此后的三十年里,《布莱泽》都是在黑暗中度过的。① 我接着又出版了一本蹩脚的平装原创小说——《科罗拉多的孩子》,而且书的封面上有了一个新出版社的名字——大犯罪案出版社。这类书籍是一个名叫查尔斯·阿戴的非常聪明、非常酷的家伙想出来的,旨在复兴那些"黑色"、经典的平装犯罪小说,并且出版此类小说的新作。《科罗拉多的孩子》肯定不是经典之作,但查尔斯还是决定将它出版,并且配上了那种经典平装书的封面。② 整个项目非常成功……只可惜他们付我版税时不够爽快。③

大约一年后,我觉得我或许想回归到"大犯罪案出版社"的路子上来,或许可以由一部锋刃更利的小说开始。我的思绪多年来第一次重新回到了《布莱泽》上,可随之而来的又是奥斯卡·王尔德评价《老古玩店》时的那句话。我记忆中的《布莱泽》不是那种经典的"黑色"小说,而是一部催人泪下的作品。不过,我觉得再看一遍也没有坏处,当然条件是还能找到那部作品。我记得那个硬纸盒,也记得那方形的字体(那是我妻子塔比莎读大学时用的旧打字机,是那种怎么用也不会坏的好利获得牌便携式打字机),但我根本想不起来本该放在那个硬纸盒里的手稿到哪儿去了。我只知道它不见了,天哪,不

---

① 没有真的装在什么箱子里,而是装在一个硬纸盒里。
② 封面为一眼神迷茫的女子,裤子里估计应该装着狂喜。
③ 现在回过头来看,我觉得那也是一次倒退,倒退到了劣质平装书横行的年代。

见了。①

当然没有遗失。我那两位得力助手之一——玛莎——在福格勒图书馆里找到了它。她不敢再把手稿原件交给我（我，呃，有些丢三落四），而是复印了一份给我。我在写《布莱泽》时肯定用了一条快寿终正寝的色带，因为复印件几乎看不清，而写在页边上的注解更是一片模糊。不过我还是捧着它坐了下来，开始阅读，准备像所有人那样忍受自己年轻时的自以为是所带来的尴尬的剧痛。

可是我觉得它还不错——肯定好于《道路施工》，尽管我在写《道路施工》时认为那是美国小说的主流。《布莱泽》不是"黑色"小说，而是对詹姆斯·M. 卡恩和霍拉斯·麦科伊在二十世纪三十年代尝试过的那种自然主义加犯罪情节的小说的回应。②我觉得书中对往事回忆部分的描写比故事主线写得更好，常常能使我想起詹姆斯·T. 法雷尔的《斯塔兹·朗尼根》三部曲以及已经被人遗忘（但很有品位）的《贫民区的麦克金蒂》。这本书的确包含了三 P 要素③，可它出自一个年轻人（我当时只有二十五岁）的笔下，而且这个年轻人相信自己的作品能流芳百世。

我觉得如果我将《布莱泽》修改一下后出版的话，我可能不会感到太丢脸，但这部作品显然不适合放在大犯罪案出版

---

① 这么多年来，我已经遗失了两部尚未杀青的小说。《穹顶之下》遗失时我只写了五十页，但《食人生番》进入失踪名单中时已经写了二百多页。也没有复印件。那是在电脑普及之前，我从此再也没有用硬纸箱装过第一稿——那多少有点倨傲的感觉。
② 当然也是对《人鼠之间》的敬意——很难忘记这一点。
③ 辛辣，有激情，刺激。

社。从某种意义上说,它甚至都不能算是犯罪小说。如果我大刀阔斧地进行修改的话,我觉得它应该是下层社会的一个小悲剧。为了达到这一目的,我采用了最优秀的"黑色"小说所具有的那种平淡、干涩的语气,甚至使用了一种名叫"美国打字机"的字体来提醒自己在做什么。我修改的速度很快,不再去展望未来也不再去回忆过去,而是一心只想着其他一些书籍中所表现出来的那种冲劲(我在这里与其说心中想的是卡恩、麦科伊或法雷尔,还不如说想得更多的是吉姆·汤普森和理查德·斯塔克)。我想我会用铅笔进行修改,而不是按现在时髦的做法在电脑上进行编辑。既然这本书要成为一部回归之作,我便想将其发挥到极致,而不是躲躲闪闪。我还决定尽可能去掉书中所有多愁善感的成分,希望最后的成书能像一座空屋那样光秃秃的,连一块小地毯都没有。我母亲可能会说"我希望它毫无遮挡地露出它的脸"。只有读者有权评判我是否做到了这一点。

如果大家很看重我是否做到了这一点(应该不会——希望大家买书是想看一个精彩的故事,也希望大家看到了一个精彩的故事),《布莱泽》的所有版税或其他收益都将被捐给黑文基金会。该基金会是专门为帮助那些不走运的自由职业艺术家而设立的。①

趁着大家现在还愿意听我啰嗦,我还想再说一点。我尽量将《布莱泽》中的时间范围写得含糊一些,免得日期过于具

---

① 若想更多地了解黑文基金会,大家可以登录我的网站:www.stephenking.com。

体。① 不过，我无法将全部标有日期的素材都删除掉，保留其中一些日期对整个情节至关重要。② 如果大家将这部小说的时间范围看做"不久前的美国"，我认为是合适的。

能否允许我再回到这篇序言的开始处？这是一部旧小说，但我相信我最初认定它很糟糕是错误的。大家可能会不同意……可它绝对不是《卖火柴的小女孩》。我忠实的读者朋友们，我像从前一样祝大家万事顺利，感谢大家阅读这部小说，希望大家能喜欢它。我就不说我希望泪水会模糊大家的视线了，可是——

好吧，好吧，我还是这么说吧，只要不是含笑的泪水就行。

斯蒂芬·金（为理查德·巴克曼而写）
佛罗里达州萨拉索塔市
二〇〇七年一月三十日

---

① 我不喜欢将克莱顿·布莱斯德尔成长的年代设定在二战后。人们今天似乎觉得那个时段简直是老古董，可是在这部小说创作的一九七三年，将小说的背景时间定为二战后似乎是（也可能是）可以接受的。我写这部小说时和我妻子以及两个孩子还住在拖车屋中。

② 如果我现在写这部小说的话，我肯定会加入手机和来电显示等内容。

1

乔治就在暗处。布莱泽看不到他,却能清清楚楚地听到他说话的声音。乔治说话的声音很大,有点粗哑。乔治说话向来像得了感冒一样。他小时候出过什么事,虽然他从来没有说过是什么事,但他的喉结上有一块醒目的伤疤。

"不是那辆,你这笨蛋。那辆车上到处都贴满了不干胶广告。找一辆雪佛兰或者福特,深蓝色或者绿色的,开了不多不少两年。谁也不会记住这种车。千万别找贴了不干胶的那种车。"

布莱泽绕过那辆贴满不干胶的小车,继续向前走。他站在啤酒屋外面停车场的最远端,可即便站在这里,他也能隐隐约约地听到贝司发出的嘭嘭声。这是星期六的晚上,里面人满为患。寒风刺骨。他搭便车进了城,已经在室外待了四十分钟,两只耳朵早已失去了知觉。他忘了戴帽子。他总是丢三落四。他刚把手从外套口袋里取出来捂着耳朵,乔治就立刻制止了他。乔治说耳朵冻僵没关系,关键是脑子不能冻僵。用点火器电线短路的方法发动车子的时候可不需要耳朵。现在是零下十七度。

"那儿,"乔治说,"在你右边。"

布莱泽扭头看到一辆萨博,上面贴着一个不干胶,怎么看也不合适。

"那是你的左边，"乔治说，"我说的是你的右手边，你这笨蛋，就是你抠鼻子用的那只手。"

"对不起，乔治。"

是啊，他又当了一回笨蛋。他两只手都可以抠鼻子，不过他知道哪一只是右手，就是写字的那只手。他想到了那只手，然后朝那方向望去，那里有一辆深绿色的福特。

布莱泽刻意装出一副漫不经心的样子走到福特车旁。这家啤酒屋其实是大学校园内的一个酒吧，名叫"气囊"。这名字真是蠢到家了，你把自己的蛋蛋才叫做囊呢。现在得慢慢靠近它。每到星期五和星期六的晚上，啤酒屋里就会有乐队表演，里面很暖和，也很拥挤，一群群身穿短裙的小姑娘翩然起舞，掀起一阵旋风。不妨进去看一眼——

"你以为自己在干什么？"乔治问，"在国家大道上散步？你连我那瞎眼老奶奶都骗不了。只是看一眼，是吗？"

"好吧，我只是——"

"是啊，我知道你只是什么。别胡思乱想，干你自己的事。"

"好吧。"

"你算什么，布莱泽？"

他低下头，使劲吸了一下鼻子："我是笨蛋。"

乔治总是说这没什么好丢脸的，这是事实，你得承认。反正你谁也骗不了，谁也不会相信你聪明。大家一眼就能把你看穿：个子挺大的，可脑子里却是空空的。假如你是笨蛋，干完活后就赶紧出去。假如你被逮住，干脆如实交待，承认一切，只是千万别把你的同伙供出去，因为他们反正最终会从你嘴里把其他一切盘问出来的。乔治说笨蛋连撒谎都不会。

布莱泽从口袋里掏出手,伸曲了两下,指关节在寒冷的空气中发出清脆的噼啪声。

"准备好了吗,傻大个?"乔治问。

"准备好了。"

"那好,我去喝杯啤酒,这儿就交给你了。"

布莱泽感到万分惊恐,脱口说道,"嗨,不,我以前从来没有干过这活。我只是看你动手。"

"这次光看可不行了。"

"可是——"

他没有再说下去,而且再说下去也没有意义,除非他想大声喊叫。他可以听到乔治向啤酒屋走去时压实的积雪发出的嘎吱声,但这种嘎吱声很快就被贝司的嘭嘭声所淹没。

"耶稣啊,"布莱泽说,"哦,耶稣基督啊。"

他的手指越来越冷,在这种温度下,手指头只能保持五分钟的热度,可能连五分钟都不到。他绕过车身,走到驾驶座一侧,心想车门一定锁着。如果车门锁着,这辆车就没有用,因为他没有带弯钩长铁条,那玩意儿在乔治手里。可是车门没有锁,他打开车门,伸手摸到打开发动机罩的拉手。他拉了一下,然后走到车前摸索着,寻找着发动机罩上的扣钩,找到后将发动机罩提了起来。

他口袋里有一个小手电筒,他将它掏出来,拧亮后照着发动机。

找到点火线。

可里面到处都是弯弯曲曲的电线,简直像意大利面,电瓶线、水管、高压电火线、油管——

他站在那里,汗珠顺着他的脸庞流下来,在脸颊上冻成了冰。这不行，绝对不行。他突然有了个主意。虽说算不上好主意，可他这个人向来主意不多，所以一旦有了便会死死抓住不放。他走回到驾驶座一侧，再次打开车门。车灯亮了，可他束手无策。如果有人看到他手忙脚乱的样子，准会以为他的车发动不起来了。可不吗，这么冷的夜晚，这当然说得通，不是吗？就连乔治也不会骂他的。反正这没什么大不了的。

他猛地拉下方向盘上方的遮阳板，心中抱着一线希望，希望那上面会掉下来一把备用钥匙。有些人会把备用钥匙放在那上面，可这次没有，从上面掉下来的只有一个旧除冰刷。他接着又打开了储物箱，里面塞满了文件。他跪在驾驶座上，将文件全部扒拉到车底板上，嘴里喷出一团团雾气。只有各种文件，还有一盒薄荷巧克力糖，但是没有钥匙。

瞧见了吗，你这该死的笨蛋，他听到乔治在说，现在满意了吧？准备试一试用点火器电线短路的方法发动汽车了吧？

他估计自己是准备好了。他估计自己至少可以像乔治那样，把几根电线扯松，连接在一起后再看看会有什么结果。他关上车门，低着头，又向福特车的前面走去。他突然停住了脚步，脑子里闪过一个新的念头。他折回去，打开车门，弯腰拿起车底板上的小垫子，果然在那儿！钥匙上没有"福特"的字样，上面连个字母都没有，因为这是一把另外配的备用钥匙，但它大小正好合适，钥匙头也是方形的。

布莱泽捡起钥匙，吻了一下那冰冷的金属。

车没有上锁，他想，随即又想到，车门没有上锁，车钥匙藏在垫子下。乔治，今天最笨的家伙肯定不是我。

他坐到方向盘后，砰的一声关上车门，将钥匙插进点火钥匙孔中——一下子就插了进去——然后意识到自己无法看到停车场，因为发动机罩没有关上。他飞快地朝四周看了一眼，先是朝一边，然后是朝另一边，看看乔治是不是决定回来帮他一把。如果乔治看到发动机罩仍然那样翘着没有关上，绝对不会饶了他。可是乔治不在，周围没有一个人，停车场除了车外连个人影都没有。

布莱泽下车，重重地关上发动机罩，然后重新回到车上，伸手去拉车门时停了一下。乔治怎么办？要不要进啤酒屋找他？布莱泽低头坐在那里，皱起了眉头。顶灯投下的黄色灯光照在他的那双大手上。

猜怎么着？他打定主意，重新抬起头来。整他一下。

"乔治，整死你。"他说。乔治丢下他，让他一个人搭便车进城，与他在这里碰头，然后又丢下了他，把这种脏活留给他。他纯粹是瞎猫碰上死老鼠才找到了车钥匙，所以得整一整乔治，让他也尝一尝在零下十七度的低温中搭便车的滋味。

布莱泽关上车门，将变速杆推到"驾驶"挡上，慢慢将车开出了停车场。真正来到公路上后，他用力一踩油门，福特车猛地一冲，车尾在硬邦邦的雪地上左右摇摆。他猛地一踩刹车，惊呆了。他在干什么？他在想什么？不带上乔治就走了？他可能行驶不了八公里就会被警察抓住，可能在第一个红绿灯处就会被抓。他不能丢下乔治。

可是乔治死了。

胡说！乔治刚才不是还在那里吗？他只是进去喝杯啤酒。

他死了。

"哦，乔治，"布莱泽痛苦地呻吟了一声，弯下身子趴在方向盘上。"哦,乔治,你不能死。"

他坐了一会儿。福特车的发动机似乎没有问题,虽然天气寒冷,但发动机既没有打颤也没有什么异常表现。油表显示四分之三是满的,尾气从后视窗外慢慢升起,立刻变成了白色。

乔治没有从啤酒屋出来。他当然不会出来,因为他根本就没有进去过。乔治死了,已经死了三个月了。布莱泽开始浑身发抖。

又过了一会儿,他回过神来,驾车向前驶去。第一个红绿灯处并没有人拦下他,第二个红绿灯处也一样。他出了城,一路上没有一个人拦住他。等他来到阿佩克斯镇管辖区时,车速已经达到了八十公里。车轮有时会在一小块冰面上打滑,可这并没有让他感到惊慌,他只是稍微拐个弯,放慢车速就过去了。毕竟,他从十多岁起就一直在结冰的路面上开车了。

出了城后,他将车速提到了九十公里,让它向前疾驰。车头大灯射出的光柱就像两根亮晃晃的手指一样伸向道路前方,遇到公路两旁的雪堆后又白晃晃地反射回来。天哪,今天肯定该着一位大学生倒霉了,等他带着女友来到空空荡荡的泊车位前时,他一定会惊讶得不知所措。她会望着他,对他说,你是个蠢货,我再也不跟你去什么地方约会了。

"和你约会,"布莱泽说,"如果她也是大学生,她会说'和你约会'。"

想到这里,他忍不住笑了,这一笑也改变了他的整张脸。他打开收音机,里面传出的是摇滚乐。他开始转动旋钮,找到了播放乡村音乐的电台。等回到自己居住的破旧小屋时,他正扯足了嗓子跟着收音机一起歌唱,将乔治完全抛到了脑后。

2

可他第二天早晨还是想起了乔治。

这就是一个笨蛋永远摆脱不了的苦恼事。一旦悲从天降，你总会不知所措，因为你永远会忘记最重要的事情。唯一始终忘记不了的是那些愚不可及的事，就像他当初读五年级时塞利格太太要他们学的那首诗：在枝叶茂盛的核桃树下，是村子里的铁匠铺。那有什么用呢？如果你正忙着削土豆，准备两个人的饭菜，却突然意识到另一个家伙永远不会再吃任何东西，而你其实根本用不着削两个土豆。如果你因此气急败坏，那又有什么用呢？

好吧，也许并不是因为悲伤。也许悲伤这个词并不恰当，除非这个词的意思就是嚎啕大哭，就是用脑袋撞墙。你不会为乔治那样的人悲痛欲绝的。可孤独是难免的，还有恐惧。

乔治会说，"天哪，你那该死的圆领汗衫得换一换了吧？硬邦邦的都能自己站起来了。真令人恶心。"

乔治会说，"你这笨蛋，鞋带只系了一只。"

乔治会说，"哦，该死的，转过身来，我替你塞进去。真像照料个孩子。"

偷车后的第二天早晨，他起来时乔治正坐在另一个房间里。

布莱泽虽然看不到他，却知道他正像往常一样坐在那张破烂不堪的安乐椅上，低着头，下巴几乎抵在了胸口上。他说的第一件事是："祝——贺——你，你又把事情搞砸了，你这蠢货。"

脚碰到冰凉的地板时，布莱泽倒吸了一口凉气。他笨手笨脚地穿上鞋子，身上一丝不挂地跑过去，向窗外望去。外面没有汽车。他如释重负，长舒了一口气，呼出的空气变成了一小团白雾，他可以看得清清楚楚。

"我没有搞砸。我按你的吩咐把车停在车棚里。"

"可你没有把那该死的车轮胎印清除掉，是不是？布莱泽，你为什么不干脆在外面竖一块牌子，写上'刚偷的车就在这边'？你还可以收门票让大家来参观。你干脆这样做得了。"

"哦，乔治——"

"'哦，乔治，哦，乔治。'快出去把路上的车轮印扫干净。"

"好的。"他向门口走去。

"布莱泽。"

"又怎么啦？"

"你他妈的先把裤子穿上好不好？"

布莱泽顿时面红耳赤。

"真像个孩子，"乔治说话的口气很无奈，"一个会刮脸的孩子。"

乔治真是爱管闲事，只可惜他最后管错了闲事，而且管得过了头，结果就这样送了命，再也没有机会发表高见。乔治已经死了，布莱泽只是在脑海里想象着他说话的声音，给他编一些好台词。乔治在那仓库里与人赌博时送了命。

就连熬过这一关都快要把我逼疯了，布莱泽想，而且还是我这样的笨蛋。

他匆匆穿上内裤（先仔细检查了一下上面有没有斑渍），然后套上一件保暖内衣，一件法兰绒衬衣，最后是一条厚厚的灯芯绒裤子。他那双在西尔斯商店买来的劳保靴在床底下，他在军需品商店购买的毛皮风雪大衣挂在门把手上。他开始找手套，最后在厨房兼客厅的房间里、那破烂的壁炉上方的架子上找到了手套。他找出了带护耳的格子帽，将它戴在头上，刻意将帽檐偏向左边，希望能有一点好运。然后他走到门外，抓起靠在门上的扫帚。

阳光明媚，天寒地冻。他鼻子里的湿气立刻发出噼啪声。一阵寒风吹来，卷起绵白糖似的细雪，刮到了他的脸上，使他本能地退缩了一下。乔治就知道发号施令，自己却待在火炉旁舒服地喝着咖啡。就像昨晚，他自己去喝啤酒，丢下布莱泽去琢磨怎么偷车。要不是交了狗屎运找到钥匙，他这会儿可能还会站在那里，至于钥匙是在垫子下还是在储物箱里找到的，他已经忘记了。他有时觉得乔治并不是个好朋友。

他开始清扫道路上的车印，不过，在动手之前，他呆呆地站了几分钟，欣赏着道路上的轮胎印。两条车痕清晰可辨，车痕两边隆起的积雪投下了阴影，多么完美的小东西啊！真有意思，这么小的东西居然会如此完美，而且居然从来没有人注意过它们。他出神地盯着那两条车痕，直到看够了为止（反正也没有乔治在一旁催促他），然后顺着短短的车道一直清扫到公路旁，将车痕彻底清扫干净。这些乡村公路的两旁都是开阔的农田，昨晚有除雪车驶了过去，将风刮到这些乡村公路上的积雪推到了一旁，也清除掉了路上的一切痕迹。

布莱泽噔噔噔地大步走到小屋前，钻了进去，里面很暖和。他起床时觉得很冷，但现在感到暖了过来。真有意思，你对事物的感觉居然会发生变化。他脱掉外套和靴子，然后又脱掉法兰绒衬衣，只穿着内衣和灯芯绒裤子坐到了桌子旁。他打开收音机，听到里面传出来的不是乔治爱听的摇滚乐而是让人倍感亲切的乡村音乐，吃了一惊。洛莉塔·林恩①正唱着你心爱的姑娘就要变坏。乔治准会放声大笑，然后说什么，"对，宝贝——你就在我身上变坏吧。"布莱泽也会一起哈哈大笑，但在他的内心深处，那首歌总会让他感到忧伤。许多乡村歌曲都会让他感到忧伤。

咖啡煮好后，他猛地站起来，倒了两杯，给其中一杯加了牛奶后高声喊道，"乔治，你的咖啡！嘿！别让它凉了！"

没有人回答。

他低头望着加了牛奶的咖啡，他可不喝这种咖啡，所以该拿它怎么办呢？怎么处理它呢？有什么东西涌上了他的喉咙，他差一点将乔治那杯该死的加了牛奶的咖啡泼到屋子对面，但他忍住了。他将那杯咖啡端到洗涤池旁，倒了进去。这就叫控制脾气不发火。像他这种彪形大汉必须能控制自己的脾气，不然就会有麻烦。

整个上午，布莱泽都在小屋里磨蹭着。午饭后，他将偷来的汽车开出了车棚，停在厨房外的台阶前。他下了车，捏起一

---

① 洛莉塔·林恩，成名于二十世纪六十年代的美国乡村音乐女歌手，好莱坞电影《矿工的女儿》的原型。（正文中所有脚注均为译者加注，后面不再另外标明。）

个个雪球，朝车牌砸去。这可真是聪明之举。别人会无法看清车牌号码的。

"你究竟在干什么？"车棚内传来了乔治的声音。

"你别管，"布莱泽说，"反正你现在只在我的脑子里。"他重新钻进福特车里，将车开到了公路上。

"这样做很笨，"乔治说，他现在已经坐到了汽车后座上。"你开着一辆偷来的车，既没有把它漆成别的颜色，也没有给它换个车牌，什么都没有。你要去哪里？"

布莱泽没有吭声。

"你不会是去奥科马高地吧？"

布莱泽没有吭声。

"哦，你这该死的，你是去那里。"乔治说，"我真该死。难道迫不得已去过那里一次还不够吗？"

布莱泽仍然没有吭声，他在充哑巴。

"布莱泽，你给我听着，快调头回去。你会被抓的，然后一切都完了。一切的一切，整个计划都完了。"

布莱泽知道他说得对，可他就是不调头回去。乔治为什么总是在给他发号施令？就连死了之后还在给他下命令。不错，那是乔治的计划，是每个小混混梦寐以求的一笔大买卖。"要是真能成功就好了。"乔治说，可那通常是在他喝醉了酒或者过足了烟瘾或者在他自己都不敢相信的时候。

他们大多数时候只是玩一些两个人配合的小骗局，不管乔治喝醉了酒或者过足了烟瘾后嘴上会怎么说，他似乎对他们俩所玩的这些小骗局很满足。也许奥科马高地这笔买卖对于乔治来说只是一个游戏，或者说只是他有时所称的意淫——这种情况常常出现在他看到衣冠楚楚的家伙在电视上大谈政治的时候。布莱泽知道乔治很聪明。乔治所缺的只是勇气。

可他现在死了,还能有什么别的办法呢?布莱泽独自一人根本成不了气候。乔治死了之后,他也试着玩过一次男装店收据的把戏,而且还将自己打扮得人模狗样的,免得被人识破。他像乔治那样从报纸上的讣告栏里找到了那位妇人的名字,然后学着乔治的样子不停地说着,并且出示了几张信用卡赊账购物凭单。他对她说,在她如此伤心的时候来打搅她真是于心不忍,可生意就是生意,他相信她能够理解。她说她当然能理解。她请他站在客厅等一会儿,她去拿钱包。他做梦也没有想到她居然报了警。要不是她回来时手中多了一把枪而且枪口正对着他,他大概会一直站在那里等着,直到警察赶来。他的时间感向来很糟。

可她回来时手中多了一把枪,而且枪口正对着他。那是一把女士用的银色手枪,两边有一些小孔,枪把上缀有珍珠。"警察马上就到,"她说,"不过在他们赶到之前,你必须给我解释清楚。你必须告诉我你究竟是什么样的人渣,居然会欺负一个女人,而且是在这个女人的丈夫尸骨未寒之时。"

布莱泽根本没有理会她要他说什么,就立刻转身跑出大门,穿过门廊,冲下台阶,跑到了人行道上。一旦跑起来后,他还是跑得比较快的,但他起跑很慢,而那天由于惊恐的缘故他的起跑更慢。如果她开枪的话,要么子弹会射进他那硕大的后脑勺或者射下一只耳朵,要么根本打不中他。一把枪管那样短的枪会如何表现,你永远说不准。可她根本没有开枪。

他回到小屋后,惊恐得几乎要低声呻吟,整个胃像打了无数个结。他倒不是害怕进监狱或者进教养所，也不是害怕警察——虽然他知道他们那些问题会把他搞糊涂，每次都是。他感到害怕的是，她居然一眼就识破了他，仿佛那在她眼里简直是小儿科。他们几乎从来没有识破过乔治，而且即使他们识破了他，他也总是能有所察觉，总是能逃之夭夭。

现在他得独自干了。他不会得手，他知道这一点却继续一条道走到底。或许他想重返监狱。如今乔治已经死了，或许重返监狱并不是件坏事。再找一个人，把动脑筋的活儿交给他，也把解决温饱的事交给他。

他开着这辆偷来的车穿过奥科马高地，正好经过杰拉德家，或许他希望警察现在就逮住他。

在新英格兰冬季这个银装素裹的天地中，奥科马庄园就像一座冰雕的宫殿。奥科马高地的财富由来已久（乔治是这么说的），里面的每一处房子都是货真价实的庄园。夏季，一块块绿茵茵的大草坪环抱着这些庄园，可这些草坪现在成了一片片耀眼的雪场。这个冬天特别冷。

在众多庄园中，杰拉德家的豪宅鹤立鸡群。乔治说那是美国早期的狗屎建筑，但布莱泽觉得它很漂亮。乔治说杰拉德家族是靠船舶运输发迹的，第一次世界大战让他们腰缠万贯，而第二次世界大战更是让他们变得富可敌国。白雪和阳光映照在数不清的窗户上，闪闪发光。乔治说那里面有三十多个房间。他装扮成中央谷地电力公司的抄表员，已经进去查看过。那还是九月份的事。布莱泽当时负责开车，是一辆租来的卡车。不过，他估计如果他们当时被抓住的话，警察肯定会说那卡车是偷来的。宅子一侧的草坪上有人在打槌球，其中还有几个姑娘，不是高中生就是大学生，个个都很漂亮。布莱泽目不转睛地盯着她们，开始感到魂不守舍。乔治上车后叫他开车，他却不停地念叨着那些漂亮妞——她们这时已经转到宅子后面去了。

"我看到她们了，"乔治说，"都是些自以为是的东西，以为她们拉出的屎不臭。"

"不过很漂亮。"

"谁管她们漂不漂亮？"乔治闷闷不乐地说，双臂交叉在胸前。

"你就没有任何感觉？"

"就那些乳臭未干的小妞？你在说笑话。现在闭上嘴，给我开车。"

想到这里，布莱泽的脸上露出了笑容。乔治就像那寓言里的狐狸，自己够不到葡萄就说葡萄是酸的。布莱泽念小学二年级时，乔里森小姐给他们读过这故事。

这是个大家族：老杰拉德夫妇——乔治说老杰拉德已经八十多岁了，每天还能喝一品脱杰克丹尼①，中年杰拉德夫妇，以及小杰拉德夫妇。小杰拉德的全名是约瑟夫·杰拉德三世，年纪很轻，只有二十五岁，妻子是个纳美尼亚②人。乔治说她因此可以算个西班牙佬。布莱泽一直还以为只有意大利人才能被算做西班牙佬。

他将车一直开到街道尽头才调头，然后再慢慢从杰拉德家附近驶过，心中捉摸着二十一岁结婚是什么样的感觉。他继续

---

① 杰克丹尼，产自英国的一种威士忌酒。
② 纳美尼亚，美国作家丹·阿博内特的科幻小说《史前坟场》中虚构的外星球，上面的居民皮肤黝黑。

向前，朝家驶去。够了就是够了。

除了约瑟夫·杰拉德三世外，中年辈的杰拉德夫妇还有其他孩子，但那些并不重要，重要的是他们家的小宝宝——杰拉德四世。这么小的孩子就有这么大的头衔。布莱泽和乔治九月份装做抄电表进去时，那小宝贝才两个月大，所以现在应该——九月到一月之间有一、二、三、四个月——有六个月大了。老杰拉德现在只有他这么一个曾孙。

"要是你想做一笔绑架的买卖，最好绑架一个婴儿，"乔治说，"婴儿不会认出你来，所以你可以把他活着送回去。他也不会千方百计地想逃跑，或者让人通风报信，然后把你的事搞砸。婴儿只会躺在那里，甚至连自己被人绑架都不知道。"

他们当时正待在这小屋里，边看电视边喝着啤酒。

"你觉得他们值多少钱？"布莱泽问。

"反正足够你不用再冒着寒风去骗人订阅什么连影子都没有的杂志，或者去假装为红十字会募捐。"乔治说，"你觉得怎么样？"

"你究竟会要多少钱嘛？"

"二百万，"乔治说，"你一百万，我一百万。不能贪心不足。"

"贪心不足就会被抓住的。"布莱泽说。

"贪心不足就会被抓的，"乔治附和着说。"我是一直这样教你的。你还记得一个普通工人值多少钱吗？我告诉过你的。"

"老板给他的工资。"布莱泽说。

"对，"乔治说着猛喝了一口酒，"工人只值他妈的老板给他的那点钱。"

他开车回自己的小破屋,心中盘算着实施那一计划。他和乔治从波士顿一路北上来到这里后就一直住在这小破屋里。他想他会被抓住的,可是……二百万哪!你可以去别的地方,再也不会挨冻受寒。可万一他们抓住你呢?最坏的结果就是判你一个终身监禁。

如果真是那样,他也同样不会再挨冻了。

他开着偷来的福特车回到了车棚,这次没有忘记将车痕扫净。这样做会让乔治高兴的。

他做了两个汉堡包,算是午餐。

"乔治,你躺着吗?"

"没有,我正倒立在这里,自慰过瘾。我问过你一个问题。"

"我准备试一试,你会帮我吗?"

乔治叹了口气:"我不帮你该怎么办呢?反正我现在也离不了你。可是布莱泽——"

"什么事,乔治?"

"只要一百万赎金。贪心不足会被抓的。"

"好的,就一百万。你要一个汉堡包吗?"

没有回答。乔治又没有了声息。

3

说干就干，他当天晚上就开始为实施绑架计划做准备，但乔治拦住了他。

"你在干什么，你这笨蛋？"

布莱泽已经穿戴整齐，正准备发动福特车。他停了下来。"准备动手呗。"

"动手干什么？"

"绑架那孩子。"

乔治放声大笑。

"乔治，你笑什么？"好像我不知道似的，他心想。

"笑你。"

"为什么？"

"你打算怎么绑架他？说给我听听。"

布莱泽皱起了眉头，可这一皱眉让他那张本来就丑陋不堪的脸变得像地底巨怪的脸一样狰狞。"应该就像我们原先计划的那样，在他房间里下手。"

"哪个房间？"

"嗯——"

"你怎么进去？"

这部分他倒是记得。"从楼上的一扇窗户爬进去,那些窗户上用的窗钩很简单,这你都看见了,乔治。就是我们装成电力公司的人进去的那一次,你记得吗?"

"你梯子准备好了吗?"

"呃——"

"孩子得手后,你准备把他放在哪里?"

"放在汽车里。"

"哦,我的老天!"这是乔治气得无话可说时的口头禅。

"乔治——"

"我知道你会把他放在该死的车里,我也没有指望你抱着他一路走回来。我是问你回到这里之后,那时候你打算怎么办?准备把他放在哪里?"

布莱泽想到了这小破屋,朝四周望了望。"嗯——"

"尿片呢?奶瓶呢?还有婴儿食品!你以为他也像你一样吃个汉堡包喝瓶啤酒?"

"嗯——"

"你闭嘴!你再敢嗯一声的话,我就呕给你看!"

布莱泽低下头,坐到厨房的一张椅子上。他的脸在发烧。

"把那该死的音乐关了!那女人的声音听上去像是她准备让人看看她的阴部似的!"

"好吧,乔治。"

布莱泽关了收音机。乔治在某户人家摆地摊时买来的那台日本旧电视机早就坏了。

"乔治?"

乔治没有吭声。

"好了，乔治，别生气，是我错了。"他可以听出自己有多么害怕，几乎带了一点哭腔。

"好吧，"就在布莱泽已经不抱希望的时候，乔治开口了，"你给我好好听着。先去干笔小买卖，不要找太大的商店，小铺子就可以了。1号公路旁我们经常去买啤酒的那家夫妻店大概比较合适。"

"我听着呢。"

"那把科尔特手枪还在你手上吧？"

"在床下的鞋盒里。"

"带上它。用丝袜蒙住脸，不然的话，上夜班的家伙会认出你的。"

"好的。"

"星期六晚上去，选择快关门的时候，比方说，一点差十分。那地方不收支票，所以你应该能弄到二三百块钱。"

"那当然！太好了！"

"布莱泽，还有一件事。"

"什么事？"

"把枪里的子弹取出来，知道了吗？"

"好的，乔治，我知道。我们以前就是这么干的。"

"没错，我们以前就是这么干的。万不得已的话，可以对那家伙动手，但千万要注意，不要弄得沸沸扬扬地上了全国或地方报纸的头三版。"

"好的。"

"你真是个没用的东西，布莱泽。你知道这一点，是吗？绑架的活你永远成功不了，也许这笔小买卖就会让你进监狱，那或许倒是件好事。"

"我不会的,乔治。"

乔治没有说话。

"乔治?"

乔治没有再开口。布莱泽站起身,打开收音机。吃晚饭时,他又忘记了一切,居然又摆放了两套餐具。

4

小克莱顿·布莱斯德尔生于缅因州的弗里波特,三岁那年,他母亲拎着一袋食品杂货横穿马路时被一辆卡车当场撞死。卡车司机喝醉了酒,而且没有驾照。他在法庭上痛哭流涕,一再声称自己非常难过。他说他愿意再次接受嗜酒者互诫协会的帮助。法官给他处了罚金,并且判他拘留六十天。小克莱顿从此与父亲相依为命,而他父亲也是嗜酒如命,并且对嗜酒者互诫协会一无所知。老克莱顿在托普瑟姆的超级磨粉厂上班,操作筛选分类机。工友们说很少见他干活时没有喝醉。

小克莱顿上一年级时就已经会阅读了,而且轻而易举地理解了两个苹果加三个苹果的概念。即便是在那小小的年纪,他的块头也已经非常出众。虽说弗里波特属于那种强者为王的地方,但他在学校操场上从来没有被人欺负过,只是他去操场时不是手里捧着一本书就是胳膊下夹着一本书。不过他父亲的块头更大,所以其他孩子总是急不可待地想看看每星期一克莱顿·布莱斯德尔来上学时又有什么地方打了绷带或者又青了一块。

"他要是能不缺胳膊不少腿地保住小命长大的话,那简直是奇迹。"莎拉·乔里森有一天在教师休息室说。

可是奇迹并没有出现。他们家住在二楼，某个星期六上午，酒后难受的老克莱顿无所事事，摇摇晃晃地走出卧室，看到小克莱顿正盘腿坐在起居室的地板上，一面看着漫画书，一面吃着苹果酥条。"我跟你说过多少次了，要你别在这里吃那种垃圾？"老克莱顿边说边拎起小克莱顿，将他扔到了楼下。小克莱顿摔下时脑袋先着地。

他父亲冲下楼，抓起他，将他拖到楼上，再次将他扔了下去。第一次被扔下去时，小克莱顿的脑子还比较清醒；第二次被扔下去时，他的眼前一片漆黑。他父亲下楼抓起他，将他拖到楼上，上下看了他一眼。"还给我装蒜是吧，你这狗娘养的。"他说着将小克莱顿又扔了出去。

"给我听着，"他冲着已经昏迷过去、有气无力地蜷缩在楼梯口的儿子嚷道，"下次再把这种垃圾带进来之前，也许你就会多想一想了。"

不幸的是，小克莱顿从此无论做什么都不会多想一想。昏迷中的他在波特兰总医院整整躺了三个星期。他的主治医生断言他一辈子都会是这样，永远是个植物人。但这孩子醒了过来，只可惜脑子坏了。对于他来说，胳膊下夹着书本的日子永远结束了。

老克莱顿告诉警方，说这孩子只从楼上摔下来一次就伤成了这样，但警方根本不相信他的话。老克莱顿说孩子胸前那四个愈合了一半的被香烟烫过的伤口是"某种脱皮的疾病"，警方同样不相信。

小克莱顿再也没有回自己家，再也没有回那个二楼公寓。州政府成了他的监护人，他一出院就直接去了一家县办济贫院。

对他而言，没有了父母的生活是以在操场上两个男孩踢飞他所拄的拐杖开始的。那两个孩子像妖怪一样咯咯笑着跑远了，他没有哭，而是从地上爬起来，重新支好了拐杖。

他父亲在弗里波特警察局直喊冤，在弗里波特的几家酒吧里更是声称自己被冤枉了。他威胁说要动用法律武器让儿子回到他身边，但他从来没有付诸行动。他声称他爱克莱顿，也许他对儿子确实有那么一点爱心，可他那点爱心是以刻骨铭心的伤害来表现的。这孩子离开父亲会过得更好。

但也好不了多少。在孩子们的心中，位于南弗里波特的赫顿之家充其量只是一个贫穷的农场，而克莱顿在那里度过的童年充满了辛酸。这种情况在他完全康复后稍稍有一点改善，至少在操场上就连那些最横行霸道的家伙也不来惹他，不仅不来惹他，而且也不来惹那几个寻求他保护的年纪更小的孩子。那些家伙叫他"呆子"，叫他"巨怪"，叫他"金刚"，可他根本不在乎他们叫他什么，至少他们不惹他，他也不去惹他们。在他狠狠教训了他们当中最恶劣的一个之后，他们大多数时候不再去惹他。他倒不是心胸狭窄，但一旦惹恼了他，他就会变得很危险。

那些不怕他的孩子叫他布莱泽①，他也因此认为自己真的像火焰。

他曾经收到过父亲的一封来信，信中写道：亲爱的儿子，近况可好？我一切都好，这些天在林肯县运木头，只可惜老板

---

① 布莱泽在英文中的意思为"火焰"。

总是让我们加班。哈！我打算买个小屋，然后接你回来。给我回封短信，告诉老爸你近况如何。能给我寄张照片吗？信的落款为：爱你的克莱顿·布莱斯德尔。

布莱泽没有照片，不过倒是愿意写封回信——可以肯定，每星期二来这里的音乐老师会帮他写回信的——可脏兮兮的信封上没有回信地址，只有"致缅因州弗里波特市孤儿之家的克莱顿·布莱斯德尔"几个字。

布莱泽此后再也没有收到过他的来信。

他在赫顿之家期间曾先后被安排到几个不同的家庭生活，每次都是在秋天。这些家庭收留他，让他帮着收割庄稼，帮着把屋顶和前院的积雪铲干净。可每当春天到来时，这些家庭便会认定他有些不对劲，将他送回来。有些家庭待他还不错，而有些家庭——比如鲍伊夫妇和他们的养狗场——确实非常糟糕。

在赫顿之家的日子结束后，布莱泽独自在新英格兰各地流浪。他有时很开心，但那种开心与他心目中想象的不一样，也与他看到的别人开心的样子不一样。他最终在波士顿安顿了下来（算是安顿下来吧，因为他从来没有在波士顿定居），因为他在乡间时非常孤独，有时就睡在马厩里，晚上醒来后会出去看天上的星星。天上有那么多星星，他知道在他来到世上之前天上就有那么多星星，在他死后天上仍然会有那么多星星。这多少有些可怕，也多少有些奇妙。有时候，假如他能搭上别人的便车，假如碰巧又是临近十一月，狂风会呼啸着从他身旁刮过，拍打着他的裤子。这时，他就会感到伤心，就会觉得自己仿佛失去了什么东西，就像丢失了那封没有回信地址的信一样。春天到来后，他有时会抬头望天，如果能看到一只鸟，他便会感到非常开心。但是,更多的时候抬头望天的感觉就像他内心有什么东西在变小,随时会破裂。

那种感觉很不好,他想,如果真有那种感觉,我还不如不去看鸟。可他有时还是会抬头望天。

他喜欢波士顿,可有时仍然感到害怕。这座城市有一百多万人,可能还不止这个数,但没有一个人瞧他一眼。如果他们看着他的话,那也只是因为他块头大得出奇,而且额头上还有一个凹坑。他有时也会稍稍散散心,有时则会完全被恐惧所笼罩。正当他打算在波士顿寻找一点乐子时,他遇到了乔治·拉克利。遇到乔治后,他的日子好多了。

5

乔治所说的那家夫妻小店叫"蒂姆和詹妮特便利店",后面的货架上堆满了纸板箱,里面装着大瓶装佐餐酒和啤酒。紧靠后墙放着的一个巨大的冰柜从一端一直延伸到另一端。四个过道中有两个过道旁都摆满了快餐小吃。收银机旁有一个里面装着腌蛋的瓶子,瓶子有小宝宝那么大。这家店还出售一些日常用品,如香烟、卫生巾、热狗和黄色书刊。

晚上在这里上班的是个油头粉面的大学生,脸上长满了痘痘。他叫哈里·内森,白天在缅因大学波特兰分校上课,所学的专业是动物饲养。十二点五十分,一个额头上凹进去一块的彪形大汉走了进来,内森正在看书架上一本待售的平装书,书名是《大而挺》。刚才高峰期的人流现在已变得寥落,内森决定在这大块头买了一大瓶酒或六瓶啤酒后打烊回家。也许可以把那本书带回家,然后自慰一番。正当他觉得书中描写传教士与两个淫荡寡妇的那部分内容或许能给他一点刺激时,那大块头突然将一把手枪顶到他的鼻子下说,"把收银机里的钱都给我。"

内森手中的书掉到了地上,回家手淫的念头顿时被抛到了九霄云外。他倒吸了一口凉气,张开嘴,想说句俏皮话,就是电视上那些英雄在面对枪口时所说的那种俏皮话,可从他嘴里冒出来的只有一个"啊"字。

"把收银机里的钱都给我。"大块头又说了一遍。他额头上凹进去的那块地方看上去很吓人,深得简直可以在里面养青蛙。

惊恐万状的哈里·内森想起了老板告诉他遇到抢劫时应该做的事:不要反抗,把一切都交给抢劫者,店里的一切都上了保险。内森突然感到自己变得非常软弱,非常脆弱,就像身体是用水做的。他的膀胱一松,而就在这一刻他觉得自己似乎拉了一屁股屎。

"小子,你听到了吗?"

"啊,"哈里·内森按了一下收银机上的"无销售"键。

"把钱装进一只袋子里。"

"好的,好的,照办。"他的手在柜台下摸索着,结果将一大堆袋子碰到了地上,但他最终还是抓起了一只袋子。他扳开收银机里压着钞票的弹簧夹,开始往袋子里装钱。

店门开了,一男一女走了进来,可能是大学生。他们看到枪后惊呆了。"这是怎么回事?"男的问。他嘴上叼了支小雪茄,胸前戴了枚徽章,上面印着"坩埚岩"。

"是抢劫,"内森说,"请不要,呃,激怒这位先生。"

"太过分了,"戴"坩埚岩"徽章的家伙说。他的脸上露出了笑容,手指指着内森,指甲很脏。"有人在打劫你,伙计。"

抢劫者转过头来望着他说,"钱包。"

"伙计,"戴"坩埚岩"徽章的家伙说,脸上仍然挂着笑容,"我支持你。这地方的价格太……而且大家都知道蒂姆和詹妮特·奎尔是希特勒之后最大的右翼分子——"

"把钱包给我,不然我就叫你脑袋开花。"

戴"玬埚岩"徽章的家伙突然意识到自己在这里可能真的遇到了危险,不是身处某部电影中。他脸上的笑容不见了,也不再啰嗦。他的脸色突然变得非常苍白,清清楚楚地映衬出了脸颊上的几个小丘疹。他从牛仔裤口袋里掏出来一个黑色的巴克斯顿钱包。

"警察总是在你需要的时候不见踪影。"他的女朋友冷冷地说。她穿了件棕色长大衣,脚上是一双黑皮靴,头发的颜色与皮靴相配,至少本周是这样。

"把钱包丢进袋子里。"抢劫者将袋子举到那家伙面前。哈里·内森一直觉得自己本可以在那一刻成为英雄,可以将装着腌蛋的大瓶子砸向那抢劫者,只是那家伙的脑袋看上去好像很硬。非常硬。

钱包被丢进了袋子里。

抢劫者绕过他们,向门口走去。对于他那种块头的人而言,他的行动还算比较敏捷。

"你这猪猡。"女孩骂道。

抢劫者猛地站住了脚。在那一刻,女孩相信(她事后是这样对警察说的)他会转身开枪,将他们全干掉。后来,面对警方的询问,虽然他们对抢劫者的描述不尽相同——头发的颜色(棕色、暗红或金黄),肤色(白皙、红润或苍白),衣服(水手们穿的那种短外套、防风夹克或毛料伐木工装),但他们都异口同声地说他块头很大,而且对他出门前说的最后一句话也都记得丝毫不差。那句话显然是冲着黑洞洞的门口说的,而且几乎像是呻吟:

"天哪,乔治,我忘记戴丝袜了!"

然后他就走了。商店的大门上方悬挂着一个巨大"施利兹啤酒"霓虹灯广告,在地面上投下了冰冷的白色灯光。他们只看到他跑过那片亮光,然后就听到马路对面传来了汽车发动机的响声,车随即就开走了。那是一辆小轿车,但他们三个人谁也没有看清车的牌子和型号,因为天已经开始下雪了。

"啤酒是喝不成了。"戴"坩埚岩"徽章的家伙说。

"去后面的冰柜拿一瓶,算我们请客。"哈里·内森说。

"真的吗?"

"当然是真的,你女朋友也可以拿一瓶。管它呢,反正我们投了保。"他放声大笑起来。

他在接受警察询问时说自己以前从来没有见过那抢劫者,后来才隐隐约约地怀疑自己去年秋天是否真的见过那家伙——当时他身旁还有一个人,身材瘦小,尖嘴猴腮,边买酒边数落着他。

6

布莱泽第二天早晨醒来时,大雪已经堆积到了小屋的屋檐下,炉火也已经熄灭。脚刚一踩到地上,他的膀胱就一阵紧缩。他踮着脚跑进卫生间,皱着眉头,呼出一团团白雾。这泡尿在高压的作用下在空中划出一道弧线,持续了大概三十秒钟,然后才慢慢减弱。他叹口气,抖了抖,又放了个屁。

狂风在小屋四周呼啸、怒号。厨房窗户外的松树被风吹弯了腰,在风中摇曳。布莱泽觉得那些松树就像葬礼上的那些瘦女人。

他穿好衣服,打开后门,吃力地来到了南面屋檐下的柴堆前。车道已经完全被雪掩盖,能见度只有五英尺,也许还不到五英尺。这让他感到异常兴奋。沙粒般的雪花扑打在他的脸上,却让他兴奋无比。

木柴是结结实实的橡树块。他抱了一大抱,进屋前停下来跺了跺脚。他连外套都没有脱就手忙脚乱地开始生火,然后往咖啡壶里注满水,拿着两个杯子走到桌旁。

他停下来,皱起了眉头。他好像忘记了什么。

钱!那笔钱他还一直没有数一数。

他走进隔壁房间,但乔治的话把他吓呆了。乔治就在卫生间里。

"笨蛋。"

"乔治,我——"

"乔治,我是个笨蛋。这话你会说吗?"

"我——"

"不会?那你说,乔治,我是个笨蛋,忘记用丝袜蒙住脸了。"

"我忘记——"

"你说呀。"

"乔治,我是个笨蛋,我忘记了。"

"忘记了什么?"

"忘记用丝袜蒙住脸了。"

"你现在连起来说一遍。"

"乔治,我是个笨蛋,忘记用丝袜蒙住脸了。"

"你再接着说下去,就说乔治,我是个笨蛋,我想让他们抓住我。"

"不!这不是真的!这是骗人的鬼话,乔治!"

"这是真话。你就是想让他们抓住你,然后把你关进肖申克监狱,在监狱的洗衣房里干活。这就是真话,就是实情,就是地地道道的实情。你是个十足的笨蛋。这就是实情。"

"不是的,乔治,不是的,我向你保证。"

"我要走了。"

"不!"布莱泽恐惧得简直喘不上气来,那种感觉就像当初他老爸将法兰绒衬衫的衣袖塞进他嘴巴,不让他哭号一样。"别走。我忘记了,我是个笨蛋,要是没有你,我永远记不住要买什么——"

"祝你玩得开心，布莱泽，"乔治说。他的声音虽然还是从卫生间传出来，却像是在渐渐远去。"祝你被抓住的时候玩得开心，祝你服刑熨床单时玩得开心。"

"我一定照你说的去做，再也不会出错了。"

乔治久久没有说话，布莱泽以为他已经走了。"也许我还会回来，但可能性不大。"

"乔治！乔治？"

咖啡煮开了。他倒了一杯咖啡，走进卧室。里面装着钱的那只棕色袋子藏在床垫下，就是乔治睡觉的那一边。他将里面的钱倒在床单上——他总是忘记换床单，在乔治死后的三个月里，那床单一直没有换过。

从夫妻小店总共打劫到二百六十美元，大学生钱包里有八十美元，足够买……

买什么？他应该买什么？

尿片。这是必须要买的。既然想偷孩子，肯定就得准备尿片。还有其他东西，可他想不起来还要买什么。

"乔治，除了尿片外，还要买什么？"他尽量装出很随意的口吻，希望能引诱乔治开口，可乔治根本不上钩。

也许我还会回来，但可能性不大。

他把钱放回到棕色袋子里，扔掉自己那只已经磨损得破旧不堪的钱包，换上了那个大学生的皮夹子。他自己的钱包里只有两张油腻腻的一块钱钞票，一张已经发黄的他老爸老妈拥抱在一起的照片，一张他和他在赫顿之家时唯一真正的伙伴约翰·切尔兹曼一起在照相馆拍的照片。他的钱包里还装着他的幸运符——一枚上面印有肯尼迪总统头像的半美元硬币,一张购买消音器的旧账单(那还是他和乔治一起开着那辆倒霉的庞蒂克博纳维尔时的事),还有一张对折的宝丽来一次成像照片。

照片上的乔治正冲着他微笑,微微眯着眼,因为阳光正好对着他的眼睛。他穿着牛仔裤和劳保靴,帽子稍稍歪向左边。乔治总是这样戴帽子,说这会带来好运。

他们一起玩过很多把戏,其中大多数——也是最成功的——都很容易。有些把戏靠误导,有些利用别人的贪婪,有些则利用别人的恐惧。乔治将这些把戏称作"小骗局",把利用别人恐惧心理的把戏称作"惊心动魄的小骗局"。

"我喜欢简单的玩意儿,"乔治说,"布莱泽,我为什么喜欢简单的玩意儿?"

"因为没有多少活动部件。"布莱泽说。

"真是对到家了!没有多少活动部件。"

在他们最成功的惊心动魄的小骗局中,乔治会穿上他所说的"花里胡哨"的衣服,出没于波士顿他所熟悉的一些酒吧。这些既不是同性恋酒吧,也不是规规矩矩的酒吧。乔治说那是些"灰色酒吧",而且每次都是目标主动来勾引他,乔治从来不需要发出什么暗示。关于这一点,布莱泽也曾琢磨过一两次(当然是按他自己的思路去琢磨),但从来没有得出过任何结论。

乔治嗅觉灵敏,一眼就能辨别出哪些人暗地里搞同性恋,哪些人有双性恋癖,每月会将结婚戒指藏进钱包,偷偷出去一两次。都是些一帆风顺的批发商、保险公司的推销员、学校的领导、聪明而年轻的银行主管。乔治说这些人有特殊气味，而且他总是善解人意，遇到有人不好意思时会帮他们打破僵局，遇到有人不知如何开口时会替他们表达意思。然后，他会说自己恰好住在一家不错的酒店。不是那些星级大饭店，而是一家不错的酒店，很安全。

他们选中的是帝国酒店，离唐人街不远。乔治和布莱泽买通了值夜班的大堂经理和领班，因而他们所住的房间虽说也会变来变去，但总是会在过道的尽头，而且周围的房间绝对不会有客人。

布莱泽会在酒店的大堂里从下午三点一直坐到晚上十一点，头发油光锃亮，身上的衣服也像模像样，免得在街上被逮个正着。他会边等乔治边看漫画书，从来不会意识到时间的流逝。

乔治的天才真正表现在他和目标进来的时候。目标没有丝毫的紧张感，有的只是迫不及待的欲望。布莱泽会等上十五分钟，然后再上去。

"千万不要把这当作是走进房间，"乔治说，"要把这当作登台表演。只有那目标一个人不知道这是场表演。"

布莱泽总是用自己的钥匙开门，登场后的第一句台词总是，"亲爱的汉克，我回来了。"然后，他会大发雷霆——这场戏虽说赶不上好莱坞的水平，却也表演得真实可信："天哪，不！我要杀了他！杀了他！"

说完后，体重一百多公斤的他会扑到床上，而受害人此刻通常会一丝不挂，只剩下脚上的袜子，而且早已吓得瑟瑟发抖。乔治会在千钧一发之际挡在受害人与他那怒不可遏的"男朋友"之间。受害人如果脑子还清醒的话，会觉得乔治充其量也只是一道不堪一击的防御工事。当然，这出肥皂剧还得继续下去。

乔治："达纳，你听我说，事情不是这样的。"

布莱泽："我要杀了他！你给我让开，我要杀了他！我要把他从这窗户扔出去！"

（受害人——前后总共有八到十人——会惊恐地发出一声声尖叫。）

乔治："求你了，你听我说。"

布莱泽："我要把他的鸡巴扯断！"

（受害人苦苦哀求饶他一命，哀求饶过他的宝贝玩意儿，有时也会先哀求饶过他的宝贝玩意儿再哀求饶他一命。）

乔治："不，你不能这样。你先消消气，去楼下的大堂等我。"

这时，布莱泽会再次向受害人扑去，乔治也会再次阻拦他——当然只是做做样子。布莱泽接着便会从目标受害人的裤子口袋里扯出他的钱包。

布莱泽："臭婊子，我已经记住你叫什么、住在哪里了！我要给你老婆打电话！"

一听到这句话，大多数受害人会将自己的性命和那宝贝玩意儿抛到脑后，将全部心思放到了自己神圣的名誉以及自己在左邻右舍中的形象上。布莱泽觉得这不可思议，而实际情况却每次都是这样。他可以从受害人的钱包里得知更多真实情况。受害人告诉乔治自己叫比尔·史密斯，住在纽罗歇尔，而他的真名却是丹·多纳休，住在布鲁克林。

当然，这场戏还得继续演下去。

乔治："你先下楼去，达纳。好好听话，下楼去。"

布莱泽："不！"

乔治："下楼去，不然我就再也不理你了。你这种动不动就发脾气的做法，还有这种霸占欲，我早就受够了。我这次说到做到！"

布莱泽这时会向外走去，手里紧紧握着那家伙的钱包，嘴里嘟嘟哝哝地说着威胁的话，眼睛还恶狠狠地盯着那家伙。

门刚一关上，受害人就会竭力讨好乔治。他得把钱包拿回来，要不惜一切代价把钱包拿回来。重要的不是钱，而是钱包里的身份证。万一萨莉知道了……万一儿子知道了！啊，上帝呀，想想儿子……

乔治会安慰他。这部分的戏是他所擅长的。他会说，也许可以劝说一下达纳；当然可以劝说他一下。他只是需要几分钟时间平静一下，需要和乔治单独说会儿话，需要乔治劝他几句，安抚他一下。那个大笨蛋。

布莱泽当然不会待在酒店大堂里。他会待在二楼的某个房间里。乔治下去与他会合后，他们会一起数一数得手多少。他们最少的一次得手四十三美元，最多的一次——受害人是家大型食品连锁店的高管——得手五百五十美元。

他们会给受害人留出足够的时间，任由他后悔不迭，不停地向自己发誓。乔治总是会给那家伙留出足够的时间，总是知道什么时候进去。这太不可思议了，仿佛他脑子里有一只钟，为每个受害人定好了不同的时间。他最后会带着钱包回到第一个房间，告诉对方达纳终于听了他的劝说把钱包还了回来，但里面的钱是死活也不愿意退出来。乔治费尽了口舌才从他那里把信用卡要回来。真是抱歉。

受害人根本不在乎钱,他正疯狂地翻着自己的钱包,确定自己的驾照、蓝十字卡①、社会保险卡、照片还在里面。一切都在。谢天谢地,一切都在。虽然少了点钱,人却吃了一堑长了一智。他穿好衣服,不声不响地走了,可能心中在后悔自己当初就不该动这邪念。

在布莱泽第二次进监狱前的四年中,这是他们经常玩的一个骗局,从来没有失过手,也从来没有被警察逮住过。布莱泽虽然脑子不灵,演技却很出色。乔治是他一生中第二个真正的朋友,他只需认定受害人是在劝说乔治,说布莱泽没有用,布莱泽是在浪费乔治的时间和才智,布莱泽不仅是个笨蛋而且是个生手,总是把事情搞砸。布莱泽只要说服自己相信了这些,他的怒火就会变得真真切切。如果乔治不干预的话,布莱泽会折断那家伙的两条胳膊,甚至会杀了他。

布莱泽将乔治的这张照片翻来覆去地看了半天,内心一片空空荡荡,那种感觉就像抬头仰望天空时看到了满天的星星,或者看到一只鸟停在电话线上,羽毛在空中飞舞。乔治死了,而他仍然愚不可及。他陷入了困境,没有办法摆脱。

除非他能向乔治证明自己脑子并不笨,至少可以把这件活干起来。除非他能向乔治证明自己不是刻意想被警察抓住。这

---

① 蓝十字是美国一个非营利性的健康保险组织,会员或其家庭成员可享受医疗保险。

意味着什么呢?

　　这意味着尿片。尿片和什么?天哪,还有什么?

　　他想着想着就迷糊了起来,而这一迷糊就是一上午。风夹杂着雪花呜呜直叫。

7

黑格镇的马默斯百货商店里有家婴儿用品店,布莱泽在这里就像谁家的客厅里摆了一块巨石一样格格不入。他穿着牛仔裤,劳保靴上系着生皮鞋带,上面是件法兰绒衬衣,腰间系了条黑皮带,皮带扣偏向左边——带来好运的一边。他这次没有忘记戴帽子,而且是有护耳的那顶,这会儿正拿在他的手中。这家婴儿用品店几乎完全被刷成了粉红色,里面灯光明亮,而他就站在正中央。他将目光转向左边,那里是给孩子换尿片用的小桌;他将目光转向右边,那里是童车。他觉得自己仿佛来到了宝宝星球上。

店里的女人真多,有些挺着大肚子,有些抱着小宝宝。许多小宝宝都在哭闹,所有女人都小心翼翼地望着布莱泽,好像他随时会发疯,会在这个宝宝世界里拉屎撒尿,或者会撕破坐垫、扯烂玩具熊,然后再将它们扔得到处都是。一位女店员走了过来。布莱泽如释重负。他一直害怕与人搭讪。他知道人们什么时候感到害怕,也知道自己在什么地方格格不入。他很笨,可还没有笨到那个分上。

女店员问他是否需要帮助,布莱泽说需要。他绞尽脑汁想了半天,仍然没能想起来自己该买的一切,于是干脆用起了他熟悉的唯一花招：蒙骗。

"我一直在别的州，"他说，冲着女店员龇牙一笑，那笑容就连美洲狮也会害怕几分。女店员也勇敢地向他报以一笑。她的头顶才到他胸腔那里。"我刚刚知道我嫂子有了个孩子……一个小宝宝……而我一直在外，我想给他买点东西，小宝宝需要的所有东西。"

她脸露喜色："我明白了。你真是太大方、太可爱了。有没有什么你特别想买的东西？"

"我不知道。小宝宝的事……我根本不懂，一点都不懂。"

"你侄儿多大了？"

"嗯？"

"就是你嫂子的孩子。"

"啊！明白了！六个月。"

"真是太好了。"她的脸上露出了职业性的笑容，"他叫什么？"

布莱泽愣了一下，然后脱口说道："乔治。"

"多么可爱的名字啊，来自希腊语，意思是'农夫'。"

"是吗？希腊离这儿可不近啊。"

她的脸上仍然挂着笑容："可不吗？她都给他准备了些什么？"

这正是布莱泽一直在等待的问题。"问题就在这里，他们准备的东西都不好，因为他们现在缺钱。"

"明白了。所以你想……从零开始，替他们准备好一切。"

"对，就是这意思。"

"你真是太慷慨了。嗯，我们应该从货架尽头的童床柜台开始,那里有一些非常不错的硬木小童床……"

把一个小家伙带大居然要花那么多钱,这倒是出乎布莱泽的意料。他原来以为从那家夫妻小店抢劫来的钱应该够花一阵子,结果他离开宝宝星球时钱包里几乎没有再剩下什么。

他买了一张"梦幻世界"牌的小童床,一个"塞斯·哈尼"牌摇篮,一张"快乐河马"牌幼儿高脚椅,一张 E-Z 折叠式换尿片小桌,一个塑料浴盆,八件长睡衣,八条"一日干"牌橡胶裤,八件婴儿内衣(上面的摁扣他没有弄明白),童床上用的一套保护装置(据说该装置在孩子乱踢乱蹬时可以保护孩子的脑袋),一件毛衣,一顶帽子,一双软鞋,一双红色鞋子(鞋舌上还有几个铃铛),两套相配的衣服裤子,四双短袜(小得连他的手指头都塞不进去),一套倍得适喂哺套装(那些塑料套看上去很像乔治用来装毒品的袋子),一箱叫雅培的奶粉,一箱婴儿水果泥,一箱婴儿正餐,一箱婴儿甜品,外加一套上面印有蓝精灵图案的餐具。

婴儿食品难吃死了。他回到家后尝了一下。

随着婴儿商店一个角落里的大包小包越堆越高,那些面带羞涩的年轻女顾客的目光在上面停留的时间也越来越长,越来越好奇。这成了一件轰动的事儿,成了人们记忆中的一个里程碑——一个装束像伐木工人、低头垂肩的彪形大汉跟着一个身材矮小的女店员,从一个地方走到另一个地方,先听她说,然后她说买什么就买什么。这位女店员叫南希·莫尔多,销售额有提成。随着下午的时间慢慢过去,她的眼睛里几乎有了一种神奇的光芒。总价终于算了出来,布莱泽付钱时,南希·莫尔多赠送了四盒纸尿裤。"你真是我的福星,"她说,"说实在的,我的婴儿用品销售生涯从此上了一个新的台阶。"

"谢谢你，夫人。"布莱泽说。他很高兴南希送了他几盒纸尿裤，因为他已经将尿片的事忘得一干二净。

当他把这些东西装到两辆购物车上时（一个勤杂工拎着装有高脚椅和童床的纸箱），南希·莫尔多高声喊道："一定把那孩子带过来，让我们给他拍张照！"

"好的，夫人。"布莱泽嘟哝道。不知为什么，他的脑海里突然闪现出他第一次在警察局拍大头照时的情形，当时一名警察说，现在转身拍侧面相，膝盖再弯一次，你这傻大个——上帝啊，是谁把你养这么大的？

"那照片算是我们的一点小意思！"

"好的，夫人。"

"伙计，东西买得可真不少啊。"勤杂工说。他大概二十岁，脸上的青春痘刚刚消退，衣领口系了条红色小蝴蝶领结。"你的车停在哪儿？"

"后面的停车场上。"布莱泽说。

他跟在勤杂工身后。勤杂工硬要推一辆购物车，随后又诉苦说这购物车在积雪上推起来多么不容易。"他们不在这边撒盐除雪。你瞧，车轮冻死了，这该死的购物车滑来滑去，稍不留神就会撞到你的脚踝上，痛得要命。我不是在抱怨，只是……"

那你在干什么，小子？布莱泽可以听到乔治在问，想从狗食盆里吃到猫食？

"到了，"布莱泽说，"这就是我的车。"

"好的。你想把什么放进后备箱里？高脚椅还是童床，还是将这两样东西都放进去？"

布莱泽突然想到自己没有后备箱的钥匙。

"把所有东西放在后座上吧。"

勤杂工惊讶得瞪大了眼睛:"啊,天哪,伙计,恐怕装不下。我可以肯定——"

"有些东西可以放在副驾驶座上。我们可以把装着童车的纸箱竖起来放在脚坑里。我把座位往后调一调。"

"为什么不放到后备箱里?那样不是要简单得多吗?"

布莱泽想编个借口,说后备箱里装满了东西,可是撒谎最大的麻烦就是一个谎言总会带来另一个谎言,很快就会让你迷失方向,不知道东南西北。我总是尽可能说真话,这是乔治的口头禅,那就像开车时离家很近一样。

于是,他打消了编造谎言的念头。"我丢了钥匙,"他说,"要是找不到的话,我只有手头这一把车门钥匙。"

"噢。"勤杂工看了布莱泽一眼,那眼神仿佛在说你是个笨蛋,可这没什么,布莱泽以前见过那种眼神。"真没办法。"

他们最终还是把一切都装进了车里。虽然花了不少心思,而且把一部车塞得满满当当,但他们还是成功了。布莱泽朝后视镜望去时,甚至还能看到车后窗外的一点景色,其他部分全部被里面装着折叠式换尿片小桌的纸箱挡住了。

"车不错,"勤杂工说,"旧了点,却是好车。"

"是啊,"布莱泽说。他想起了乔治有时说过的那句话,便加上一句,"虽然下了排行榜,却时刻在我们的心里。"他想知道那勤杂工是不是在等什么东西,看样子是的。

"什么型号?302?"

"342。"布莱泽不假思索地回答道。

勤杂工点点头，仍然站在那里，没有想走的意思。

福特车的后座上传来了乔治的声音，尽管那里根本就没有给他留出地方来。"如果你不想让他一辈子都站在那里，赶紧给他点小费，把他打发走。"

小费。对。没错。

布莱泽掏出钱包，看了看里面可供他选择的不多的几张钞票，然后极不情愿地抽了张五美元，递给勤杂工。那小子立刻将它揣进了口袋。"好了，伙计，祝你好运。"

"随便吧。"布莱泽说。他上了车，将车发动起来。勤杂工正推着购物车回商店。他在半道上停下来，回头望着布莱泽。布莱泽不喜欢那种眼神。那是一种将人牢记在心的眼神。

"我应该早一点记得给他小费的，是不是，乔治？"

乔治没有作声。

回到家后，他将车停在了车棚里，然后将所有婴儿用品搬进屋。他在卧室里装好了童床，将换尿片用的小桌装好后放在童床旁。他根本不需要看说明书；他只看了一眼盒子上的图片，双手就完成了剩下的工作。摇篮摆放在了厨房中，靠近壁炉……但不能离壁炉太近。其他东西他都堆进了卧室壁橱中，免得总是碍眼。

这一切做完后，卧室里有了一种变化，而且这种变化远不止仅仅增添了几件家具。还添加了别的东西，气氛也改变了，仿佛一个幽灵被释放了出来，在自由地行走。不是某个已经离开或者已经作古的人留下的幽灵，而是某个即将到来的人的幽灵。

这让布莱泽感到很怪异。

8

第二天晚上，布莱泽决定为自己那辆偷来的福特车弄一张不引人注目的车牌，于是他在波特兰"快乐吉姆"大超市停车场上偷了一辆大众车的车牌，然后将福特车的车牌装到了大众车上。大众车的车主可能要过几个星期甚至过几个月才会意识到自己的车牌不对，因为那张小不干胶上的数字是七，也就是说那家伙要到七月份才需重新登记。一定要检查登记不干胶标签。这是乔治教他的。

他驱车来到了一家廉价商店。换了车牌后他感到安全多了，而且知道如果这辆福特车换了一种颜色的话，他就会更加安全。他买了四桶"云雀蓝"汽车漆和一把喷枪。他花光了身上所有的钱，但心里非常高兴。

他坐在壁炉前吃晚饭，脚跟着默尔·哈格德①的歌声在破旧的油地毡上重重地打着拍子。老默尔正在唱着《来自穆斯科基的流动雇农》，他倒是真懂得如何娓娓动听地规劝那些该死的嬉皮士。

洗完盘子后，他将缠满了胶布的电源线拉到外面的车棚，

---

① 默尔·哈格德，一九三七年出生的美国乡村音乐代表人物。

挂在房梁上后又在上面安了个灯泡。布莱泽喜欢油漆,而"云雀蓝"又是他最喜欢的颜色。你准喜欢那名字,意思是像鸟一样的蓝色,像云雀那样的蓝色。

他回到屋里,抱起一堆旧报纸。乔治每天都看报,而且不只是看上面的漫画。他有时会把报上的一些评论文章念给布莱泽听,还会被那些红脖子共和党人的话惹得大发雷霆。他说那些共和党人恨穷人,说总统就是白宫里那天天尿床的浑蛋。乔治是民主党人,两年前他们曾经在三辆偷来的不同的车上贴上支持民主党总统候选人的不干胶宣传单。

这些报纸早已过了时,要是换了平常一定会让布莱泽感到伤心的,可是他今晚满脑子想的都是油漆汽车,兴奋得忘记了其他一切。他用报纸遮住车窗和车轮,车上用铬装潢的地方更是又贴了几张。

晚上九点,车棚里弥漫着喷漆散发出的香蕉芳香;晚上十一点,工作全部结束。布莱泽取下那些旧报纸,给几个地方补了点漆,然后开始欣赏自己的杰作。他觉得活干得很漂亮。

他上床睡觉,油漆的气味让他有些头昏眼花,结果第二天醒来时头痛得厉害。"乔治?"他满心希望地喊了一声。

没有人应答。

"我没钱了,乔治,一分钱都没有了。"

没有应答。

布莱泽一整天都在屋里转悠,琢磨着怎么办。

上夜班的那家伙正在看一本名叫《壮汉芭蕾舞女》的廉价长篇小说,一把科尔特左轮手枪突然伸到了他的面前。还是那把科尔特左轮,还是那粗哑的声音,"把收银机里的钱都给我。"

"啊,不,"哈里·内森说,"哦,上帝。"

他抬头望去,面前站着一个塌鼻子丑八怪,脸上蒙着一只女人穿的长筒丝袜,袜筒像滑雪帽上的尾巴一样耷拉在他的后背上。

"不会又是你吧。"

"把收银机里的钱都给我,装在袋子里。"

这次没有人恰好进来,而且由于是周末,收银机里的钱不如上次多。

抢劫犯向门口走去,半道上停住脚,转过身来。哈里·内森心想,完了,他会开枪。可那家伙没有开枪,而是说了一句:"我这次没有忘记蒙上丝袜。"

他那张蒙着尼龙丝袜的脸似乎在笑。

然后他就走了。

9

小克莱顿·布莱斯德尔刚到赫顿之家时，这家孤儿院有一位女院长。他已经忘记了她的名字，只记得她头发花白，眼镜后面闪烁着一双灰色的大眼睛。她给他们念《圣经》，每天早晨集合结束时都会说上一句"只要做好孩子，就会有出息的"。可是有一天，办公室里再也没有了她的身影，因为她中风了。布莱泽起初以为大家是说她"种蜂"去了，后来才明白：是中风了。那是一种永远治不好的头痛病。接替她的是马丁·考斯劳。布莱泽永远忘不了这个名字，而且不仅仅是因为孩子们都叫他"牢头"；布莱泽永远忘不了他，是因为"牢头"教算术。

上算术课的地方是三楼的第七教室，冬天那里面冷得连一只黄铜猴子塑像上的蛋蛋都会冻掉。墙上挂着乔治·华盛顿、亚伯拉罕·林肯和玛丽·赫顿嬷嬷的画像。赫顿嬷嬷皮肤白皙，一头黑发向后撩，在脑后盘成一团，像个球形门把手。她那双黑眼睛有时会在熄灯后出现在布莱泽面前，责备他这样那样的事没有做好，大多数时候是责备他愚笨。按照"牢头"的说法，他实在是太笨，根本读不了高中。

第七教室的门是黄色的，很旧。教室里始终散发着地板蜡的气味，而正是这种气味让走进教室时生龙活虎的布莱泽昏昏欲睡。教室里的九个灯泡上落满了苍蝇，每当下雨的时候，这些灯泡便会投下昏暗、凄惨的亮光。教室前面的墙壁上有块旧黑板，黑板的上方挂着几块绿色标语牌，上面用帕尔默连笔花体字写着大小写字母。字母表后面是数字0到9，印在上面是那么优美可爱，仅仅看着它们都会让你觉得自己愚蠢，觉得自己更加不可救药。桌面上刻满了相互重叠的涂鸦和人名的首字母缩写，虽经反复打磨和抛光，仍然无法彻底消除，仍然留下了一道道痕迹。课桌通过螺丝被固定在地板上的圆铁盘中。每张课桌上都有一个墨水池，里面装满了卡特牌墨水。如果你打翻了墨水池，就会被拖到卫生间里，尝一尝挨打的滋味；如果你在黄色地板上留下黑乎乎的脚印，也会挨一顿打；上课时糊弄会挨打，而糊弄全班人被称作不当行为。必定会让你挨打的违纪行为还不止这些；马丁·考斯劳相信皮带和板子的作用。赫顿之家的人对"牢头"的板子简直是谈虎色变，对它的恐惧甚至胜过藏在床铺底下吓人的鬼怪。板子是用桦木做的，很薄。"牢头"在上面钻了四个孔，以减少空气阻力。他还是"法尔茅斯摇滚"保龄球队的队员，有时候星期五会穿着保龄球衫来学校。保龄球衫是蓝色的，胸前口袋上方用金色的丝线潦草地绣着他的名字——马丁。在布莱泽眼里，那些字母看上去几乎（但不十分）像帕尔默连笔字体。"牢头"说，无论是在保龄球还是在生活中，一个人只要能掷出二投全倒，那么一投全倒便是水到渠成的事。那么多二投全倒和一投全倒造就了他强壮的胳膊，因此当他想让人尝尝板子的滋味时，那可是刻骨铭心的痛。他在某个有特别不当行为的男孩身上运用板子时，据说会用牙齿咬住自己的舌头，有时候舌头甚至会被他咬出血来。赫顿之家曾经有个男孩不仅叫他"牢头",也叫他德拉库拉①,但后来这个孩子熬出了头,大家再也没有见到过他。"熬出头"是指孤儿院的某个孩子长期寄养在某个家庭中,甚至被人收养。

赫顿之家的所有男孩对马丁·考斯劳又恨又怕,但最恨他又最怕他的莫过于布莱泽。布莱泽的数学成绩极差。虽说他重新掌握了两个苹果加三个苹果的窍门,可这已经够难为他的了,而四分之一个苹果加二分之一个苹果总是让他弄不明白。他只知道苹果是咬一口算一口的。

布莱泽第一次玩花招是在算术基础课上,协助他的是他的朋友约翰·切尔兹曼。约翰瘦得皮包骨头,人也长得很丑,个子高高的像个麻秆,心中充满了仇恨,只是这种仇恨很少表露出来,大多数时候都隐藏在他那副缠着胶布的厚眼镜背后,隐藏在他那农夫般嘀嘀嘀的傻笑背后。他自然成了那些进院时间比他更早、身体比他更强壮的人欺负的对象。他们常常捉弄他,春天和秋天将他的脸按在泥土上,冬天将他的脸按在雪地上。他的衬衣常常被撕破,几乎每次在公共浴室冲澡时,他的屁股都会被湿毛巾抽打几下。他总是擦掉脸上的泥土或雪花,将扯破的衬衣下摆塞进裤子里,或者摸着通红的屁股嘀嘀嘀地傻笑,绝对不让仇恨流露出来,也不让自己的聪明显露出来。他成绩不错,不费吹灰之力就能得高分,可他很少得 B 以上的成绩,因为那样的成绩不受人欢迎。在赫顿之家,A 代表着浑蛋,代表着屁股挨揍。

---

① 德拉库拉,十九世纪英国作家斯托克所著小说《德拉库拉》中的吸血鬼之王。

布莱泽这时已经开始长成了一个大块头。虽然十一二岁的他远没有他后来那么高大，那么魁梧，但他的块头已经不小，和那些年龄比他大的孩子不相上下。他从不在操场上打人，也不在浴室里向人挥舞毛巾。一天，布莱泽正好站在操场另一头的栅栏旁，无所事事地看着乌鸦落在树上后又飞走。约翰·切尔兹曼走到他跟前，提出要和他做一笔交易。

"这学期教数学的又是'牢头'，"约翰说，"而且还会继续讲分数。"

"我最讨厌分数。"布莱泽说。

"只要你不让那些笨蛋再欺负我，我就替你做作业。不要做得太好，免得引起他的怀疑，也免得让他给抓住。只要能让你蒙混过关就行，那样你就不会再被罚站了。"罚站虽说不像挨打那样糟糕，可也不是件好事。你得站在第七教室的角落里，面壁思过，连墙上的钟都看不到。

布莱泽想了想约翰·切尔兹曼的点子，摇了摇头："他会知道的。他会点名让我当场做题，然后就会知道的。"

"你只需要像往常一样东张西望，装出在思考的样子，"约翰说，"其余的事就交给我吧。"

约翰说到做到。他把家庭作业的答案写好，布莱泽将答案抄出来。他还竭力抄写得像黑板上方帕尔默连笔花体字表中的那些数字，但从来没有成功过。"牢头"有时会叫他，布莱泽站起来后会东张西望——目光就是不落在马丁·考斯劳的身上。这也没什么，每个人被叫起来回答问题时都这样东张西望。在他这样东张西望的过程中，他的目光会落到约翰·切尔兹曼身上。约翰缩着身子坐在靠近门的座位上，旁边就是书柜。他将双手放在书桌上。如果"牢头"想要的答案是 10 或者小于 10，手指数就是答案。如果是分数，约翰的双手会握成拳头，然后再张开。他的动作很快。左手表示分子，右手表示分母。如果分母大于 5，约翰会把手先握成两个拳头，然后再用双手表示数字。尽管许多人会觉得约翰这一套要比分数复杂得多，布莱泽却轻而易举地掌握了这些信号。

"怎么样，克莱顿，""牢头"会说，"大家都等着呢。"

于是布莱泽便会给出答案："六分之一。"

他不必每次都答对。多年后他和乔治说起这件事时，乔治赞许地点点头说："真是个不错的小骗局。什么时候穿帮的？"

开学三星期后，这个小骗局穿帮了。布莱泽后来琢磨这件事的时候——他也会琢磨事，只是花的时间太长，而且琢磨事对他来说可不容易——他意识到"牢头"准是一直在怀疑他数学成绩的神速提高。"牢头"只是一直没有流露出来，一直在放长线钓大鱼，等待着布莱泽自己上钩。

"牢头"搞了一次突然测试。布莱泽得了零分，因为测试题全是分数。安排这次测试只有一个目的，那就是逮住小克莱顿·布莱斯德尔。零分下面还有一行潦草的红字。布莱泽看不懂，便拿去给约翰看。

约翰看了一遍，起初没有吭声，然后对布莱泽说："这句话的意思是'约翰·切尔兹曼又将落到挨揍的地步了'。"

"什么？嗯？"

"这上面写着：'四点钟来办公室找我。'"

"为什么？"

"因为我们把测验的事给忘了，"约翰说，"不，你没有忘，是我忘了,因为我一门心思只想着怎么不让那些大块头浑蛋揍我。这次轮到你揍我了,然后是'牢头'体罚我,然后是那些浑蛋重新开始揍我。天哪,我还不如死了。"他那副可怜巴巴的样子也确实像。

"我不会揍你。"

"不会?"约翰望着他,眼神完全像那种既想相信又不敢相信的人。

"你总不能代我考试吧,对不对?"

马丁·考斯劳的办公室很大,门上钉着"校长"的牌子。办公室里有块小黑板,正对着窗户,而窗户外就是赫顿之家那破旧的操场。黑板上写着粉笔字,是布莱泽最害怕的分数题。布莱泽进去时,考斯劳正好坐在办公桌后,毫无缘由地皱着眉头。布莱泽进来后,他便有了皱眉的对象。"敲门。"他说。

"嗯?"

"先出去,敲门。""牢头"说。

"哦。"布莱泽转身走了出去,敲了敲门后再次走了进来。

"谢谢。"

"不客气。"

考斯劳皱起眉头望着布莱泽。他拿起一支铅笔,开始轻轻敲击办公桌。那是一支改卷用的红笔。"小克莱顿·布莱斯德尔,"他沉思道,"这么长的名字,这么笨的脑子。"

"别的孩子都叫我——"

"我不管别的孩子叫你什么。孩子应该是小山羊,还是蠢货们流传的一句俚语,我根本不在乎,也不在乎是哪些人用这个词①。我是数学老师，我的任务就是教你这样的年轻人，让他们进高中——如果他们能听得进的话——还教他们明白事理。如果我的责任仅仅是教数学——我有时真希望是这样，常常希望是这样——我可以不管，可我还是校长，因此必须教人明白对与错，证毕。布莱斯德尔先生，你知道'证毕'是什么意思吗？"

"不知道。"布莱泽说。他心一沉，可以感觉到泪水正涌上自己的双眼。就他的年龄而言，他的个头确实很大，可他现在感觉自己非常渺小，而且越来越渺小。他虽然知道"牢头"巴不得他有这种感觉，可他硬是没有办法改变自己的感觉。

"不知道，永远不会知道，因为即便你真的能念到高中二年级——对此我很怀疑——你也永远不会理解几何，就像过道尽头的饮水器也永远不会理解几何一样。""牢头"竖起手指，在椅子上往后一仰，那件挂在椅子背上的保龄球衫也随着他一起摇晃着。"它的意思是'需要证明'，布莱斯德尔先生。我那小测验已经证明你是个骗子。骗子是不知道对与错之间的区别的。证毕，证明完毕。然后就是惩罚。"

布莱泽低头望着地板。他听到一个抽屉被拉开，什么东西被拿了出来，然后抽屉又被关上。他不用抬头就知道"牢头"的手里握着什么。

"我最恨作弊，"考斯劳说，"可我知道你在智力方面很欠缺，布莱斯德尔先生，因此我知道在这小诡计中还有一个人比你更可恶。是他首先把这点子装进了你那显然糊涂得不可救药

---

① 英语中的"孩子"(kid)一词还有"小山羊"和"俚语"的意思。

的脑子里，然后再唆使你。你听懂了吗？"

"没有。"布莱泽说。

考斯劳的舌尖伸了出来，牙齿坚定地咬着舌尖，然后甚至更加坚定地握住了板子。

"谁帮你做的作业？"

布莱泽没有吭声。你不能出卖别人。所有漫画书、电视节目和电影里都是这么说的。你不能出卖别人，更不能出卖你唯一的朋友。他心中还有一样东西在翻腾，在挣扎着要表达出来。

"你不应该打我。"他终于开口道。

"哦？"考斯劳一脸惊诧，"你是这么说的？为什么呢，布莱斯德尔先生？请阐述一下，我洗耳恭听。"

布莱泽虽然不明白这两个词的意思，但他懂得"牢头"脸上的表情。那种表情他这辈子已经看得太多了。

"你根本没想把我教好，只是想让我觉得自己很小。谁要是拦你，你就揍谁。这样做不对。你不应该揍我，因为是你错了。"

"牢头"脸上的惊诧之情一扫而光，取而代之的是暴怒，而且气得额头中央的青筋都在跳动。"是谁帮你做的作业？"

布莱泽没有吭声。

"你在课堂上是怎么回答问题的？怎么约定的？"

布莱泽没有吭声。

"是不是切尔兹曼？我看就是切尔兹曼。"

布莱泽还是没有吭声。他紧握拳头，浑身在发抖，眼泪夺眶而出，但他觉得那已经不再是因为感到自己渺小而流淌的泪水。

考斯劳挥起板子，在布莱泽的胳膊上重重地打了一下，"啪"——简直像手枪发出的响声。除了屁股之外，这是布莱泽身体的其他部分第一次挨老师的打。当然，他小时候偶尔会被老师揪耳朵（有一两次还被揪过鼻子）。"回答我，你这没脑子的公鹿！"

"操你！"布莱泽喊道，那无可名状的东西终于自由地跳了出来。"操你，操你！"

"过来，""牢头"说道。他的眼睛瞪得老大，鼓了出来，握着板子的那只手已经失去了血色。"过来，你这上帝的垃圾。"

刚才那无可名状的东西就是愤怒，现在已经发泄完了，再加上他毕竟还是个孩子，布莱泽走了过去。

二十分钟后，他走出了"牢头"的书房，喘气时呼哧呼哧直响，鼻子在流血，但他没有掉一滴泪，也没有透露一个字。他成了赫顿之家的一个传奇。

他的算术课从此结束。整个十月以及十一月的大多数时候，他不用再去第七教室，而是去了第十九教室。这对布莱泽来说没有什么。他的后背疼得厉害，两个星期后才能舒舒服服地平躺在床上。这对他来说也没有什么。

十一月下旬的一天，他又一次被叫进了考斯劳校长的办公室。黑板前坐着一男一女两个中年人。布莱泽觉得这两个人形容枯槁，仿佛是被深秋的大风吹进屋的两片树叶。

"牢头"坐在办公桌后。哪儿都看不到他的保龄球衫。办公室里很冷，因为窗户全都敞开着，好让十一月那灿烂但失去了威力的阳光照射进来。"牢头"不仅是个保龄球迷,还对新鲜空气爱好成癖。这对来访的夫妇似乎对此并不介意。那干巴巴的男人穿着带垫肩的灰色礼服,系着一条狭领带;那冷冰冰的女人穿着件褶边大衣,里面是白色衬衫。两个人的手都非常结实,青筋暴绽:他的手长满了老茧,她的手通红开裂。

"鲍伊先生和鲍伊太太,这就是我说的那个孩子。小布莱斯德尔,把帽子脱了。"

布莱泽脱了戴在头上的红袜棒球队的帽子。

鲍伊先生那双挑剔的眼睛上下打量着他:"他块头不小。你说他只有十一岁?"

"下个月满十二岁。他在你家会是个好帮手。"

"他没有什么传染病吧?"鲍伊太太问。她说话的声音又高又尖,从她厚实的胸膛传出来,听上去给人一种很怪异的感觉;而她那对丰腴的乳房此刻正像希金斯沙滩旁的卷浪一样高高耸起。"没有肺结核什么的吧?"

"都检查过了,"考斯劳说,"我们这儿所有孩子都定期接受体检,是州政府规定的。"

"我想知道他会不会劈柴,"鲍伊先生说。他那张脸又瘦又憔悴,活像某个在电视上布道却没有多少听众的牧师。

"我可以肯定他会劈柴,"考斯劳说,"我相信他能干重活,我是说重体力活。他算术很差。"

鲍伊太太笑了,笑得很含蓄,连牙齿都没有露出来。"算账的事归我。"她转身问她丈夫,"休伯特,你看呢?"

鲍伊先生想了想,然后点点头。"好吧。"

"小布莱斯德尔,请出去一下,"考斯劳说,"我过会儿再和你谈。"

结果,"牢头"根本没有征求布莱泽的意见,就让鲍伊夫妇成了他的监护人。

"我不想让你走,"约翰说。他坐在布莱泽旁边的小床上,看着布莱泽将自己少得可怜的几件私人物品装进一个拉链包里。如同这拉链包一样,大多数私人物品也都是赫顿之家提供的。

"我很难过,"布莱泽说,可他并不感到难过,至少不是真心实意地感到难过。他只是希望约翰能和他一起去。

"你前脚刚走,他们就会开始揍我,每个人都会揍我。"约翰的双眼在眼窝里飞快地转来转去,手指甲抠着鼻子旁新长出来的一个粉刺。

"他们不会的。"

"他们会的,你知道。"

布莱泽当然知道。他还知道他无能为力。"我得走了,我还没有成年。"他冲约翰一笑,"矿工,四十九,非常抱歉,克莱门汀①。"

对于布莱泽来说,这简直可以算是尤维纳利斯②式的机智,可约翰没有一丝笑意。他伸手使劲抓住布莱泽的胳膊,仿佛要将那胳膊的质地永远收藏在他的记忆中一样。"你不会再回来了。"

可布莱泽还是回来了。

---

① 美国民歌《克莱门汀》中的几句歌词。
② 尤维纳利斯(公元60?—127?),古罗马讽刺诗人,传世讽刺诗十六首,抨击皇帝的暴政,讽刺贵族的荒淫和道德败坏。

鲍伊夫妇开着一辆旧福特皮卡车来接他。这辆车虽然几年前被油漆成了可怖的白色，原来的底色仍然依稀可见。驾驶室里能坐得下三个人，他们却让布莱泽坐在了后面的货舱里。他并不介意。看到赫顿之家渐渐消失在远方，直到最后不见了踪影，他感到万分高兴。

鲍伊家住在坎伯兰县一座破旧的大农舍里，一边毗邻法尔茅斯县，另一边毗邻雅茅斯县。农舍没有粉刷过，坐落在一条简易公路旁，上面一层层落满了从公路上刮来的尘土。屋子前面竖着块牌子，上面写着"鲍伊牧羊犬场"，左边有一个巨大的狗圈，里面的二十八条牧羊犬整天跑来跑去，不停地吠叫着。其中几条牧羊犬长了疥癣，身上大块大块地掉了狗毛，露出粉红色的嫩皮，任由这个季节最后几只臭虫啃噬着。屋子右边是一块杂草丛生的草地，再过去是一间巨大的马厩，里面养着鲍伊家的奶牛。鲍伊家占地四十英亩，大部分地方种着牧草，但还有七英亩土地上杂乱地生长着针叶树和阔叶树。

他们到家后，布莱泽拎着拉链包从皮卡车上跳了下来。鲍伊接过了他的拉链包。"我替你把包放好。你得劈柴。"

布莱泽朝他眨巴着眼睛。

鲍伊指了指马厩。一排之字形的棚子将马厩与房子连在了一起，中间几乎形成了一个庭院。其中一间棚子靠墙放了一堆木头，里面有枫木也有松木，树汁在树皮上凝结成了亮晶晶的水泡。柴堆前有一个刀痕累累的木砧，上面插着一把斧头。

"你得劈柴。"休伯特·鲍伊又说了一遍。

"哦。"布莱泽说。这是他第一次对鲍伊夫妇说话。

鲍伊夫妇看着他走到木砧旁取下斧头。布莱泽看了看斧头，然后将它搁在砧木旁的尘土中。那些狗不停地跑来跑去，吠叫着，最小的牧羊犬吠叫的声音最尖。

"怎么样？"鲍伊问。

"先生，我从来没有劈过柴。"

鲍伊丢下拉链包，任由它掉在尘土中。他走过去，将一块枫木放在砧木上，朝手心吐了口唾沫，双手相互搓了搓，然后拎起斧头。布莱泽眼睛一眨不眨地望着。鲍伊猛地一挥斧头，木块变成了两截。

"就这样，"他说，"长短刚好能放进炉子里。"他将斧头递给布莱泽，"你来。"

布莱泽将斧头靠在两腿之间，朝掌心吐了口唾沫，双手搓了搓。他拿起斧头，突然意识到自己没有把木块放到砧木上。他将一块木头放了上去，举起斧头，猛地一挥。那块木头也变成了两截，长短刚好能放进炉子里，而且与鲍伊刚才劈出的几乎一模一样。布莱泽不免有些沾沾自喜。可紧接着，他就倒在了泥土中，右耳嗡嗡作响，鲍伊的一只粗糙坚硬、因长年干活而力大无穷的手从背后猛地给了他一下。

"这是为什么？"布莱泽抬起头来问。

"因为你不知道怎么劈柴，"鲍伊说，"趁着你还没有来得及说这不是你的过错，我告诉你，这也不是我的过错。你现在给我好好劈柴。"

他的房间很小，位于这布局凌乱的农舍的三楼，属于后来添加的。房间里除了一张床和一个五斗橱外，什么都没有。墙上有扇窗户，可从这窗户望出去，外面的一切都显得起伏不平、扭曲变形。这屋子到了晚上会变得很冷，清晨时分更冷。布莱泽倒是不在乎冷不冷，可他不喜欢鲍伊夫妇。这种不喜欢渐渐地变成了讨厌，而讨厌最终变成了仇恨。这种仇恨慢慢地变得越来越强烈。对他而言，这种变化是必然的。这种仇恨以自己的速度与日俱增，而且是完全彻底地增长，最后终于绽放出了鲜红的花朵。这种仇恨任何有智力的人都无法理解。它是独一无二的。任凭你如何参悟都无法理解。

那年的秋天和冬天，他一刻不停地忙着劈柴。鲍伊曾尝试教他挤牛奶，可布莱泽干不了。鲍伊说他的手太硬，无论他怎么轻轻地用手指握着奶头，那些奶牛还是非常紧张。这种紧张感又传染到他的身上，形成了一个恶性循环。牛奶的产量日趋减少，最后干脆没有了。鲍伊倒是没有因为这个扇他耳光或者打他的后脑勺。鲍伊不愿意买自动挤奶机，因为他不相信那些机器，说德拉瓦尔公司制造的那些机器会早早地就把奶牛榨干，还说用手挤牛奶是一种天分。正因为这是一种天分，你不能因为某个人没有这种天分就惩罚他，就像你不能因为某个人不会写"思歌"①而惩罚他一样。

"不过，你劈柴还行，"他说，脸上没有丝毫笑容。"你有这方面的天分。"

布莱泽劈完柴后还得将木柴搬进屋，每天要四五次将厨房的木柴箱装满。虽然他们家有一个燃油炉，可休伯特·鲍伊一直要到二月份才会用它，因为二号柴油的价格太贵。布莱泽要

---

① 即"诗歌"，鲍伊说不好这个词。

干的活很多：下雪天要铲掉三十米长的车道上的积雪，要叉干草，要清扫马厩，要刷洗鲍伊太太的地板。

从周一到周五，布莱泽每天早晨五点钟起来喂奶牛（下雪天四点钟就得起来），吃完早饭后坐黄色的萨德一〇六校车去上学。如果可能的话，鲍伊夫妇会干脆就不让他上学，可他们不敢。

在赫顿之家的时候，布莱泽听到过许多关于"外面的学校"的说法，有好的也有坏的。大多数坏的说法都来自那些大孩子，他们在弗里波特高中念过书。不过，布莱泽还没有到上高中的年龄。他住在鲍伊家那段时间里就读的是坎伯兰A区学校，他很喜欢那里。他喜欢那里的老师，喜欢背诗歌，喜欢站在教室里背诵："小桥飞虹，河水流淌……"朗诵这些诗歌时，他身上穿着红黑格子的猎装（他从来不脱，因为消防演习时他忘记过拿上它），绿色的法兰绒裤子，脚上是绿色的胶靴。他身高近一米八，远远高于班上其他六年级孩子，而更令其他孩子望而生畏的是他脸上狰狞的笑容以及额头上的凹坑。布莱泽背诵诗歌时，谁也不敢笑他。

虽然他属于州政府抚养的孤儿，他还是交了许多朋友，因为他对人没有敌意，而且不欺负人。他很合群，在操场上谁都可以骑在他身上，有时候他肩膀上一次可以同时扛着三个一年级学生。玩"猴子站中间"①时，他从不利用自己的身高优势。他会同时被五六个孩子，甚至七个孩子抱住，然后摇晃着，摇晃着，通常脸上挂着笑容，带有凹坑的脸望着天空，最后像一堵墙那样轰然倒下，引得大家发出一片欢呼声。瓦斯列夫斯基

---

① 一种美国儿童游戏，类似中国的丢沙包。

夫人是个天主教徒，有一天在操场值日时看到布莱泽正扛着一年级学生玩耍。她开始称他为小学生们的圣弗朗西斯。

在切尼太太教的阅读、写作和历史课上，布莱泽有了很大的进步。切尼太太一开始就知道布莱泽的数学课（他总是称那为算术课）已经无可救药。她有一次想拿抽认卡①给他试一试，他的脸色刷地一下白了，她相信布莱泽真的快要昏过去了。

他不聪明，但没有智力障碍。到了十二月，他的阅读能力已经从一年级所读的迪克和珍妮的历险故事提高到了阅读三年级学生看的《梦想成真》儿童期刊中的故事了。切尼太太给了他一堆装订成册的经典漫画书，让他带回家去看，并且让他带了一张便条给鲍伊夫妇，说那是家庭作业。他喜欢《雾都孤儿》，看了一遍又一遍，读懂了其中的每个词。

这一切持续到了一月份，如果不是发生了两件不幸的事，很可能还会一直持续到春天。这两件不幸的事是：他杀死了一条狗；他恋爱了。

他恨那些牧羊犬，可他每天要干的活当中就包括喂狗。这些都是纯种牧羊犬，可由于饲料太差，再加上整天被关在狗圈或狗窝里，这些狗变得很丑，很神经质。其中大多数都非常胆小，竭力躲避被人触摸。它们会朝你扑过来，会冲你吠叫、咆哮，然后会退回去，再从另一个角度攻击你。它们有时会从背后偷偷向你扑来，在你的小腿肚或屁股上咬一口后逃窜。给它们喂食的时候，它们那种疯狂的喧闹令人讨厌至极。它们从来

---

① 抽认卡，上面有单词、数字或图画的卡片，教师逐张抽出，要求学生立刻回答。

不惹休伯特·鲍伊；鲍伊太太是它们唯一亲近的人。她用自己那叽叽喳喳的声音哄着它们，她每次和狗在一起时总是穿着一件红色的外套，上面沾满了黄褐色的毛。

鲍伊夫妇几乎从不出售成年狗，到了春天，每只小狗都能给他们带来两百美元的收入。鲍伊夫人不停地向布莱泽念叨着把狗喂好有多么重要，念叨着给它们喂她所说的"高级混合饲料"有多么重要。可她自己从来没有给狗喂过食，而布莱泽倒进食槽里的是从法尔茅斯一家饲料店买来的便宜货，还煞有介事地被称作"物有所值狗粮"。休伯特·鲍伊有时称它为"便宜货"，有时称它为"狗屁"，但只要妻子在旁边，他就从来不用这两种称呼。

那些狗知道布莱泽不喜欢它们，知道他害怕它们，因此它们对他一天比一天凶。天气真的开始变冷时，它们扑过来时偶尔会从正面咬到他。他有时晚上会从噩梦中惊醒过来：他梦见那些狗一起冲过来，将他扑倒在地，把他活生生地吃了。每次从这种噩梦中醒来后，他都会躺在床上，大口大口地喘气，让呼出的水汽融入黑暗中的空气里。他会摸摸自己的全身，看看自己是否少了胳膊缺了腿。他知道自己没有缺胳膊少腿，也知道梦境与现实之间的区别，可这种区别在黑暗中显得那么小。

有几次，狗扑过来时撞翻了他拎着的狗食，他只好尽量将洒在尿迹斑斑的雪地上的狗食扒拉到一起，而那些狗就在他四周咆哮着，争抢着。

在这场针对他的没有正式挑明的战争中，有一条狗逐渐成了领袖。这条狗十一岁，名叫兰迪，一只眼睛为乳白色。它的牙齿像两根已经发黄的旧獠牙，脑袋正中央有一条白色条纹，常常吓得布莱泽魂飞魄散。它会非常准确地冲向布莱泽，而且是从正面笔直地冲过来。它那弓起的后背以及斑驳的皮肤不停地闯入布莱泽的视线中。兰迪那只好眼睛似乎在冒火，而它那只坏眼睛对这一切熟视无睹，已经成了一盏熄灭的油灯。它的爪子从狗圈的地面上刨起一团团黄白色的积雪。它会加速冲过来，一直冲到除了扑向布莱泽的喉咙外已别无选择的地步。其他狗会在它这一招的鼓动下变得疯狂起来，又是跳跃又是打滚，然后朝着空中咆哮。兰迪的爪子会在最后一刻突然落到地上，溅起的雪花落满布莱泽绿色的裤子。然后，它会迅速跑开，兜一圈后开始新一轮的演习，但它掉头逃走的时间会越来越晚，到最后会离布莱泽非常近，近得可以嗅到它身上散发出的热量乃至它的呼吸。

终于，一月底的一个傍晚，布莱泽知道这条狗不会再玩虚的了。他不知道狗这次向他冲来时有什么不同，也不知道为什么，但这次是真的。兰迪这次已经打定了主意。它要跳起来发起攻击，其他的狗会立刻扑过来，然后一切都会变成他在梦中所见到的情形。

兰迪冲了过来，速度越来越快，而且悄无声息。它的爪子这次没有伸出来，没有打滑，也没有转弯。它弓着腰，身子往后缩，紧接着，兰迪跳到了空中。

布莱泽当时正一手拎着一只铁桶，里面装满了"物有所值狗食"。当他看到兰迪这次是来真格的时候，所有的恐惧全被抛到了脑后。他在兰迪跳起来的那一刻放下了手中的铁桶。他手上戴着真皮手套，手指露在外面。他挥起右拳，在空中迎接了兰迪，正好击中它那铲子般的长嘴下方。这一拳的振动波一直传到他的肩膀上。他的手立刻失去了知觉。空中短暂地咔嚓响了一下。兰迪在寒冷的空中做了一个完美的一百八十度空翻，然后背着地，重重地摔在地上。

别的狗重新开始吠叫，布莱泽这才意识到它们刚才全都陷入了沉默。他拎起铁桶，走到食槽旁，将狗食倒了进去。要是换作以前，那些狗每次都会立刻涌过来，他还没有来得及往里面加水，它们就会狼吞虎咽起来，还咆哮着，相互争抢最佳的地方。他毫无办法，反正狗不听他的。可是今天，当一条体形较小的牧羊犬向食槽冲来时，布莱泽看到了它那愚蠢的眼睛在发光，愚蠢的舌头从那愚蠢的嘴巴一侧垂下来。他用戴着手套的双手向它猛地挥去，它迅速向旁边一躲，速度太快，爪子一滑，侧身摔了一下。别的狗吓得退了回去。

布莱泽从水龙头那里接了两桶水，加了进去。"好了，"他说，"加了水了，去吃吧。"

看到别的狗向食槽冲去时，他回去查看一下兰迪。

兰迪身上的跳蚤正在离它而去，从它那变凉的尸体上跳下来，冻死在了沾满狗尿的雪地上。它那只好眼睛现在像它那只坏眼睛一样呆滞无神。这让布莱泽既感到有些惋惜又感到有些伤心。也许那条狗只是想逗逗他，只是想吓唬吓唬他。

他真的吓坏了，确实吓坏了。他这次恐怕是在劫难逃。

他低着头，拎着空桶向屋子走去。鲍伊太太在厨房里，将洗衣板架在水槽上，忙着洗窗帘，边干边用她那尖细的嗓子唱着一首赞歌。

"哦，别踩我的地板！"她一看到他就嚷了起来。那是她的地板，可刷洗地板的却是他，而且是跪在地上刷洗地板。他的心中产生了一丝怨恨。

"兰迪死了。它向我扑来,我打了它一下,它死了。"

她的双手立刻从肥皂水里抽了出来,她尖叫道:"兰迪?兰迪!兰迪!"

她转了一圈,从火炉旁的钩子上一把取下自己的毛衣,然后向门口跑去。

"休伯特!"她高声喊叫她的丈夫,"休伯特,哦,休伯特!真是个坏孩子!"然后,仿佛继续唱着刚才那首歌一样,"噢——噢——"

她猛地推开布莱泽,跑到了外面。鲍伊先生从棚子那里的一扇门走了出来,那张消瘦的脸因为这突如其来的叫声而拉得更长。他大步走到布莱泽跟前,一把抓住他的肩膀。"出什么事了?"

"兰迪死了,"布莱泽的脸上毫无表情,"它冲我扑过来,我把它打倒了。"

"你等着!"休伯特·鲍伊说着便向他妻子跑去。

布莱泽脱下身上那件红黑格子的外套,在角落里的凳子上坐了下来。靴子上的雪化成了地上的一小摊水。他不管。火炉发出的热气温暖了他的脸。反正是他劈的柴,他不管。

鲍伊扶着他妻子走了进来。她用围裙捂着脸,高声抽泣着,那尖细的声音听上去像缝纫机发出的响声。

"给我到棚子里待着!"鲍伊说。

布莱泽开了门,鲍伊一脚将他踢了出去。布莱泽从两级台阶上摔到了院子里,爬起来后走进了棚子。棚子里有各种各样的工具——斧头、锤子、车床、砂轮、刨床、打磨机,以及他叫不出名字的东西。棚子里还有汽车配件和一箱箱旧杂志,还有一把除雪用的铲子，前面有宽宽的铝制铲斗。那是他的铲子。布莱泽望着它，这把铲子将他对鲍伊夫妇的仇恨带到了极限。仅仅因为收留他，他们每个月可以得到一百六十美元，而他却替他们干活。他的一日三餐糟透了，还不如赫顿之家的伙食。这不公平。

休伯特·鲍伊开门走了进来："我现在要揍你一顿。"

"那条狗向我扑来，要咬我的脖子。"

"少啰嗦，否则会罪加一等。"

鲍伊每年春天都会让自己的一头奶牛与弗兰克林·马斯泰拉家的公牛弗雷迪交配。棚子的墙上挂着牲口套，缰绳的一头连着一个鼻羁，他还把那牲口套称作"爱情套"。鲍伊从钩子上取下牲口套，握住鼻羁，手指插在鼻羁的格子当中，沉重的皮缰绳垂落了下来。

"趴到那张工作台上去。"

"兰迪要咬我的脖子。我说过，不是它就是我。"

"趴到工作台上去。"

布莱泽迟疑了一下，但他没有思考，因为思考对他来说是个漫长的过程。他转而向自己的本能求救。

时机还不成熟。

他趴在了工作台上。这顿鞭打又狠又久，但他没有哭。后来回到自己的房间后，他才让泪水流下来。

他爱上的姑娘叫玛乔丽·瑟洛，是坎伯兰Ａ区学校的七年级学生。她有着金色头发，蓝色眼睛，但是没有耸起的乳房。她笑起来很迷人，眼角会向上扬起。在操场上玩耍时，布莱泽的眼睛一刻也不会离开她。只要一看到她，他就会感到胸中空空荡荡的，但这是一种幸福的感觉。他幻想着自己替她抱着书本，保护她，不让那些坏蛋欺负她。一想到这些，他总会感到脸发烧。

兰迪事件以及遭鞭打后不久，乡村巡回护士有一天来到了他们学校，给学生们打预防针。学生们一周前就拿到了豁免表，那些希望自己孩子打预防针的家长要在表格上签字。手中拿着家长签字表格的孩子在衣帽间外排成了一队，一个个神情紧张，布莱泽也排在其中。鲍伊给学校董事乔治·亨德森打了个电话，问打预防针要不要钱。听说不要钱后，鲍伊在表格上签了字。

玛乔丽·瑟洛也排在队伍中。她的脸色显得很苍白，布莱泽为她感到难过。他真希望自己能过去握住她的手，可这念头刚一出现，他就面红耳赤，赶紧低下头，不安地移动着双脚。

布莱泽排在队伍的最前头。护士把他叫进衣帽间后，他脱掉了那件红黑格子的外套，解开了衬衣扣子。护士从什么锅里取出针头，看了看他的胳膊，然后说道："大块头，最好把另一只袖子也解开。得给你打两针。"

"痛吗？"布莱泽边解开另一只袖子边问。

"只痛一下。"

"好吧。"布莱泽说，让她将那只从锅里取出来的针头扎进了自己的左胳膊。

"好，现在给另一只胳膊打一针，然后就好了。"

布莱泽转过身去，她在他的右手臂上又打了一针。然后，他就走了出去，回到自己的课桌旁，开始琢磨"学乐儿童英语"上的一个故事。

玛乔丽出来了，眼睛里噙着泪水，脸上挂着泪痕，但她没有哭泣。布莱泽为她感到骄傲。她出门时（七年级学生在另一个教室）从他的课桌旁经过，他冲她一笑，她也冲他一笑。布莱泽将她的笑容叠起来，放好，珍藏了许多年。

课间休息时，布莱泽正要出门去操场，却看到玛乔丽抽泣着从外面跑了进来，从他身旁经过。他转身目送着她，然后慢慢走进操场，眉头紧锁，面色愠怒。他看到彼德·拉沃尔手上戴着手套，正在玩绳球①。他走过去问他是不是知道玛乔丽怎么啦。

"格伦揍了她打针的地方。"彼德·拉沃尔说，然后将手握成拳头，拿一个恰好从他们身旁经过的男孩做了个示范，飞快地打了那男孩三下，"啪—啪—啪"。布莱泽看后皱起了眉头。那护士骗了他，他的两条胳膊打过预防针后现在痛得厉害，几块大肌肉感觉硬邦邦的，已经肿了起来，随便弯一下都会痛得他直皱眉，而玛乔丽还是个女孩。他东张西望地寻找着格伦。

格伦·哈代读八年级，身材高大，属于那种打橄榄球的料，只是身子太胖了点。他一头红发，从额头往后梳成一个大波浪。他父亲是农夫，住在镇子西头。格伦胳膊上的肌肉像石板一样结实。有人把"猴子站中间"游戏中的球扔给布莱泽，他看也没有看就把球丢在地上，径直向格伦·哈代走去。

"哦，天哪，"彼德·拉沃尔说，"布莱泽要找格伦算账了！"

消息传得很快。一群群男孩开始小心翼翼地向格伦他们靠

---

① 绳球，美国孩子玩的一种游戏，将球用绳自柱顶悬下，由两人从相对方向用球拍或手击球，使球绕柱旋转，谁的绳子先绕尽谁获胜。

拢。格伦正和几个年纪稍大一点的孩子玩一种动作粗野的棒球式儿童橄榄球,现在正好轮到他投球。他投球的速度很快,力量很大,球在冰冻的地面上跳跃着,向前滚动。

那天在操场上值班的是福斯特太太,她恰好在操场的另一边,守着年纪小的孩子荡秋千。她没有掺和进来,至少刚开始时没有。

格伦抬头看到布莱泽走了过来,丢下球,双手叉腰。刚才比赛的双方立刻在他身后和周围形成了一个半圈。这些都是七年级和八年级学生,但除了格伦外,谁也没有布莱泽那么高大。

四年级、五年级和六年级学生三五成群地围在布莱泽身后,拖拉着脚步,紧一紧腰带,不自然地将手套往上拉一拉,然后相互低声嘀咕着。两边的男孩都带着漫不经心的可笑表情,较量还没有开始。

"你想干什么,蠢货?"格伦·哈代问。他说话的声音像嗓子里堵了口痰,又像是冬天患了感冒的小神说话的声音。

"你为什么要打玛乔丽·瑟洛打针的地方?"布莱泽问。

"我愿意。"

"那好,"布莱泽说着向前走去。

布莱泽还没有靠近,格伦就在他的脸上揍了两拳,鲜血立刻从布莱泽的鼻子流了出来。格伦后退了几步,想保持自己的优势。有人喊了起来。

布莱泽使劲摇摇头,鲜血四处飞舞,滴落在他周围的雪地上。

格伦狞笑着。"孤儿院的孩子,"他说,"没爹没妈的东西,愚蠢透顶的东西。"他对着布莱泽凹进去一块的额头揍去,胳膊突然痛彻肺腑，脸上的笑容僵在了那里。不管那里有没有凹进去一块，布莱泽的额头都非常硬。

格伦一时忘记了后退，布莱泽挥出了自己的第一拳。他没有全身用力，只是将胳膊像活塞一样挥了出去。他的指关节与格伦的嘴碰到了一起，格伦发出一声惨叫，他的嘴唇在牙齿上磕破了，开始流血。周围的喊叫声更加疯狂。

格伦尝到了自己的鲜血，忘记了后退，忘记了嘲弄这个额头上凹进去一块的丑鬼。他向前迈了一步，左右开弓，向布莱泽挥拳。

布莱泽牢牢地站在那里，任凭格伦的拳头袭来。他隐隐约约听到远方传来了同学们的喊叫声和劝告声，让他想起了自己那天意识到兰迪会真的扑向他时狗圈里那些吠叫不已的牧羊犬。

格伦至少狠狠揍了布莱泽三拳，每一拳挥来时，布莱泽的头都会被打得左右晃动。他喘着粗气，将流淌着的鲜血吸进了肚子里。他听到自己的耳朵在嗡嗡作响。他再次出拳，感到拳头的冲击波一直传到他的肩膀上。格伦嘴巴上的鲜血几乎立刻布满了他的下巴和脸颊。格伦吐出了一颗牙齿。布莱泽再次出拳，击中了格伦的同一个地方。格伦发生一声惨叫，就像小孩手指夹在门缝里时发出的惨叫声。他不再左右躲闪，他的嘴已经稀巴烂。福斯特太太正向他们跑来。她的裙子在飞舞，她的双膝在快速交替向前，她在吹着小银哨。

布莱泽胳膊上打针的地方很痛，他的拳头在痛，他的头在痛，但他还是再次挥拳，用尽了全身力气，用他那只已经完全失去知觉的手。那天用在兰迪身上的正是这只手，而他今天挥出这只手时与那天在狗圈里一样使足了全身的力气。这一拳正好击中格伦的下巴,一声清晰的"咔嚓"声吓得所有的孩子不敢再吭声。格伦双腿一软,眼睛一翻,倒在了地上。

我杀了他,布莱泽想,哦,上帝,我杀了他,就像杀了兰迪一样。

但格伦动了一下,喉咙深处嘟哝了一声,像人们睡着后说梦话一样。福斯特太太尖叫着,让布莱泽回教室去。布莱泽向教室走去时,听到她在吩咐彼德·拉沃尔去办公室拿急救箱,而且要"赶紧跑着去"。

他离开了学校。他被勒令停学了。老师们用冰袋给他的鼻子止住了血,在他的耳朵上贴上创可贴,然后打发他步行六公里多回养狗场。他沿着公路走了一会儿后,突然想起了自己的午餐袋。鲍伊太太总是给他准备一块抹了花生酱后对折起来的面包,外加一个苹果。东西虽然不多,但回家的路很长,而正如约翰·切尔兹曼所说,有一点东西总比一无所有要强。

他回来时学校方面不让他进去,但玛乔丽·瑟洛替他把午餐拿了出来。她大概一直在哭,眼睛还是红红的,那副神情仿佛想说点什么却又不知道如何开口。布莱泽明白那是一种什么样的感觉,于是冲她笑了笑,让她知道他没事。她也冲他笑了笑。他的一只眼睛已经肿得只剩下了一条缝,因此他只能用另一只眼睛望着她。

他走到操场边时转过身去,想再看她一眼,可她已经走了。

"给我到棚子里待着!"鲍伊吼道。
"不。"

鲍伊吃惊得瞪大了眼睛。他微微摇了摇头,仿佛不敢相信自己的耳朵。"你说什么?"

"你不应该打我。"

"那得由我来决定。你给我到棚子里待着。"

"不。"

鲍伊向他步步逼近。布莱泽后退了两步,肿着的双手握成了拳头。他停下脚步,鲍伊也突然止步了。他察看过兰迪的情形,兰迪的脖子断了,就像严寒中折断的雪松树枝一样。

"回屋去,你这狗娘养的蠢东西。"他说。

布莱泽进了屋。他坐在床沿上,可以听到鲍伊在冲着电话咆哮。布莱泽知道鲍伊在对谁吼叫。

他不在乎,真的不在乎。可是一想到玛乔丽·瑟洛,他却突然在乎起来。一想到玛乔丽,他就想哭,那种感觉与他偶尔看到一只鸟独自停在电话线上时想哭的感觉一样。但是他没有哭,反而看起了《雾都孤儿》。这本书的内容他早已牢记在心,就连书中那些他不认识的字也会念。外面传来了狗的吠叫声,它们饿了,该给它们喂食了。可是没有人来叫他给狗喂食,尽管如果叫他的话他会去的。

他继续看他的《雾都孤儿》,一直看到赫顿之家的客货两用车来接他。开车的是"牢头",两只眼睛气得通红,嘴巴抿成了下巴和鼻子之间的一条缝。一月的落日投下长长的阴影,鲍伊夫妇站在那里,望着他们驱车远去。

回到赫顿之家后,布莱泽有一种非常糟糕的熟悉感,就像身上穿了一件湿衬衣一样。他得使劲咬着舌头才没有哭出来。三个月过去了,这里的一切都没有变。赫顿之家还是原来那堆永远不朽的红砖,同样的窗户投下同样的黄色灯光,落到外面的操场上,只是操场上现在覆盖着白雪。到了春天,这些积雪就会融化,但窗户上投下的黄色灯光会照旧。

"牢头"在他的办公室里又拿出了板子。布莱泽本可以将板子从他手中夺走,但他已经厌倦了打斗,而且他估计总会有人身材更加高大,也总会有更大的板子。

"牢头"的手臂锻炼结束后,布莱泽被打发去了福勒楼的公共寝室。门口站着约翰·切尔兹曼,一只眼睛青肿得只剩下一条缝。

"你好,布莱泽,"他说。

"你好,约翰。你的青春痘呢?"

"都破了。"他说,接着便哭诉道,"布莱泽,他们打烂了我的眼镜,我现在什么也看不了!"

布莱泽想了想。他很不愿意回来,可看到约翰在等他后又深受感动。"我们可以把眼镜修好。"他突然有了一个主意,"要不,下次下雪后,我们去城里帮人除雪,攒钱买副新眼镜。"

"你觉得我们可以做到吗?"

"当然可以,可你得帮我做家庭作业,好不好?"

"那当然,布莱泽。"

他们一起进了屋。

10

阿佩克斯中心位于公路旁，占地面积很大。这里有一家理发店，一所海外作战退伍军人会馆，一家五金店，一家啤酒店，一盏黄色闪光信号灯，还有阿佩克斯五旬节派教会①的教堂。阿佩克斯中心离布莱泽居住的小屋不远，步行就可以到达，于是他在第二次抢劫了蒂姆和詹妮特夫妻小店后的早晨一路走了过去，目的地是阿佩克斯五金店。他在这家小店买了一张铝制伸缩梯，花了三十美元，外加销售税。梯子上贴着一张红色标签，上面写着"标价出售"。

他扛着梯子往家走，执拗地大步踩着车轮碾出的积雪堆前进。他目不斜视，根本不会想到有人可能会记住他买的东西。乔治可能会想到这一点，可乔治仍然没有回来。

梯子太长，无论是那辆偷来的福特车的后备箱还是它的后座都装不下，最后他将梯子一端放在驾驶座后，另一端斜着伸到副驾驶座上，终于将梯子放进了车里。梯子放好后，他进屋打开了收音机，调到WJAB电台，任由它一直播放到太阳落山。

---

① 五旬节派教会，基督教新教教派之一，十九世纪起源于美国，强调直接灵感，信奉信仰治疗。

"乔治?"

乔治没有回答。他煮好咖啡,喝了一杯,然后躺下来,睡着了。收音机一直开着,正在播放《魅影409》。他醒来时,天已经黑了,收音机里传出的只有静电噪声。已经是七点一刻了。

布莱泽起身准备了点吃的——一块大红肠三明治和一个"都乐"牌菠萝罐头。他喜欢吃"都乐"牌菠萝块,每天吃三次也吃不厌。他仅仅用了三大口就喝光了罐头里的糖水,然后他朝四周看了看。"乔治?"

乔治没有回答。

他烦躁地转来转去。他怀念电视机。收音机到了晚上就无法做伴了。要是乔治在这里,他们可以玩克里比奇牌戏①。每次总是乔治赢,因为布莱泽会错过一些同花顺,错过大多数的15—2搭配(这毕竟牵涉到了算术),但是在牌桌上你来我往还是很好玩,就像赛马一样。如果乔治不想玩克里比奇,他们可以一起洗出四摞纸牌,然后玩"比大小"。乔治可以一直玩到半夜,边喝着啤酒边对那些共和党人评头论足,并且说共和党人欺骗穷人。("为什么?我来告诉你为什么。原因和狗舔它的蛋蛋一样——因为他们能做到。")可是他现在无所事事。乔治曾经教过他一种单人纸牌戏,可布莱泽怎么也想不起来是怎么玩的。现在就动身去绑架那孩子太早了。他在那家商店里时居然没有想起偷一本漫画书或者黄色杂志。

他最后终于找出一期旧的《X战警》,看了起来。乔治将X

---

① 克里比奇牌戏,一种两人、三人或四人玩的纸牌戏,用插在有孔的记分板上的小钉记分。

战警称作"核心人",仿佛他们是从苹果里出来的一样,布莱泽一直没有弄明白为什么。

八点差一刻时,他又迷迷糊糊地睡着了,醒来时已经是十一点了。他感到脑袋昏昏沉沉的,周围的世界半梦半醒。如果他想干的话现在就可以动身,赶到奥科马高地时肯定是午夜过后,但他突然不知道自己是否真的想干这件事。这一切突然显得非常吓人,非常复杂。他得仔细想一想,得制定计划。也许他可以独自想出一个办法混进去。好好想想。装扮成自来水公司的,或者电力公司的。画一张地图出来。

壁炉旁空空荡荡的摇篮在嘲笑着他。

他再次进入了梦乡,做了一个令人不安的梦,梦见自己在奔跑,穿过码头上一条空空荡荡的街道追赶着什么人,一群群的海鸥鸣叫着在码头和仓库上空盘旋。他不知道自己是在追赶乔治还是在追赶约翰·切尔兹曼。等他稍微追赶上一点后,那个人影回头冲他一笑,是嘲讽的笑容。他看到那既不是乔治也不是约翰,而是玛乔丽·瑟洛。

他醒来后发现自己还坐在椅子上,衣服也没有脱。黑夜已经过去,WJAB电台开始了新一天的播音。汉森·卡吉尔[①]正在唱着《跳绳》。

第二天晚上,他做好了动身的准备,却没有去。第三天,他出去后毫无意义地清除积雪,整出了长长的一条通向树林的小道。他一直不停地铲着积雪,到最后直累得上气不接下气,

---

[①] 汉森·卡吉尔,美国乡村歌手,《跳绳》为其一九六八年录制的代表作。

嘴里都有了血腥味。

我今晚就去,他心中想,可他那天晚上只去了附近的啤酒店,看看是否有新的漫画书到了。漫画书果然到了,布莱泽一下子就买了三本。晚饭后,他第一本漫画书还没有看完就睡着了,等他醒来时,已经是午夜。他打算起身去卫生间撒泡尿——然后他就动身——乔治突然开口了。

"乔治?"

"布莱泽,你是不是没胆子?"

"不是!我只是——"

"你一直猫在这鬼地方,无所事事,活像一条蛋蛋被卡在鸡舍门上的狗。"

"不!我不是!我干了许多事。我买了把好梯子——"

"是啊,还买了几本漫画书。你就这么快快乐乐地坐在这里,听着那该死的音乐,看着超级同性恋之类的漫画书,是不是?"

布莱泽嘟哝了几句。

"你说什么?"

"没什么。"

"既然你都没有胆量将它大声说出来,我估计那也确实没什么。"

"好吧——我刚才说,又没有人请你回来。"

"你这忘恩负义的狗杂种。"

"听着,乔治,我——"

"我照顾你,布莱泽。我承认我并不是在发善心,如果能将你物尽其用，你还是不错的，但真正知道如何把你用好的只有我。这一点你忘记了？虽说我们并不是每天都能美美地吃上三顿，但我们至少每天都能吃上一顿。我让你换衣服，让你保持个人卫生。是谁要你刷牙的？"

"是你，乔治。"

"而你现在忘得一干二净。顺便说一句，你嘴里现在又有了那种死耗子的臭味。"

布莱泽笑了。他实在是忍不住。乔治说话时总是那么俏皮。

"你需要婊子的时候，也是我去替你找。"

"是啊，其中一个还让我得了病。"整整六个星期，每次撒尿简直是要他的命。

"难道我没有带你去看医生吗？"

"你带我去了。"布莱泽承认道。

"这是你欠我的，布莱泽。"

"可你不想让我干这桩买卖！"

"是啊，我改变主意了。这原先是我的计划，是你欠我的。"

布莱泽思考了一下。像往常一样，对他来说，思考是个漫长而且痛苦的过程。最后，他终于脱口说道："你怎么会欠一个死人呢？要是有人从这里经过，他们会听到我在自言自语，在自己回答自己，然后会认为我是个疯子！我大概真是疯了！"他突然又有了个主意，"你那伤口已经没治了！你已经死了！"

"而你还活着？坐在这里，听着收音机播放那些该死的牛仔歌曲？看看漫画书，然后再自慰一下？"

布莱泽脸一红，低头望着地板。

"居然忘记规矩，每隔两三周就去抢同一家商店，你是想让他们下次准备好，将你逮个正着是吧？坐在这里，望着那该死的童床，望着那该死的摇篮发呆，是吗？"

"我要把那摇篮劈了当柴烧。"

"你瞧瞧你自己，"乔治说，他那声音里传达出来的似乎不仅仅是伤感，似乎还有悲哀。"一条裤子居然穿了两个星期？内裤上到处是尿渍？你那胡子得刮一刮了，还有你那该死的头发也得理一理……坐在这破屋里，在这该死的树林里。这可不是我们以前的做法。你难道没有看出来吗？"

"可是你走了。"布莱泽说。

"那是因为你的所作所为太愚蠢，而这更是愚蠢至极。你得去冒险，不然你就完蛋了。你在这里干一件判你五年的案子，在那里干一件判你六年的案子，然后他们在你身上运用三击法则①，判你终身监禁，在肖申克监狱度过余生。你只是个微不足道的笨蛋，连刷牙和换袜子都不记得。你只是掉在地板上的一块面包屑。"

"那你告诉我怎么办。"

"按计划行事，这才是你该做的。"

"可万一我被抓住，那可是重刑啊。终身监禁。"尽管他不愿意承认，可这个念头一直在他的心中。

"就你现在这德性，那反正是早晚的事——你在听我说吗？嗨！你其实是在给他帮忙。就算他不记得——他当然不会记得——他一辈子都会有资本向他那些乡村俱乐部的朋友们吹嘘。至于那些你要勒索的人，他们自己就是小偷，只是他们像伍

---

① 三击法则，美国立法规定犯罪三次可判终身监禁或其他严厉刑罚。

迪·格思里①所说的那样,是用笔而不是用枪来偷钱。"

"万一我被抓住呢?"

"你不会的。如果那些钱用起来有麻烦——如果那些钱有记号——你就去波士顿找比利·奥谢,但最重要的是你必须醒醒了。"

"乔治,我该什么时候动手?什么时候?"

"等你醒来。等你醒来。醒来吧,醒来吧!"

布莱泽醒来了。他还坐在椅子上,漫画书掉到了地上。他连鞋子都没有脱。哦,乔治。

他站起身,看了一眼冰箱上那只便宜的钟。一点一刻。墙上有面镜子,上面沾满了肥皂斑点。他弯下腰去照镜子。他那张脸非常可怕。

他穿上外套,戴上帽子和手套,走到外面的车棚中。梯子还在车内,但汽车已经三天没有开了,所以轰隆了很久才发动起来。

他坐到驾驶座上:"乔治,我这就动身,这就去行动。"

乔治没有回答。布莱泽把帽子往象征着好运的左边歪了歪,将车倒出了车棚。汽车来了个三点转向,然后顺着公路驶了出去。他出发了。

---

① 伍迪·格思里(1912—1967),美国作曲家及歌手,周游全国,为农民和工人演唱,作品有《工会少女》《这土地是你的土地》等歌曲。

11

虽说时常有警察过来巡逻，在奥科马高地泊车也没有碰上任何问题。乔治几个月前就为这制定出了计划，正是有了这部分的计划才有了整个的行动计划。

杰拉德庄园的对面有一栋公寓大楼，离公路大约四百米的距离。"橡树公寓"高九层，里面的住户都是有钱人——非常有钱——他们的生意都在波特兰、朴次茅斯和波士顿。大楼一侧有个来宾停车场，停车场还有一个大门。布莱泽的车来到大门口时，旁边的小岗亭里走出来一个人，正在给自己的派克大衣拉上拉链。

"先生，您找谁？"

"约瑟夫·卡尔顿先生。"布莱泽说。

"好的，先生。"门卫似乎并没有因为现在将近凌晨两点而发火。"要我按铃通知他们吗？"

布莱泽摇摇头，向停车场的门卫亮了亮一张红色塑料卡。那是乔治的。如果门卫说他得给楼上打个电话——如果他行动可疑——布莱泽就应该意识到那张卡已经不管用了，他们已经换了颜色或者什么别的，他就得立刻逃之夭夭。

可那门卫只是点点头就进了岗亭，紧接着大门栏杆慢慢升起,布莱泽将车开进了停车场。

橡树公寓里根本就没有住着什么约瑟夫·卡尔顿,至少布莱泽认为里面没有。乔治说八楼的公寓被波士顿的几个家伙租了下来,用作他们寻欢作乐的场所。乔治将这些人称作"爱尔兰聪明鬼"。这些"爱尔兰聪明鬼"有时会在这里开会,有时在这里与一些"玩花样的"(乔治的说法)姑娘见面。他们大多数时候是在玩三人入局扑克游戏。乔治也上去玩过五六次,之所以能进去是因为其中一个"聪明鬼"从小和他一起长大。这个年纪轻轻就已经头发花白的歹徒名叫比利·奥谢,有着一双青蛙般的眼睛,嘴唇青紫。由于乔治说话的声音很刺耳,所以比利·奥谢称呼乔治为"刺耳",有时干脆就叫他"刺儿"。乔治和比利·奥谢有时会议论什么修女和神父的事。

布莱泽和乔治一起去过两次,看他们玩那种高赌注的游戏。他几乎不敢相信桌上会有那么多钱。乔治有一次赢了五千美元,另一次输了两千美元。正是因为橡树公寓靠近杰拉德庄园,乔治才开始正儿八经地琢磨起杰拉德家的钱和他们家那年幼的继承人。

来宾停车场黑漆漆的,空无一人。车轮碾压出来的雪脊在一盏孤零零的弧光灯照射下闪闪发亮。停车场与四英亩空空荡荡的绿化地之间有一道防风篱笆,这里的积雪堆得很高。

布莱泽下了车,打开车的后门,拉出了那把梯子。他已经开始行动,情况好多了。他只要行动起来,就会忘记自己的疑虑。

他将梯子向防风篱笆的另一边扔去,梯子悄无声息地落在了雪地上,溅起一团雪花。他跟着爬了过去,裤子在凸出的铁丝网上挂了一下，他一个倒栽葱摔进了一米深的积雪中。这一跤让他摔得眼冒金星，却又让他精神为之一振。他挣扎了一下，像一个疏忽大意的雪天使一样站了起来。

他用一只胳膊钩住梯子，开始大步向大路走去。他想从正对着杰拉德庄园的地方出去，所以一门心思都在想着这一点，根本没有考虑到自己正在给别人留下脚印——他脚上那双军靴在雪地上留下了特有的小格子花纹。乔治可能会想到这一点，可乔治现在不在这里。

来到大路上后，他站住脚，朝左右两边看了看。没有任何动静，但是一道覆盖着积雪的树篱横在了他和那座黑黢黢的庄园之间。

他弯腰跑到大路对面，好像一弯腰就谁也看不到他似的。他将梯子扔到了树篱的另一边，正准备从树篱上强行钻过去，突然有光线——可能是附近的路灯，也可能只是星光——映照出光秃秃的树枝间有一道银光。他凑近看了一眼，心立刻怦怦直跳。

那是一根电线，缠绕在细细的金属桩杆上，每根金属桩杆向上四分之三的地方有一个陶瓷导体，电线就从这导体上穿过。原来是电网，就像鲍伊家牧场上安的那种。它大概会将任何接触到它的人打昏，让他尿湿裤子，同时发出警报。家里的司机、管家或随便什么人会立刻报警，事情就这么简单。然后一切就都完了。

"乔治？"他悄声喊了一下。

不知什么地方——是大路上？——传来了轻声耳语："跳过去。"

他后退了几步——大路的两个方向仍然毫无动静——然后朝树篱跑去。就在到达树篱前那一刻,他的双腿使劲一蹬,身子笨拙地升到了空中。他跳了过去,但树篱尖刮了他一下,结果他平平地倒在了梯子旁的雪地上。他的左腿刚才在过橡树公寓的防风篱笆时擦破了,现在更是在树篱两边的雪地上以及树篱的几根树枝上留下了几滴 AB 型鲜血。

布莱泽站起身,察看了一下。一百米外就是杰拉德家的豪宅,屋后还有一栋较小的建筑,可能是车库或者客房,甚至有可能是仆人们的住处。两栋建筑物之间有一片开阔地,上面覆盖着积雪。他要是站在那里的话,谁醒来都能清清楚楚地看到他。布莱泽耸了耸肩。他们要是醒来就由他们醒来吧,他也没有办法。

他操起梯子,向能起保护作用的屋子的阴影处一路小跑过去。跑到那里后,他立刻蹲下身,一面调整好呼吸一面察看是否有任何动静。什么动静也没有。整栋楼都在睡梦中。

楼上有几十扇窗户,是哪一扇?如果说他和乔治真的猜中的话,如果他真的知道的话,那他现在也已经忘记了。布莱泽将手放在砖墙上,仿佛期待着砖墙会呼吸。他朝离他最近的窗户瞥了一眼,看到里面是一个光洁明亮的大厨房,简直像星际飞船"企业号"的控制室。炉子上方的一盏夜灯在塑料贴面和地砖上投下了柔和的灯光。布莱泽用掌心擦了一下嘴。他正变得犹豫不决起来,于是他转身回去搬来梯子,准备用它来战胜自己的犹豫不决。任何行动,哪怕是最微不足道的行动都可以。他在发抖。

这就是生活!一个声音在他耳旁尖叫道,这种罪行一定会被判重刑！现在还来得及，你还可以——

"布莱泽！"

他差一点喊出声来。

"随便哪扇窗户都可以。要是你不记得了，你只能慢慢摸索。"

"我做不到，乔治。我会碰倒什么东西……他们会听到动静，会跑过来冲我开枪……要么就是……"

"布莱泽，你必须干下去，别无选择。"

"乔治，我害怕。我想回家。"

乔治没有做声，但这沉默本身就是一种回答。

布莱泽呼吸急促，喷出一团团雾气，还得竭力忍着不出声。他打开锁住梯子伸展部分的插销，将梯子拉到最长。由于戴着手套，他的手指很不灵活，摸索了两次才将插销重新固定好。他已经在积雪中打了几个滚，全身上下一片雪白，像个雪人。他的帽檐仍然朝向能带来好运的左边，现在就连这帽檐落下的雪花也像小雪崩。可除了插销发出的咔嚓一声响以及他自己急促的呼吸声外，四周一片寂静。雪削弱了所有响声。

梯子是铝制的，很轻，他轻而易举地将它举了起来。梯子最高一级刚好抵达厨房上方那扇窗户下。他在离梯子最高处还有两三级的地方就能够得着窗户插销。

他开始往上爬，边爬边抖落身上的雪花。梯子往下降了一次，他吓呆了，立刻屏住了呼吸，但梯子随即稳定了下来。他再次往上爬。他看到墙壁上的砖块在他面前往下走，然后他就到了窗台那里。他看到里面是一间卧室。

卧室里有一张双人床，上面躺着两个人。布莱泽看不清他们的脸，只能看到两个模模糊糊的白色圆圈。

布莱泽紧紧盯着他们，惊呆了。他忘记了害怕。不知为什么——他倒不是突然来了性欲，至少他认为自己没有想做爱的感觉——他感到自己的阴茎在勃起。他相信自己看到的是约瑟夫·杰拉德三世夫妇。他正盯着他们看，而他们却不知道。他正窥视着他们的世界。他可以看到卧室里的五斗橱、床头柜和宽大的双人床。他可以看到一面大穿衣镜，镜子里面有他，正从寒冷的户外向里张望。他正望着他们，而他们却不知道。他兴奋得浑身发抖。

他将目光慢慢转到了窗户的内插销上，那是一个简单的小弹簧碰锁，只要有适当工具就很容易打开。这种工具就是乔治所说的撬棍。布莱泽当然没有这种工具，但他也不需要，因为插销根本就没有插上。

他们可真胖啊，布莱泽想，他们真胖，都是些愚蠢的共和党人。虽说我有点笨，但他们却真的很愚蠢。

布莱泽站在梯子上，尽可能叉开双脚，为的是增加杠杆作用，然后开始向窗户上用力，逐渐加大力度。床上躺着的那个男人在梦中翻了个身，布莱泽停了下来，等到他再次进入梦乡后才继续用力推窗户。

正当他开始觉得这扇窗户用了别的什么办法关死的时候——这可能就是插销没有插上的原因——窗户突然开了一条细缝。木质窗框轻轻响了一下。布莱泽立刻停了下来。

他开始思考。

动作必须要快：打开窗户，爬进去，重新关上窗户，不然一月的寒风一定会把他们冻醒。可如果推开窗户时真的发出了响声,那也会惊醒他们。

"别停下来,"梯子下方传来了乔治的声音,"赶紧抓住机会。"

布莱泽将手指慢慢插进窗户底部与窗框之间的缝隙中,然后将窗户慢慢往上托起。窗户悄无声息地向上升。他的一条腿跨了进去,然后是整个身体。他转身关上窗户。窗户落下来时的确吱嘎响了一下,落到窗框上时也重重地响了一声。他吓得赶紧蹲下身,一动不动,不敢回头去看床上的动静。他竖起两只耳朵,倾听着哪怕最小的一点动静。

什么响声也没有。

当然有响声,而且响声还很多,比方说呼吸声。那对夫妇几乎在同步呼吸,仿佛在骑着一辆双人自行车。床垫发出的嘎吱声,时钟发出的嘀嗒声,空气发出的呼呼声——应该是壁炉的响声。还有这屋子本身发出的响声。它在向外呼气,五十年来、七十五年来、甚至一百年来它的健康每况愈下,只能靠砖头和木头这些老骨头硬撑着。

布莱泽回头望着他们。床上的女人上半身没有盖被子,睡袍领子被扯到一侧,露出了一个乳房。布莱泽死死盯着那乳房,看着它上下起伏,看着乳头被刚才那阵短暂的微风一吹后变得更大,他心旷神怡——

"快走,布莱泽!快点!"

他屏住呼吸,肚子像漫画中的上校一样鼓在外面。他像讽刺漫画中一直躲在床下的情人那样,踮着脚向房门走去。

金光一闪。

其中一张五斗橱上有个小的三折金相框,形状很像金字塔,里面夹着三张照片。下面是乔①·杰拉德三世和他那橄榄色皮肤的纳美尼亚妻子,上面是杰拉德四世——一个头发还没有长出来的婴儿,身上盖着一床婴儿毛毯,一双黑眼睛睁得大大的,望着他刚刚进入的这个世界。

布莱泽已经来到了门口。他转动门把,停下来回头看了一眼。床上女人的一只胳膊耷拉在胸前,刚好把乳房遮住。她丈夫仰面朝天地睡在那里,张大了嘴巴。他每次皱起鼻子重重地打鼾前,那副样子都像个死人。这让布莱泽想起了兰迪当初的样子——兰迪躺在冰冷的雪地上,身上的跳蚤和壁虱纷纷离它而去。

在床的另一边,窗台和地板上各有一团软绵绵的脏雪,已经开始融化。

布莱泽轻轻打开房门,准备一有响声就停下来,可这扇门打开时没有发出任何响声。门缝刚容他穿过,他就钻了出去。门外既像个过道又像个走廊,脚下是柔软的厚地毯。他随手关上房门,在黑暗中顺着走廊旁的栏杆来到了更加黑暗的地方,然后向下望去。

他看到一道楼梯从下面宽敞的门厅盘旋而上,十分雅致。楼下的门厅倒是看不见,但油光锃亮的地板隐隐约约地反射着亮光。楼厅的对面有一尊少女塑像,她的对面——也就是楼厅的这一边——有一尊少年塑像。

"布莱泽,别去管那些塑像,赶紧找到那孩子。梯子就在外面——"

---

① 乔是约瑟夫的昵称。

布莱泽右边的楼梯通向一楼，于是他转向左边，顺着过道往前走。除了他的脚踩在地毯上发出的细微响声外，这里没有任何动静。他连壁炉燃烧的声音都听不到。真是古怪。

他轻轻推开旁边那扇门，结果发现里面正中央放着一张书桌，墙上到处都是书——书籍装满了一个个书架。书桌上有台打字机，旁边有一堆文件，上面压着一大块看似玻璃的黑色石头。墙上有幅肖像画，布莱泽只能隐约看清肖像上的男人头发花白，脸上的愠色仿佛在说"你是个小偷"。他关上门，继续向前走。

隔壁是间卧室，里面有张带帷帐的大床，但是床上没有人。床上铺着床罩，紧绷绷的，仿佛硬币掉在上面都会弹起来。

他继续向前走。他可以感觉到自己已经汗流浃背。他以前从来没有察觉过时间的流逝，现在却意识到了。他在这睡梦中的豪宅里待了多久了？十五分钟？二十分钟？

第三个房间里睡着另一个男人和另一个女人，那女人即便在睡着的时候也在呻吟。布莱泽赶紧把门关上。

他绕过了楼梯角。要是非得上三楼怎么办？想到这里，他不由得感到一阵恐惧，就像他偶尔在噩梦中体验过的那种恐惧（他的噩梦总是和赫顿之家或者鲍伊夫妇联系在一起）。万一现在灯突然亮了，有人抓住了他，他该怎么说？他能怎么说？就说他是来偷银餐具的？可二楼根本没有银餐具，再傻的笨蛋也知道这一点。

楼厅的另一边还有一扇门。他推开门后，看到里面是婴儿室。

他久久地凝视着屋里的一切，几乎不敢相信自己已经到了这一步。这不再是痴心妄想。他可以做到。想到这里,他真想就此逃之夭夭。

里面的童床和他买的那一张几乎一模一样。墙上贴着迪士尼卡通人物图片。屋里还有一张换尿片用的小桌,一个上面放满了各种霜呀膏呀的架子,还有一个婴儿用的小梳妆台。梳妆台的颜色非常鲜艳,大概是红色或蓝色的,布莱泽在黑暗中看不清楚。童床里有个婴儿。

要想逃之夭夭的话,现在是他最后的机会,他知道这一点。他现在仍然可以像刚才进来时那样,神不知鬼不觉地消失在夜幕中。他们永远猜想不到差一点发生什么事,但布莱泽会永远记在心里。或许他可以进去,用他的大手摸一摸婴儿那小得可怜的额头,然后离开这里。他仿佛突然看到了二十年后的布莱泽,在报纸的社交新闻版中读到约瑟夫·杰拉德四世的名字(乔治总是说这一版登载的全是一些有钱的婊子和发情的种马的消息)。报纸上会登出一张照片,上面有一个身穿礼服的小伙子,旁边依偎着一个身穿白色礼服的姑娘,姑娘的手中还会握着一束鲜花。这条新闻还会报道他们在什么地方结的婚,准备去什么地方度蜜月。布莱泽会看着那张照片,心想:哦,伙计。哦,伙计,你根本不知道。

可他一进屋就知道这一切不是闹着玩的。

乔治,我们就是这样干的,他想。

婴儿趴着睡在那里,头侧向一边,一只小手压在脸蛋下。他身上的毯子随着他的呼吸有规律地上下起伏着。他的脑袋上刚刚长出毛茸茸的短发,仅此而已。枕头上放着一只红色的出牙嚼环。

布莱泽向他伸出手去，但又立刻将手缩了回来。

他要是哭起来怎么办？

就在这时，他看到了一样东西，吓得心都差一点蹦出来。那是一套微型对讲设备，另一端肯定在母亲的房间里，或者在保姆的房间里。万一孩子哭起来——

布莱泽小心翼翼地伸手按了一下上面的电源开关，上面的红灯灭了，对讲系统随之关闭。就在它关闭的时候，布莱泽在想如果停电的话，这屋子里会不会有什么报警器响起来，提醒大家。

妈妈请注意，保姆请注意，对讲系统在闪烁，因为有个愚蠢的大块头绑匪刚刚把它关了。家里来了个愚蠢的绑匪。快过来看看。带上枪。

别停下来，布莱泽，赶紧抓住机会。

布莱泽深吸一口气，然后再慢慢呼出来。他揭开毯子，将孩子抱起来时用毯子裹住他，然后把他轻轻地搂在怀里。婴儿哼了一声，扭了扭身子，微微睁开眼睛，像小猫一样尖着嗓子叫了一声。然后，他重新闭上眼睛，身体放松下来。

布莱泽长舒了一口气。

他转身出了门，回到了楼厅中。他意识到自己已经不是在简简单单地走出婴儿室。他是在跨过一道界限。他已经无法再说自己只是个一般小偷。他所犯的罪就在他的怀中。

抱着一个熟睡的婴儿根本不可能再下梯子，布莱泽想都没有想那种可能性。他向楼梯走去。楼厅上铺了地毯，但是楼梯上却没有。他第一脚踩在锃亮的木质踏步竖板上就发出了很大的响声，清晰可辨。他停住脚，侧耳聆听，神经异常紧张。可是屋里仍然没有一丝动静。

但他的神经已经开始变得越发紧张。怀中的孩子似乎越来越重，惊恐在啃咬着他的意志。他眼角的余光似乎可以瞥见有什么东西在移动——先是一边，然后是另一边。他每走一步都担心孩子会动弹，会哭。他只要一哭，全家人都会被惊醒。

"乔治——"他低声喊道。

"往前走，"乔治在下面说道，"就像那老笑话说的那样，慢慢走，不要跑。向我声音这边来，布莱泽。"

布莱泽开始下楼。虽然无法做到不发出响声，但至少他现在的脚步声已经不再像那令人毛骨悚然的第一步那么响。怀中的婴儿扭动了一下。无论他用什么方式，他也无法让怀中的孩子一动不动。到目前为止这孩子还在睡梦中，可他随时，随时会——

他开始数自己在楼梯上走了多少级。五级，六级，七级，八级。楼梯很长，他估计是专门为盛大舞会设计的，好让那些蠢妞从楼梯上飘然而下，就像《乱世佳人》中那样。十七，十八，十——

楼梯的最后一级完全出乎他的意料，他的脚再次重重地落到了地上：啪！婴儿的脑袋猛地颠簸了一下，他哭了一声，这一声在这静谧的世界里是那么的响亮。

楼上亮起了一盏灯。

布莱泽感到一阵惊恐，睁大了眼睛。肾上腺素立刻涌进了他的胸腔，涌进了他的腹部。他的身子变得异常僵硬，他紧紧地搂着孩子。他强迫自己稍稍放松下来，躲进了楼梯后的阴影中。他一动不动地站在那里，又是害怕又是震惊，脸扭曲得变了形。

"迈克?"一个带着睡意的声音喊道。

一双拖鞋踢踢踏踏地走到了楼厅的栏杆旁,正好就在布莱泽的头顶上。

"迈克,迈克,是你吗?你这坏东西,是你吗?"声音就在他的头顶正上方,那语气像舞台上的低声旁白,是那种"别人都睡着了"的口吻。说话的声音很苍老,带着一丝嗔怒。"去厨房看看老妈准备的那盘牛奶。"声音停顿了一下,"要是你打碎花瓶,老妈可要揍你了。"

要是那孩子现在哭一声——

布莱泽头顶上的那个声音又低声嘟哝了句什么,但声音太含糊,他没有听清楚。那双拖鞋踢踢踏踏地渐渐远去,然后停了下来——感觉像一个世纪那么漫长——一扇门咔嗒一声轻轻关上,也带走了所有的亮光。

布莱泽一动不动地站在那里,竭力克制着不让自己发抖,因为一发抖就可能惊醒怀中的孩子,就会惊醒孩子。厨房在哪儿?他怎么能同时带走梯子和孩子?还有那电网呢?有什么办法——怎么办——在哪里——

为了不让这些问题困扰自己,他开始动起来,悄悄向门厅走去。他低头护着怀中的孩子,就像一个巫婆怀抱着一个包裹。他看到旁边的双扇玻璃门开了一条缝,里面打过蜡的地板闪闪发亮。布莱泽推开门,发现里面是餐厅。

餐厅里的布置异常华贵,红木餐桌意味着感恩节时上面会摆放着二十磅重的火鸡,礼拜天下午上面会摆放热气腾腾的烤肉。餐厅里有一个高大华丽的碗柜,玻璃门后的瓷器光洁耀眼。

布莱泽像幽灵一样继续向前，没有做任何停留，可尽管如此，这巨大的餐桌和那些高背椅还是唤醒了他心中强烈的仇恨。他有一次跪着刷洗厨房的地板，乔治说这世上像他这样的人多得是，不只是在非洲。乔治说杰拉德那样的人对他这样的穷人假装看不见。好吧，就让他们往楼上那童床里放一个布娃娃，假装那是个真孩子。既然他们那么会假装，那就让他们假装下去吧。

餐厅尽头有扇弹簧门，他打开弹簧门走了进去，里面是厨房。透过炉子旁结满了窗花的窗户，他可以看到他带来的那把梯子。

他想找个地方把孩子放在上面，然后去打开窗户。厨房的炉台虽然有些宽度，但恐怕还不够宽。而且尽管炉子上没有火，他还是不愿意把孩子放在炉台上。

餐具室的门上有个钩子，上面挂着一个老式的菜篮子，布莱泽看到后眼睛一亮。那篮子倒是很大，上面有提手，而且也很深。他取下菜篮，将它放在墙边一个上菜用的小推车上。他把孩子塞了进去，孩子只是微微动了一下。

然后是窗户。布莱泽将窗户往上一托，不想外面还有一扇防雨用的老虎窗。楼上那些房间并没有老虎窗，但这扇老虎窗用螺丝牢牢地固定在了窗框上。

他打开一个个柜子，水池下的柜子里整整齐齐地放着一叠擦碗布。他取出一条，上面有一个美国秃鹰的图案。布莱泽将它缠在手上，向老虎窗最下面的玻璃用力一击。玻璃碎了，没有发出太大的响声。窗户上出现了一个大洞，周围是锯齿状的碎玻璃。他开始将这些像箭头一样伸向窗户中央的碎玻璃一块块取出来。

"迈克?"还是刚才那声音在轻轻呼唤。布莱泽惊呆了。

声音不是从楼上传来的,而是——

"迈克,你撞倒了什么?"

——而是来自门厅,并且越来越近——

"你这坏孩子,会把大家都吵醒的。"

——越来越近——

"我这就把你关到地下室去,免得你再干坏事。"

门开了,门旁出现了一盏蜡烛形状、上电池的夜灯,灯的后面有一个女人的身影。布莱泽依稀辨认出那是一个上了年纪的老太太,脚步很慢,似乎竭力不愿意打破这寂静。她身上套着厚睡衣,脑袋的侧影看上去像某部科幻电影中的怪物。这时,她看到了布莱泽。

"你——"刚说了这一个字,她脑子里专门处理紧急情况的那一部分——虽然上了年纪却没有消失——立刻意识到在这种情况下说话不是明智之举。她猛吸一口气,准备高声尖叫。

布莱泽的拳头已经落到了她身上。这一拳的力道丝毫不亚于他挥向兰迪的那一拳,也不亚于他挥向格伦·哈代的那一拳。他想都没有想,只是被惊动后的本能举动。老太太弯腰倒在了门口,夜灯压在她身下,灯泡在地上摔碎时发出了轻微的叮当声。她弓着身子倒在地上,一半在弹簧门里面,一半在外面。

什么地方传来了一声低低的、悲哀的叫声——"喵"。布莱泽哼了一声,抬头望去。冰箱顶上的一双绿眼睛正低头望着他。

布莱泽回到窗户旁,取下剩下的玻璃片。玻璃片全部清除干净后,他从自己在老虎窗下半截弄出的洞里钻了出来,然后侧耳聆听。

什么动静也没有。

可是。

碎玻璃就像重罪犯的梦一样在雪地上闪烁着。

布莱泽将梯子拖开，打开上面的插销，将梯子收拢。梯子收拢的时候发出了可怕的吱嘎声，吓得他差一点惊叫起来。插销重新扣上后，他拎起梯子就跑。他从豪宅的阴影中跑了出来，已经跑过半个草坪时突然意识到自己忘记带上孩子了。孩子还在上菜用的小推车上。他的兴奋劲立刻消失得无影无踪，拎着梯子的胳膊一松，梯子掉在了雪地上。他回头望去。

楼上亮起了一盏灯。

布莱泽在那一刻变成了两个人，其中一人想立刻朝大路跑去——按乔治的说法就是"逃命去吧"，另一个人则想回到那豪宅去。他一时无法打定主意。接着，他开始往回走，步伐很快，脚上的靴子踢起一团团积雪。

窗框上还有一块碎玻璃没有清除干净，结果这块玻璃割破手套后又划破了他的手掌，但他几乎没有察觉到。他再次进屋，一把抓住篮子，使劲一晃荡，差一点将孩子甩出来。

楼上有人冲了一下抽水马桶，那响声简直像雷声。

他将篮子放到外面的雪地上，然后跟着钻了出去，都没有回头看一眼身后地板上那一动不动的身影。他拎起篮子，转身就跑。

一路上，他只停了片刻，弯腰捡起雪地上的梯子，夹在胳膊下，然后向树篱跑去。他在树篱旁停住脚，低头看了看孩子。乔四世还在香甜地睡着，丝毫不知道自己已经离开了家园。布莱泽回头看了看那豪宅，楼上的灯已经灭了。

他将篮子放在雪地上，把梯子扔到树篱的另一边。就在这时，前方出现了刺眼的灯光。

如果是警察怎么办？天哪！如果真是警察怎么办？

他躲在树篱的阴影中，非常清楚他留在草坪上的脚印一定会暴露自己，因为草坪上只有他刚才跑回屋又跑过来时留下的脚印。

车的前灯越来越亮，持续了片刻后，汽车没有放慢车速就消失了。

布莱泽站起身，拎起篮子——现在是他的篮子了——走到树篱前。他用胳膊拨开树篱的顶部，将篮子递过去，伸到树篱的另一边。他无法将篮子一直放到地上，只好松手让它从一米高的空中落下。篮子落在积雪上时发出了轻轻的响声。孩子找到了自己的拇指，开始吮吸起来。借着附近的路灯，布莱泽可以看到他的小嘴撅着，很放松。简直像鱼的嘴。他还没有感觉到夜晚的寒冷，因为他全身上下都裹在毯子里，只有脑袋和那只小手露在外面。

布莱泽跳过树篱，抓起梯子，重新拎起篮子。他猫着腰，快步穿过大路。然后，他沿着进来时走过的斜路穿过那块空地。他来到了橡树公寓周围的防风篱笆前，再次架起梯子（这次不必将梯子拉长），拎着篮子到达了篱笆顶上。

他骑在篱笆上，用他那两条过度疲劳的大腿夹住篮子。他知道，万一他滑下去，准会够他受的。他一用力，将梯子拉了上来，压在腿上的新重量累得他直喘气。梯子左右摇晃了一会儿，终于失去平衡，滑到了停车场这边。他想知道是不是有人在注视他,可这显然是多余的忧虑。假如真的有人在注视他,他又能怎么样呢?他现在感觉到了手上的伤口在痛,是一阵阵的抽痛。

他拉直梯子,将篮子放在梯子的第一级上,用一只手扶稳,然后小心翼翼地迈腿跨到梯子的下一级上。梯子移动了一下,他赶紧停了下来,但梯子随即不再移动了。

他拎着篮子下了梯子,然后用一只胳膊挽起梯子,走到他那辆福特车停放的地方。

他将婴儿放在副驾驶座上,打开后车门,将梯子塞了进去。然后他坐到了驾驶座上。

可是他找不到车钥匙,裤子的两个口袋里都没有,外套口袋里也没有。他担心钥匙准是在他摔倒时掉了。正当他准备去篱笆那里寻找时,他突然看到钥匙就插在发火装置上。他忘记取下来了。他希望乔治没有看到。只要乔治没有看到,布莱泽就不会告诉他。永远不会告诉他。

他发动汽车,将篮子放在副驾驶座的脚坑里。汽车开回到岗亭前的时候,门卫走了出来:"先生,这么早就走啊?"

"尽是一些差牌。"布莱泽说。

"牌技再好有时也会是这样。晚安,先生。祝你下次能有好运。"

"谢谢。"布莱泽说。

来到公路上时,他停下车,朝左右望了望,然后掉转方向,朝阿佩克斯驶去。他严格遵守所有限速规定,也没有看到一辆警车。

就在他将车驶进自己家的车道时,乔醒了,哭了起来。

12

布莱泽回到赫顿之家后再也没有惹过祸。他夹着尾巴做人，不再吭声。那些比他和约翰大的孩子要么参军走了，要么离开了孤儿院——有些找到了工作，有些去了职业学校。布莱泽又长高了七八厘米，胸前长出了黑毛，胯部的毛发更是异常茂密，他因此成了其他孩子羡慕的对象。他现在已经在弗里波特高中读书。在这里读书没问题，因为他们不强迫他学算术。

马丁·考斯劳续签了合同，板着脸注视着布莱泽进进出出，密切注视着他。他再也没有把布莱泽叫进过他的办公室，但布莱泽知道他完全可以那么做。如果"牢头"命令他趴下来挨板子，布莱泽知道自己会照办的，不然的话他可能会去北温德姆培训中心。那是青少年管教所，布莱泽听说里面的孩子真的会被鞭笞——像船上一样——有时甚至会被关进被称作"铁皮罐"的小金属箱里。布莱泽不知道这些说法的可信度有多高，也无意进去彻底了解清楚。就他而言，他非常害怕管教所。

但"牢头"再也没有传唤过他去挨板子，布莱泽也从来没有给过他任何借口。他每星期上五天学，与孤儿院院长的主要接触方式变成了聆听"牢头"的声音。"牢头"每天早晨和熄灯前都会在对讲系统里怒吼。赫顿之家的每一天都是在马丁·考斯劳的训话中开始的（约翰心情好的时候会说这训话是"每天念经"），最后又以《圣经》中的一首诗结束。

日子一天天地过去。布莱泽要是愿意的话早就成了孩子王，但他没有那种念头。他不喜欢发号施令，只会对别人的吩咐唯唯诺诺，而且尽量和气待人。他警告那些家伙，说如果他们再不放过他的朋友约翰，他就会砸碎他们的脑袋，但即使在说这番话的时候，他依然尽量对他们和气。布莱泽回来后不久，他们就不再欺负约翰了。

布莱泽十四岁（怎么看都比实际年龄大六岁）那年夏天的一个晚上，发生了一件事。

孤儿院的孩子们每星期五都会被一辆破旧的黄色大巴拉进城，院方认为孩子们集体行动时不会有太多的违纪行为。有些孩子只是漫无目的地在大街上转悠，或者坐在城中心的广场上，或者躲到什么小巷子里去抽烟。城里有家台球室，但他们不许进去。城里还有一家专门放第二轮电影的剧院——"北欧电影院"，那些买得起电影票的孩子会进去看看杰克·尼科尔森、华伦·贝迪或克林特·伊斯特伍德年轻时的风采。有些孩子靠给人送报挣钱，有些孩子夏天替别人修剪草坪冬天替别人铲雪，还有一些孩子则在赫顿之家打工。

最后这群孩子当中就有布莱泽。他的个头像个大人——而且是个身材魁梧的大人——所以负责孤儿院后勤的弗兰克·瑟里奥特雇他干各种杂活。马丁·考斯劳本来会反对的，但弗兰克根本不买他的账。他喜欢布莱泽那宽阔结实的肩膀。弗兰克本人少言寡语，因此喜欢布莱泽直来直去地说行还是不行。布莱泽也不在意干重活，他可以爬着梯子将一包包"鸟牌"木瓦扛上去，也扛得起一百磅一包的水泥，而且可以连着干上整整一下午。他可以将教室里的桌凳和文件柜搬上楼或者搬下楼，并且没有一句怨言。也从来没有叫不动他的时候。最大的好处呢？他似乎对每小时一美元六十美分的报酬心满意足，这样一来弗兰克自己每周就能有六十美元进账。他最终用这笔钱给妻子买了一件时髦的船领①羊绒衫，让他妻子着实高兴了一阵子。

布莱泽也很高兴。他每周能挣到整整三十美元，足够他买票看电影，外加他吃掉的所有那些爆米花、糖果和汽水。当然，他也替约翰买电影票，而且非常乐意。他甚至愿意将自己看电影时吃的那些东西也给约翰买一份，但约翰通常能看上电影就很满足了。他如饥似渴地看着，常常看得目瞪口呆。

回到赫顿之家后，约翰便开始写故事。尽管这些故事的内容都来自他和布莱泽一起看过的那些电影，约翰还是在同学当中有了一定的知名度。其他孩子不喜欢你很聪明，但他们很羡慕一些小聪明；而且他们喜欢听故事，非常喜欢听故事。

他们有一次看了一部吸血鬼的电影，片名是《再度归来》。约翰·切尔兹曼版的这部经典电影是这样结尾的：伊戈尔·约尔加伯爵把"抖动的奶子有西瓜那么大的"半裸女郎的脑袋揪了下来，然后将这颗脑袋夹在胳膊下，跳进了约尔加河。他还为这部经典电影的地下版本取了一个充满爱国主义精神的名字——《约尔加的眼睛在注视着你》。

可尽管这天晚上放映的又是恐怖片，约翰却不想去。他在拉肚子。他从医务室（二楼一个被过度美化了的柜子）拿了半

---

① 船领，一种延伸至两肩的领口式样。

瓶碱式水杨酸铋喝了下去，可那天上午和下午他还是去了五趟厕所。他也觉得自己还没有完全好。

"去吧，"布莱泽劝他道，"电影院楼下的厕所那才叫好呢。我在那里拉过一次屎。我们就坐在离它不远的地方。"

尽管肚子还在咕噜咕噜乱叫，约翰还是经不住布莱泽的劝说，和他一起上了大巴。他们坐在大巴的前排座位上，就在驾驶员身后。毕竟现在轮到他们成大孩子了，自然可以坐前排座位。

在观看电影正式放映前的预告片时，约翰还没事；可华纳兄弟的片头刚一开始，他就突然站了起来，从布莱泽前面挤过，然后像螃蟹一样横着身子沿过道走去。布莱泽很同情他，可这就是生活。他将目光转回到银幕上，那上面正刮着一场沙尘暴，周围的景色看似缅因沙漠，只是那里多了几座金字塔。不一会儿，他就被剧情吸引住了，皱着眉头，聚精会神地看了起来。

约翰回来后重新坐在他身旁，可他几乎没有察觉。约翰开始拉扯他的衣袖并且悄声叫他："布莱泽！布莱泽！我的天哪，布莱泽！"

布莱泽从电影世界回到了现实中，那样子就像一个熟睡的人刚刚从午休中醒来似的。"什么事？你病了吗？拉在身上了？"

"不是……不是。你看这个！"

布莱泽瞥了一眼，约翰的手藏在座位下，手中握着一样东西，是一个钱包。

"嗨！你从哪里……"

"嘘！"前排座位上有人嘘了他们一声。

"……弄来的？"布莱泽压低了声音。

"在厕所里捡到的！"约翰悄声回答，他兴奋得浑身发抖。

"肯定是什么人坐下来拉屎的时候从他裤子里掉出来的！里面有钱！很多钱！"

布莱泽接着钱包，拿到别人看不见的地方，悄悄打开放着钞票的夹层。他感到自己的胃往下一沉，然后又往上弹起，最后卡在了喉咙口。夹层里装满了现钱。一张，两张，三张五十块的，四张二十块的，几张五块的，还有几张一块的。

"我算不出总共有多少，"他小声说，"有多少钱？"

约翰得意地微微提高了嗓了，但没有引起别人的注意。银幕上的恶魔正在追赶一个穿着棕色短裤的姑娘，观众们都在忙着开心地尖叫。"二百四十八块！"

"天哪！"布莱泽说，"你外套衬里上的那个破洞还在吗？"

"还在。"

"把钱包塞进去，我们出去的时候，他们可能会搜身。"

可是没有人搜他们的身。约翰的肚子也治好了。似乎捡到那么多钱之后他吓得再也拉不出来了。

斯蒂夫·罗斯每星期天早晨都得送报，约翰从他手里买了一份波特兰发行的《新闻先驱报》。他和布莱泽躲到工具棚后面，翻到报纸上的分类广告栏。约翰说他们要找的内容在这里。失物招领栏在第三十八版。果然，在"丢失"一只法国贵妇犬和"捡到"一双女式手套之间刊登着下面这则告示：

> 遗失男士黑皮钱包，照片夹层旁印有姓名缩写字母 RKF。如有捡到者，请电话联系 555-0928 或致信本报转五九五信箱。定有酬谢。

"酬谢!"布莱泽喊了起来,在约翰的肩膀上捶了一拳。

"是啊,"约翰边说边揉着被布莱泽的拳头打中的地方,"我们给那家伙打电话,他给我们十块钱,再在我们脑袋上轻轻拍一下。仅此而已。"

"哦。"在布莱泽的心中,"报酬"一词刚才还是半米多高的两个金字,现在倒塌后变成了一堆毫无用途的废渣。"那我们怎么办?"

这是他第一次正儿八经地希望约翰能拿个主意,因为那二百四十八块钱已经成了令他困惑的难题。二十五美分可以买瓶可乐,两块钱可以看场电影;如果大于这个数,布莱泽估计可以坐大巴去波特兰,在那里看场表演。至于这么一笔巨款,他的想象力已经不够用了。他唯一能想到的就是用它去买衣服,而他偏偏对衣服不感兴趣。

"我们逃走吧。"约翰说。他那张长脸兴奋得露出了喜色。

布莱泽想了想:"你是说……永远不再回来?"

"不是,我们在外面一直待到花完这笔钱为止。我们去波士顿……不去什么小馆子吃饭,要去一家大饭店……住宾馆……看红袜队比赛……还有……还有……"

可他已经兴奋得说不下去了。他扑到布莱泽身上,开心地笑着,捶打着布莱泽的后背。穿着衣服的约翰仍然很瘦小,身子很轻,尽是骨头。他的脸滚烫,贴在布莱泽的脸颊上像火炉一样烫人。

"好啊,"布莱泽说,"那肯定很好玩。"他想了想,"天哪,约翰,去波士顿?波士顿!"

"真是太好了!"

他们放声笑了起来。布莱泽背起约翰，围着工具棚转起了圈子。两个人一路欢笑着，相互拍打着对方的后背。最后还是约翰让布莱泽停了下来。

"布莱泽，有人会听到的，也会看到的。快放我下来。"

一阵狂风吹来，卷起报纸在院子里飞舞。布莱泽赶紧抓住报纸，将它卷成一团后塞进了屁股后的口袋里。"约翰，我们现在就动身吗？"

"不行，得先等一等，过两三天再说吧。我们得制定一个计划，而且要小心。要是我们不留神的话，恐怕走了不到三十公里就会被他们抓住，带回到这里来。你明白我的意思吗？"

"当然明白，可是约翰，我不大会制订计划。"

"没问题，我差不多已经盘算好了。重要的是他们会以为我们逃走了，因为从这鬼地方出去的孩子大多是逃走的，对吗？"

"对。"

"只是我们有钱，对吗？"

"对！"

一想到会有这样的好事，布莱泽又兴奋得拍打起约翰的后背来，到最后差一点将他打倒在地。

他们一直等到下一个周三的晚上。约翰在这期间给波特兰的灰狗长途汽车站打了个电话，得知每天早晨七点有去波士顿的班车。他们午夜刚过就离开了赫顿之家，约翰认为步行二十四公里去波特兰最安全。他们不能搭别人的便车，那样会引起人们的注意。两个午夜过后还在公路上游荡的孩子肯定是逃出来的。毫无疑问。

他们从太平梯爬了下去，锈迹斑斑的梯子每次一响，他们的心就会怦怦直跳。下到太平梯最低的平台上后，他们跳了下去。他们跑过操场，许多年前初来乍到的布莱泽就是在这里第一次挨揍的。布莱泽扶着约翰爬过了操场另一头的铁丝网栅栏。八月的天气很热，天上挂着一轮明月，他们穿过公路，开始徒步前进，只要一看到前方或者身后很远的地方偶尔出现车灯，他们就会立刻躲到路旁的沟里。

早晨六点，他们已经到了国会街。布莱泽仍然精力旺盛，兴致勃勃，约翰的眼睛四周却已经出现了黑眼圈。那笔钱就装在布莱泽的牛仔裤口袋里，钱包已经被他们扔进了树林。

他们赶到长途汽车站时，约翰已经筋疲力尽。他一屁股坐到长凳上，布莱泽也在他身旁坐了下来。约翰的脸颊上又泛起了红晕，但这红晕却好像不是兴奋带来的结果。他好像有些喘不上气来。

"你去买两张七点钟的来回票，"他对布莱泽说，"给她五十块钱。我估计票价最多五十块，不过你还是另外准备好一张二十块的，握在手里，免得钱不够。别让她看见那些钱。"

一个警察走了过来，手中的警棍轻轻拍打着另一只手的手心。布莱泽吓呆了。恐怕他们的旅程还没有开始就要在这里结束了。那笔钱会被没收，警察可能会把钱上缴，也可能自己留下。至于他们俩，他们会被送回赫顿之家，可能还得戴上手铐。他的眼前浮现出了北温德姆劳教中心那些黑暗的画面。还有那"铁皮箱"。

"早上好，孩子们。来得可真早啊，是不是？"汽车站墙上的钟显示才六点二十二分。

"是啊，"约翰说。他朝售票处方向努了努嘴，"买票是在那里吗？"

"对，"警察微微笑了笑，"你们要去哪儿？"

"波士顿。"约翰说。

"哦？你们的家人呢？"

"哦，我和他不是亲戚，"约翰说，"这家伙智力有些障碍。他叫马丁·格里芬，又聋又哑。"

"是吗？"警察坐下来仔细打量着布莱泽。他倒是没有起疑心，但他脸上那副表情又明明白白地显示他还从来没有见过有人会集三种不幸于一身——又聋又哑，智力还有障碍。

"他妈妈上礼拜死了，"约翰说，"他和我们住在一起。我爸爸妈妈得干活，反正我现在放暑假，我爸爸妈妈就问我能不能送他过去，我说可以。"

"对于一个孩子来说，这任务很艰巨啊。"警察说。

"我有点害怕，"约翰说，布莱泽相信约翰的这句话倒是实情，他自己也害怕，而且非常害怕。

警察朝布莱泽的方向一点头，"他明白……"

"他妈妈的事吗？不是太明白。"

警察神情黯然。

"我带他去他姨妈家，让他在那里住几天。"约翰一下子来了精神，"我，我可能会去看一场红袜队的比赛，算是犒劳犒劳自己吧……怎么说呢……"

"我希望你能如愿，孩子。再糟糕的事也会有它好的一面。"

两个人一时都陷入了沉默，琢磨着这句话的意思。布莱泽因为刚刚被判定为哑巴，现在自然也开不了口。

最后还是那警察开了口:"他块头很大,肯听你的话吗?"

"他块头是很大,可他很听话。你想看看吗?"

"嗯——"

"瞧,我这就让他站起来。你看好了。"约翰在布莱泽的眼前做了几个毫无意义的手势,手势做完后,布莱泽站了起来。

"我说,你可真有一套啊!"警察说,"他会永远听你的话吗?汽车上可是坐满了人,万一这个傻大个——"

"他永远听我的话,绝对不会伤人的。"

"好吧,我相信你的话。"警察站起身,把武装带向上拉了拉,然后推了一下布莱泽的肩膀,布莱泽顺势坐回到长凳上。"孩子,路上小心。万一遇到麻烦的话,你知道他姨妈家的电话号码吗?"

"我当然知道,警官。"约翰说。

"那好,让他们继续翱翔吧,中士①。"警察给约翰敬了个礼,走出了汽车站。

警察走后,布莱泽和约翰对视了一眼,差一点想放声大笑,但售票员这会儿正注视着他们,所以他们赶紧低头望着地面。布莱泽紧紧咬着嘴唇。

"这里有卫生间吗?"约翰大声问售票员。

"在那边。"她用手指了一下。

"快点,马丁。"约翰说,布莱泽听到这名字后真想开怀大笑一番。他们俩进了卫生间后,终于乐得倒在了对方的怀里。

"刚才真是了不起,"布莱泽忍住笑,说道,"你怎么想到那

---

① 美国电影《铁翼雄风》中的一句台词,此处的意思为"一路顺风"。

个名字的?"

"我看到他的时候,一心只想着'牢头'又要抓住我们了。至于格里芬嘛,那是一种传说中的鸟,你不记得了,你英语书中的那篇故事里的,还是我帮你……"

"是的,"布莱泽开心地说道,压根儿想不起来格里芬是什么鸟。"是啊,是啊!"

"可他们一旦得知有人从赫顿之家逃了出来,就会知道准是我们俩。"约翰的表情一下子变得严肃起来,"那个警察肯定会记得。他还会气得发疯。天哪,可不嘛!"

"我们会不会被抓住?"

"不会的。"约翰虽然仍显得很疲倦,但刚才与警察的那段插曲过后他已经恢复了一些,至少他的眼睛里又有了光芒。"我们一到波士顿就会立刻消失得无影无踪。他们不会花大力气去寻找两个孩子的。"

"哦,太好了。"

"不过我还是先把票买好吧。在我们到达波士顿之前,你继续装聋作哑,那样会更安全。"

"好的。"

于是,约翰买了车票,他们一起上了大巴。车上的大多数乘客都是军人和带着小孩旅行的年轻女人。司机大腹便便,大屁股,身穿灰色制服,裤子笔挺。布莱泽觉得那制服非常刺眼,也许他将来长大后也可以当一名灰狗大巴驾驶员。

车门嘶的一声关上后,大功率引擎轰隆轰隆地发动了起来。大巴倒出了停车泊位,驶进了国会街。他们上路了,要去某个地方。布莱泽的眼睛简直不够用。

大巴过了一座桥后便驶上了1号公路，速度也越来越快。路旁的景色一晃而过，布莱泽看到了许多大油罐、汽车旅馆的宣传画，还有什么"普鲁蒂饭店——缅因州最佳龙虾餐馆"的广告牌。大巴经过一片住宅区，布莱泽看到一个男子正在给草坪浇水。那男人穿着百慕大短裤①，看上去却哪里也不去，布莱泽真为他感到遗憾。大巴经过了海潮冲出来的浅滩，海鸥在那里翻飞。约翰所说的地狱之家已经在他们身后。现在是夏季，阳光灿烂的白天才刚刚开始。

他终于将目光转向了约翰。他觉得如果不把自己这种美好的感觉告诉什么人的话，他会裂成两半。可约翰已经睡着了，小脑袋耷拉在一边肩膀上。睡梦中的他显得那么苍老，那么疲惫。

布莱泽心中感到有些不安，想了一会儿后又将目光重新转向窗外，那里的一切像磁铁一样吸引着他。他目不转睛地盯着窗外的景色，望着波特兰和基特里之间那肮脏不堪的滨海区向后退去，暂时忘记了约翰。他们在新罕布什尔州上了收费公路，不一会儿就到了马萨诸塞州。没过多久，大巴驶过了一座大桥，布莱泽估计他们到波士顿了。

绵延不断的霓虹灯，成千上万辆小车和大巴，到处都是高楼大厦。可他们的大巴还在向前行驶。他们经过了一个停车场，门口有一个橘黄色恐龙守护着。他们经过了一艘正在行驶的巨轮。他们看到一家餐馆门前有一群塑料奶牛。他看到到处都是人。他怕这些人，同时又喜欢他们，因为他们在他眼里是陌生

---

① 百慕大短裤，一种裤管至膝上一二英寸处的短裤，常为出门时衣着。

的。约翰还在睡觉,喉咙深处传出了轻微的鼾声。

大巴翻过了一座小山,迎面而来的大桥更加宏伟,周围的建筑也更加壮观,摩天大楼像一支支银箭和金箭一样飞向蓝色天空。布莱泽立刻将目光收了回来,仿佛自己刚刚目睹了原子弹爆炸似的。

"约翰,"他几乎是在抱怨,"约翰,快醒醒。你一定得看看。"

"呃,怎么啦?"约翰慢慢醒来,用指关节揉了揉眼睛。接着,他也看到了布莱泽刚才隔着巨大的车窗看到的景色,不由睁大了眼睛:"我的天哪!"

"你知道我们该去哪儿吗?"布莱泽小声问。

"我知道。我的上帝,我们要过那座桥吗?一定会的,是不是?"

他们看到的是神秘河大桥,大巴很快就行驶在了上面。这座大桥像托普瑟姆露天游乐场上的"野老鼠"过山车的一个超级版,先将他们带到天上,再将他们带入地下。等他们终于重新回到阳光下时,太阳正从大楼之间照射下来。这些大楼太高,从灰狗大巴的车窗望去根本看不到楼顶。

布莱泽和约翰在特里蒙特街的汽车总站下了车,他们做的第一件事就是留意周围的警察。其实他们大可不必。这个汽车站太大,各种通知像上帝的声音一样在他们的头顶上轰鸣着。这里的旅客多如牛毛,布莱泽和约翰肩靠肩,紧挨在一起,仿佛担心对面过来的人流会将他们分开,让他们永世不得再见。

"那边,"约翰说,"快点。"

他们走到一排电话机旁,却发现每部电话都有人使用。他们在最后一部电话旁等待着,直到打电话的黑人打完电话走开。

"他头上那玩意儿是什么?"布莱泽仍然饶有兴趣地盯着刚刚离去的那个黑人。

"哦,那玩意儿可以保持头发整洁,就像印度人的包头布。我记得大家叫那玩意儿男士头巾。别那么盯着他看,免得别人把你当乡巴佬。待在我身边。"

布莱泽一一照办。

"给我一个——妈的,这破玩意儿居然要二十五分。"约翰摇摇头,"我简直不知道这里的人都怎么过日子。布莱泽,给我一个二十五分的硬币。"

布莱泽给了他。

电话亭的架子上有一本号码簿,封面和封底装订着硬塑料。约翰翻了翻,将硬币投进电话机里,然后开始拨号。他开口说话时故意压低了嗓门。他挂上电话后,脸上露出了笑容。

"我们可以在亨宁顿大街的YMCA① 住两晚。二十块钱就可以住两晚!就算我是基督徒吧!"他举起一只手。

布莱泽在他的手上拍了一下,然后说道:"可我们总不会两天就把二百块钱都花完吧?"

"在这种打一个电话都要二十五分的城市里?当然会啦!"约翰打量着四周,两眼发亮,那眼神就像这汽车站以及车站里的一切全都属于他似的。在多年后遇到乔治之前,布莱泽再也没有见过什么人的眼睛里有约翰那种眼神。

"听着,布莱泽,我们现在就去看球赛。你觉得呢?"

---

① YMCA,基督教青年会。

布莱泽摇了摇头。对他来说，这一切变化得太快。"怎么看？我们都不知道怎么去那里。"

"波士顿每辆出租车都知道怎么去芬威球场。"

"出租车可贵了。我们又不是——"

他看到约翰在微笑，便也跟着笑了起来。他突然醒悟过来，他们有钱，的确有钱。这就是钱的用途：让人废话少说。

"可是……万一白天没有比赛呢？"

"布莱泽，你认为我为什么非要选今天动身呢？"

布莱泽笑了起来，然后两个人又拥抱在了一起，就像在波特兰那样。他们互相拍着背，开心地笑着。布莱泽永远忘不了那一幕。他抱起约翰，在空中转了两圈。人们回过头来看他们，大多数人看到这个傻大个和他那骨瘦如柴的伙伴时都露出了笑容。

他们出了长途汽车站，上了出租车，司机将他们送到兰斯道恩街时，约翰给了他一块钱的小费。这时刚好是下午一点差一刻，白天看比赛的观众并不多，正三三两两地进场。比赛过程激动人心，波士顿队在第十局战胜了鸟队，比分是三比二。尽管波士顿队在那一年的表现差强人意，但在那个八月下午他们却表现得像冠军。

比赛结束后，两个孩子在市中心到处转悠，一面好奇地东张西望，一面竭力避开警察。落在地上的影子越来越长，布莱泽的肚子在咕咕直叫。约翰在看比赛时吃了两根热狗，但球员们在场上的精彩表现让布莱泽看得如痴如醉，完全忘记了吃东西。那可是汗流浃背、真正玩命的硬汉啊。观众人数之多也让他感到震惊，几千个人聚集在这么小的地方。可他现在饿了。

他们走进了一家名叫"林迪牛排屋"的餐馆。餐馆里面不太宽敞,灯光暗淡,散发着啤酒和炭火烤出的牛排的香味。高高的火车座上蒙着红色的真皮,有几处坐着几对男女。左边是长长的吧台,上面划痕累累,但仍然光洁照人,仿佛木头里面能散发出灯光似的。吧台上每隔一米左右就会放一个碗,里面装着椒盐花生米和椒盐卷饼。吧台后面的墙上挂着球员们的照片,其中一些签了名,旁边还有一幅裸体女人的画像。吧台后面坐着一个大胖子,正低头望着他们。

"孩子们,想要点什么?"

"嗯……"约翰说。这是他这天第一次显得有些不知所措。

"牛排!"布莱泽说,"两份大牛排,外加牛奶。"

大胖子咧嘴一笑,露出几颗让人胆战心惊的牙齿。他那样子像是能将一本电话号码簿嚼碎。"有钱吗?"

布莱泽啪的一声将一张二十块钞票放在柜台上。

大胖子拿起那张钞票,对着灯光检查了上面的安德鲁·杰克逊①像,用手指夹着晃了晃,然后将它收了起来。"好的。"

"不找钱?"约翰问。

大胖子说:"不找钱,你们也不必后悔。"

他转身打开冰柜,取出两块布莱泽这辈子见过的最大最红的牛排。吧台一端有一个很深的烤架,大胖子带着几分不屑将那两块牛排扔了进去,火焰立刻腾了起来。

"乡巴佬的特色菜,马上就好。"他说。

---

① 安德鲁·杰克逊(1767—1845),美国第七任总统,美元二十元纸币的正面采用了其头像。

他倒了几杯啤酒，端出几盘果仁，拌好沙拉后又将它们放在冰块上。沙拉准备好后，他将牛排翻了个身，然后走回到约翰和布莱泽跟前。他将被洗碗水烫红的保护手套放在吧台上，说："你们看到独自坐在吧台尽头的那位先生了吗？"

布莱泽和约翰一起向那里望去。吧台尽头那位先生穿着整洁的蓝西装，正闷闷不乐地小口喝着啤酒。

"那是丹尼尔·J.莫纳罕，波士顿最出色的丹尼尔·莫纳罕警探。我估计你们大概不想和他聊聊像你们这样的乡巴佬怎么会有二十块钱来点顶级牛排吧？"

约翰·切尔兹曼神色大变，身子微微一晃，差一点从凳子上摔下来。布莱泽伸手扶住他，同时在心里打定了主意。他说："这钱是我们正大光明得来的。"

"是吗？从谁那里正大光明得来的？是正大光明抢来的吧？"

"这钱是我们正大光明得来的，是我们捡到的。要是你毁了我和约翰的钱，我就给你一拳。"

吧台后的男人望着布莱泽，眼神里又是惊讶又是欣赏又是不屑。"你块头不小，可你是个笨蛋，孩子。你随便握个拳头，我可以让你尝尝什么是拳头的滋味。"

"先生，要是你毁了我们的假期，我就给你一拳。"

"你们从哪儿来的？新罕布什尔管教所？北温德姆管教中心？你们肯定不是波士顿的，因为你们的头发上有干草。"

"我们是从赫顿之家来的，"布莱泽说，"我们不是骗子。"

吧台尽头那位波士顿探长已经喝完了啤酒。他举起空酒杯，示意再来一杯。大胖子看到后，脸上立刻露出了笑容。"你们俩坐着别动，也别想开溜。"

胖子又给莫纳罕端去了一杯啤酒,并且对他说了句什么,逗得莫纳罕哈哈大笑。那笑声很刺耳,里面并没有多少幽默。

大胖子回到了吧台后。"这个赫顿之家在哪里?"他这次问的是约翰。

"缅因州的坎伯兰,"约翰说,"我们每星期五可以去弗里波特镇看电影。我在厕所里捡到一个钱包,里面有钱,然后就像布莱泽刚才说的那样跑到这里来度假了。"

"只是碰巧捡到一个钱包?"

"是的,先生。"

"这子虚乌有的钱包里有多少钱?"

"大约二百五十块。"

"我的老天爷啊,我估计钱全装在你们口袋里了是吗?"

"还能放在哪儿?"约翰不解地问。

"我的老天爷啊,"大胖子又说了一遍。他抬头望着扇贝形的铁皮天花板,眼睛转了转。"你们居然告诉一个陌生人,轻而易举地告诉了一个陌生人。"

大胖子又开五指,将手放在吧台上,向前探过身子。他那张脸便是多年饱经风霜的见证,但那张脸上现在却没有恶意。

"我相信你们,"他说,"你们头发上粘了那么多干草,肯定不是在说谎。可是那位警察……孩子们,我可以鼓动他来抓你们,那就像猫抓耗子一样容易。你们被关进监狱,我和他把那笔钱分了。"

"我会揍烂你,"布莱泽说,"那是我们的钱,是我和约翰捡到的。你听着,我们一直待在那鬼地方,那地方糟透了。一个像你这样的家伙,也许觉得自己懂得很多,可是……算了。这是我们该得的钱!"

"等你完全长大成型后,你会变成一个恃强凌弱的恶棍。"大胖子几乎是自言自语地说道,然后将目光转向约翰。"你这位朋友有点缺心眼。你知道这一点,是吗?"

约翰已经恢复了常态。他没有吭声,只是死死地盯着胖子的眼睛。

"你照顾好他,"大胖子说,然后突然笑了起来。"等他完全发育后一定要带他回来,我要看看他那时候会长成什么样子。"

约翰没有笑,脸上的表情比任何时候都更严肃。但是布莱泽笑了,他明白已经没事了。

大胖子取出那张二十块钱的钞票——完全不知道他是从哪里拿出来的——把它推到约翰面前。"孩子们,今天的牛排算是本店请客。把这钱拿去,明天去看场棒球赛。希望这钱不会被人扒走。"

"我们今天去了。"约翰说。

"好看吗?"大胖子问。

约翰这时真的笑了:"我从来没有看到过那么壮观的场面。"

"是啊,"大胖子说,"当然是的。看好你朋友。"

"我会的。"

"因为朋友总是相互照应。"

"我知道。"

大胖子端来了牛排、凯撒什锦沙拉、新鲜豌豆、一大堆油炸长薯条和两大杯牛奶。他还给他们准备了甜点——几块樱桃馅饼,上面的香草冰淇淋正在慢慢融化。他们起初吃得很慢,等波士顿最棒的莫纳罕警探离开后(布莱泽看到他居然没有付钱），他们俩开始狼吞虎咽起来。布莱泽吃了两块馅饼，喝了三杯牛奶。大胖子第三次过来给布莱泽的杯子倒满牛奶时，他放声笑了起来。

他们出门的时候，街上的霓虹灯招牌正陆陆续续地亮起来。

"你们这就去 YMCA，"大胖子在他们出门前说道，"直接过去。城市可不是两个孩子晚上瞎逛的地方。"

"是，先生，"约翰说，"我已经给他们打过电话，订好了。"

大胖子笑了："孩子，你很不错，你会没事的。紧挨着你这位大块头朋友，如果有人过来抢钱，你就躲在他身后。尤其要当心那些皮肤带颜色的孩子，你应该知道团伙是什么意思。"

"知道，先生。"

"相互照顾好。"

这是他最后的忠告。

第二天，他们先是坐地铁，一直坐到完全没有了新鲜感为止。然后他们去看电影，接下来又去看了一场球赛。球赛结束时天已经很晚了，将近十一点。有人掏了布莱泽的口袋，但布莱泽按约翰的吩咐已经将他那部分钱藏在了内衣里面，所以扒手一无所获。布莱泽没有看清那家伙的长相，只看到一个瘦小的背影钻进了正从 A 号大门出球场的人群中。

他们又待了两天，又看了几场电影，还看了一场戏。约翰倒是很喜欢，但布莱泽没有看懂。他们坐在什么"宝箱"里，比"北欧电影院"的楼座还要高五倍。他们去了百货商店里的一家照相馆，拍了一些照片：布莱泽单独拍了几张，约翰单独拍了几张，然后两个人又合照了几张。在他们的双人照中，两个人都在开怀大笑。他们又去坐了地铁,一直坐到约翰开始晕车,呕吐在了他的球鞋上。接着,一个黑人走了过来,冲着他们大声嚷嚷,说这简直是世界末日。他似乎在说一切都是他们的错,但布莱泽也说不准他是不是要表达那意思。约翰说那家伙是个疯子,还说城里有许多疯子。"他们在这里像跳蚤一样繁殖。"他说。

他们还剩下一点钱,是约翰想出了最后一招。他们坐着灰狗大巴回到了波特兰,然后将剩下的钱都花在了出租车上。约翰将剩下的钞票在万分惊讶的出租车司机面前晃了晃,虽然都是皱皱巴巴的五块和一块,加在一起差不多还有五十块钱,其中一些还散发着小克莱顿·布莱斯德尔内裤的芳香。约翰告诉他,他们要去坎伯兰的赫顿之家。

出租车司机二话没说就按下了计价器。于是,在夏末某个阳光灿烂的下午,两点零五分,他们的出租车停在了赫顿之家的大门外。约翰·切尔兹曼沿着车道向阴森森的砖砌大楼走去,可他刚走了五六步就一头栽到地上,昏了过去。他得了风湿热,两年后离开了人世。

13

等到布莱泽将孩子抱进自己的小屋时,乔正在大声啼哭。布莱泽惊讶地盯着他。他在发脾气!他那张脸从额头到脸颊憋得通红,就连小小的鼻梁也是红红的。他双眼紧闭,小手握成了拳头,在空中挥舞出一个个小圆圈。

布莱泽突然感到一阵惊恐。万一这孩子病了怎么办?万一得了流感什么的呢?孩子们每天都会得流感,有时候会因为流感而送了命。他肯定无法带孩子去看病。再说了,孩子的事他又知道多少呢?他只是个笨蛋,连自己都很难照顾好。

他突然一时冲动,想把孩子拎回车上,然后驾车去波特兰,把他放在什么人家的门口。

"乔治!"他喊了起来,"乔治,我该怎么办?"

他担心乔治又离开了,但卫生间里传来了乔治的声音:"给他喂点吃的,就是那些小瓶子里的东西。"

布莱泽跑进卧室,从床底下拖出来一只纸箱,打开后随便选了一瓶。他拿着瓶子回到厨房,找出一把小勺,然后把瓶子放到桌上柳条篮的旁边,打开了瓶盖。瓶子里的玩意儿看上去像呕吐出来的东西,非常恶心。也许是变质了。他急忙闻了一下,气味还可以,闻上去像豌豆。这么说,瓶子里的玩意儿应该没有坏。

但他还是迟疑了一下。一想到真的要把吃的东西塞进那张张开的、不断尖叫的小嘴里……那将是无可挽回的。万一这该死的小东西噎着怎么办？万一他不想吃这玩意儿呢？万一这玩意儿不适合他，然后他……

他的脑海里出现了"毒药"两个字，但布莱泽对那两个字视而不见。他将半勺冰凉的豌豆塞进了孩子的嘴里。

哭闹声立刻停了，孩子猛地睁开了眼睛，布莱泽看到他的眼睛是蓝色的。乔将塞进他嘴里的豌豆吐了一点出来，布莱泽想也没有想就用勺子将黏乎乎的玩意儿刮起来，重新塞进孩子的嘴里。孩子满意地吸吮着。

布莱泽又给他喂了一勺，乔把它吃得一干二净。又是一勺。仅仅七分钟，整整一瓶"嘉宝"牌幼儿豌豆泥就吃完了。由于一直弯腰给柳条篮里的孩子喂食，布莱泽的后背有些痉挛。乔打了一个嗝，嘴角流出了绿色的泡沫。布莱泽用自己的衬衣下摆擦了擦那小脸蛋。

"要是他再吐一次，我们就举手表决。"他说。这原来是乔治的一句妙语。

听到他的声音后，乔眨了眨眼睛。布莱泽久久地盯着他，被他迷住了。孩子的皮肤洁白无瑕，头上有一撮金色头发。但最吸引布莱泽的还是他的那双眼睛。布莱泽觉得那双眼睛非常成熟，透着智慧，颜色是西部电影中沙漠天空的那种淡蓝色。他的眼角微微上翘，像中国人的眼睛。那双眼睛瞪着他，流露出武士般的坚毅。

"你是个斗士？"布莱泽问，"小家伙，你是个斗士吗？"

乔的一根大拇指已经伸进了嘴里,开始吸吮起来。布莱泽起初以为他可能想要一个奶瓶(他还没有琢磨出如何使用那套倍得适奶瓶器),不过那孩子暂时好像对自己的拇指很满意。他的脸颊仍然红扑扑的,不是因为哭泣,而是因为夜晚这趟旅程。

孩子的眼帘慢慢沉重起来,眼角也不再像刚才那样上翘得厉害,但他还在望着这个人,望着这个正弯腰注视着他的巨人。这个巨人身高超过两米,胡子拉碴,一头乱蓬蓬的棕色头发像个稻草人。然后,他闭上了眼睛,拇指从嘴里掉了下来。他睡着了。

布莱泽直起身,腰部啪地一响。他丢下篮子,转身向卧室走去。

"嗨,傻瓜蛋,"卫生间里传来了乔治的声音,"你要去哪里?"

"去睡觉。"

"亏你想得出来。你得琢磨出奶瓶那玩意儿怎么用,然后准备好四五瓶,给他醒来时喝。"

"牛奶会变酸的。"

"放在冰箱里就不会了,需要的时候加热一下就可以了。"

"噢。"

布莱泽拿出那盒倍得适奶瓶,仔细阅读着使用说明书。他看了两遍,用了半个小时。他第一遍没有看懂,第二遍看得更加糊涂。

"我不行,乔治。"他最后说道。

"你当然行。把那说明书扔了,自己摆弄吧。"

于是，布莱泽把那张说明书扔进壁炉，开始摆弄那玩意儿，就像大家摆弄没有装对的化油器一样。最后，他终于明白，只需将塑料垫套装到一个圆环上，然后将它们塞进瓶子里就行了。太好了。很聪明。他准备了四个奶瓶，往里面灌满了罐装牛奶，然后再将它们放进冰箱。

"我现在可以睡觉了吗，乔治？"他问。

乔治没有吭声。

布莱泽上床睡觉去了。

天边刚露出一丝亮光，乔就吵醒了他。布莱泽跌跌撞撞地下了床，进了厨房。孩子还在柳条篮里，而柳条篮正在桌子上前后摇晃着。乔发起火来时劲头也不小。

布莱泽抱起他，让他靠着自己的肩膀。他立刻看到了问题所在：孩子浑身上下湿透了。

布莱泽抱着他走进卧室，将他放到床上。床上还留有布莱泽躺在上面时凹进去的身形，孩子躺在那身形中小得出奇。乔穿了一件蓝色睡衣，小脚丫正愤愤不平地乱蹬着。

布莱泽脱掉乔的睡衣以及睡衣里面的橡胶裤。他用一只手按住乔的肚子，不让他乱动，然后弯腰仔细看看尿布是怎么扣在一起的。他取下尿布，将它扔到了角落里。

他细细地看着乔的阴茎，立刻乐了。乔的那玩意儿比他的拇指甲长不了多少，却仍然硬邦邦地翘着。真好玩。

"小浑蛋，你那鸡巴可不得了啊。"他说。

乔忘记了哭泣，一双大眼睛惊奇地盯着布莱泽。

"我说你那鸡巴很了不起。"

乔笑了。

"咯咯笑一个!"布莱泽说,自己情不自禁地傻笑起来。

乔咯咯笑了起来。

"咯咯笑一个,宝贝。"布莱泽说。

乔笑得更开心了。

"咯咯笑一个,宝——贝——"布莱泽开心地说道。

乔冲着他的脸撒起尿来。

给乔穿纸尿裤又是一个艰难的过程。这些纸尿裤没有别针,只有带子,而且好像自带了橡胶裤——其实是塑料——他扯烂了两条纸尿裤后才终于像盒子上的示意图所显示的那样给乔穿上了一条。换了纸尿裤的乔已经全醒了,正啃着自己的手指头。布莱泽猜想他大概饿了,觉得最好现在就给他喝一瓶牛奶。

正当他在厨房里用水龙头里流出的热水给奶瓶加温时,他听到了乔治的声音:"你没有按店里那娘儿们的说法把这牛奶稀释一下?"

布莱泽望着奶瓶:"什么?"

"里面装的是纯罐头牛奶,对吗?"

"那当然,直接从罐头里倒出来的。难道它变质了,乔治?"

"没有变质,可如果你不打开瓶盖,灌一些水进去,他吃了后会吐的。"

"哦。"

布莱泽用指甲扯出奶嘴,将瓶子里的牛奶倒掉四分之一,然后加进去一些水,用勺子搅了搅,再把奶嘴重新装上。

"布莱泽。"听他那说话的声音,乔治好像并没有生气,只是累坏了。

"什么事?"

"你得买一本育婴大全,也就是告诉你怎么照料孩子的书籍,有点像汽车使用手册,因为你总是忘事。"

"好的,乔治。"

"最好再买张报纸,但千万别在附近买这些东西。去某个大的地方买这些。"

"乔治?"

"什么事?"

"我出去的时候谁来照看这孩子?"

乔治久久没有吭声,布莱泽以为他已经走了,但乔治终于开了口:"我来吧。"

布莱泽皱起了眉头:"怎么会呢,乔治?你已经……"

"我说过我会照看他的。你快进来喂他!"

"可是……万一我出去后,这孩子出了点事……噎住了或者怎么的……"

"赶紧给他喂奶,你这浑蛋!"

"好的,乔治。"

他走进卧室。乔正在发脾气,嘴巴虽然还在啃着手指,小脚丫却在床上乱蹬。布莱泽学着女店员给他示范的样子轻轻拍着奶瓶,让里面的空气跑出来,然后挤压奶瓶,直到奶嘴上出现一滴牛奶。他在孩子身旁坐下来,小心翼翼地将他的手指从嘴上挪开。乔开始哭泣,可布莱泽刚把橡皮奶嘴塞进他的嘴里,他的小嘴唇就立刻合拢上去。他吸吮起来,两个小腮帮不停地鼓起又凹进。

"这就对了,"布莱泽说,"这就对了,你这小浑蛋。"

乔把奶瓶里的牛奶喝得一干二净。布莱泽抱起他,给他轻轻拍了拍背,他吐了一点奶出来,有几滴甚至溅到了布莱泽的保暖内衣上。布莱泽不介意。反正他想给孩子换上他买的新衣服。他自欺欺人地认为自己只是想看看那衣服是否合身。

衣服很合身。布莱泽给孩子换好衣服后,脱下自己的上衣,闻了闻孩子吐出来的玩意儿。闻上去有点奶酪味。他想,也许牛奶还是太浓了一点,也许他应该在给孩子喂了半瓶牛奶后停下来,轻轻拍拍他的后背。乔治说得没错,他需要一本书。

他低头望着乔,孩子已经抓住毯子一角,正仔细察看着。这孩子真是可爱。乔·杰拉德三世和他妻子肯定会为他担心的,可能会以为孩子被塞在什么五斗橱的抽屉里,身上裹着乌七八糟的尿布,饿得哇哇直叫。还有更糟的,躺在冻土上挖出来的洞里,可怜兮兮地在冰天雪地里呼出最后几口气,然后就被装进绿色厚塑料袋里……

他怎么会有这种念头?

乔治。是乔治这么说的。他一直在给布莱泽讲林德伯格婴儿绑架案,绑匪叫郝普曼、霍普曼或者类似的什么名字。

"乔治?乔治,我出门后你可别伤着他。"

乔治没有吭声。

他边做早饭边听着新闻。布莱泽在地上铺了张毯子,乔躺在上面,正在玩着乔治留下的一张报纸。乔用力一拉,报纸蒙住了他的小脑袋,他兴奋得双脚乱蹬。

播音员刚刚报完第一条新闻,某位共和党参议员收受贿赂。布莱泽真希望乔治能听到这消息。乔治最喜欢这种新闻。

"本地的头条新闻是发生在奥科马高地的绑架案。"布莱泽忘记了搅拌煎锅里的土豆,仔细地听着。"约瑟夫·杰拉德四世,这位杰拉德货运巨富的继承人,昨晚深夜或今天凌晨被人从杰拉德家族位于奥科马高地的庄园内绑走。婴儿的曾祖父约瑟夫·杰拉德曾经被称为'美国运输业的奇迹',家人发现老杰拉德的妹妹今天早晨躺在厨房地板上,昏迷不醒。七十多岁的诺尔玛·杰拉德立刻被送往缅因州中心医院,医生们说她的情况非常危急。在回答是否已经请求联邦调查局支援时,卡斯特尔县警长约翰·D.凯拉赫说他目前无可奉告。他也不愿意就是否会收到索要赎金的信件发表任何评论——"

哦,对了,布莱泽心想,我得给他们寄一封信,向他们索要赎金。

"——但他说警方已经掌握大量线索,正在积极调查。"

什么样的线索?布莱泽很想知道。他的脸上随即露出了一丝笑容。警察每次都这么说。要是那老太太一命呜呼,警方还能有什么线索?他连梯子都带走了。他们只是这样说说而已。

他坐在地板上,边吃早饭边逗着孩子。

他下午准备出门时,给孩子喂了牛奶,换了衣服。孩子躺在摇篮里睡着了。布莱泽这次稍稍改动了一下牛奶的配方,而且给孩子喂到一半时拍了拍孩子的后背。这一招很管用,非常见效。他还给孩子换了尿布。孩子拉出的绿色昰昰把他吓坏了,但他随即反应过来。是那些豌豆。

"乔治，我这就走了。"

"好的。"乔治在卧室里答道。

"你最好出来看着他，以防他醒过来。"

"我会的，别担心。"

"好吧。"布莱泽说，但还是有些不放心。乔治已经死了。他在和一个死人说话，在请一个死人帮他照看孩子。"嗨，乔治，也许我应该——"

"什么也许也许的，快走，干你的事情去。"

"乔治——"

"快去！滚！"

布莱泽走了。

天气晴朗，阳光灿烂，连气温也高了一点。由于连续一周气温低于零下十度，现在气温突然上升到零下三四度后，那种感觉简直像热浪迎面扑来。可是阳光并没有给布莱泽带来快乐心情，沿着偏僻道路驱车去波特兰也无法让他的心情好转起来。把孩子托付给乔治他还真有些不放心。他也不知道为什么，可他就是不放心。怎么说呢，因为乔治已经成了他的一部分，无论他去什么地方，不仅自己全身心都会带走，还会带上乔治那部分。难道这没有道理吗？

布莱泽觉得这很有道理。

然后，他开始担心壁炉。万一房子烧塌下来怎么办？

脑海里一旦有了这恐怖的一幕，就怎么也挥之不去。他特意往壁炉里多添了一些木柴，免得小约瑟夫把毯子蹬开后着凉。但如果壁炉的火太大，就会把烟囱点着。火星会从烟囱里冒出来，落到屋顶上。大多数火星当然会熄灭，可万一有颗火星落到某块干燥的木瓦上，将它点着，火苗再蔓延到木瓦下面干燥的护板上，烈焰就会迅速烧过房梁。孩子开始哭闹，鼻子里的烟雾越来越浓……

他突然发现自己已经在不知不觉中将偷来的福特车开到了时速一百一十多公里，忙慢慢松开脚下的油门。更糟糕的事情还在后头。

他把车停在卡斯科街的停车场，给了停车场管理员两块钱，然后就进了沃尔格林商店。他拿了一份《晚间快报》，然后走到冷饮机旁摆放平装书的架子前，上面有许多西部小说、哥特式小说、悬疑小说和科幻小说。最后，他在最下面的架子上发现了一本厚书，封面上有一个婴儿在笑，头发还没有长出来。他立刻就看懂了，因为上面没有他不认识的字。《婴幼儿大全》。封底还有一张照片，中间是个衣冠楚楚的老头，四周围着一群孩子。书大概就是这家伙写的。

他付了钱，边向门口走去边打开报纸。走到外面的人行道上时，他突然站住脚，惊讶得张开了嘴巴。

报纸头版上有他的一张画像。

不是他的照片，而是警察画的模拟像，就是那种根据目击证人的描述画出来的图像。这让他松了口气。图像画得不好，连他额头上的凹坑都没有画出来，眼睛的形状不对，嘴唇厚得离奇。但画像仍然像他。

这么说，那老太太苏醒过来了，但文章的副标题立刻打消了他的看法。

联邦调查局介入,调查绑架婴儿的歹徒
诺尔玛·杰拉德因头部受伤而死

《晚间快报》独家报道　　詹姆斯·T.米尔斯

《晚间快报》独家报道,本版刊登的就是杰拉德婴儿绑架案中驾车逃走的男子的画像,制造这起绑架案的可能只有该男子一人。画像为波特兰警察局绘画专家约翰·布莱克根据莫顿·瓦尔什的描述所绘。莫顿·瓦尔什是距杰拉德家四百米外橡树公寓大楼的夜间门卫。

瓦尔什今天早些时候告诉波特兰警方和卡斯特尔县警长,嫌疑人说他来见约瑟夫·卡尔顿,而这名字显然子虚乌有。绑架婴儿的嫌疑人驾驶着一辆蓝色福特轿车,瓦尔什说汽车的后面有个梯子。瓦尔什作为目击证人已被警方扣押,警方正在调查他为什么没有更加详细地询问驾车人来访的目的,尤其是在那么晚的时候(大约凌晨两点)。

一位与调查有密切关联的人士暗示,约瑟夫·卡尔顿的"神秘公寓"可能与集团犯罪有牵连,这使人不由得联想到这起婴儿绑架案可能是一起精心策划的"阴谋"。目前已经赶到现场的联邦调查局特工和地方警察都不愿就这种可能性发表看法。

虽然受害家庭目前还没有接到索要赎金的信件或电话,但警方已经掌握了一些其他线索。其中一名绑

匪疑似在作案现场留下了血迹，可能是他在翻越橡树公寓停车场的铁丝网篱笆时身体割破后留下的。约翰·D. 凯拉赫警长说这是"往最终处死这个人或这个团伙的绞索上增添了一股纤维"。

另外，被绑架的男孩的曾姑婆诺尔玛·杰拉德在缅因州中心医院接受手术的过程中死亡，医生们本想通过这个手术减轻她颅内的压力（下接第二页第五栏）

布莱泽翻到第二页，但这里没有多少内容。警方即便已经掌握了其他线索也不会透露的。报纸上登出了两张照片，一张是"发生绑架案的宅子"，另一张是"绑匪进入的地方"。报纸上还有一个小方框，里面写着"婴儿父亲对绑架者的请求，见第六页"。布莱泽没有翻看报纸的第六页。他只要一看书或者读报，就会没有时间概念，而现在时间已经绝对不允许他再看报纸后面的内容。他已经出来得太久了，回家至少还需要四十五分钟，而且——

而且这辆车是偷来的。

瓦尔什，那该死的狗杂种。布莱泽真希望公寓方面会因为失职而将这该死的杂种开除了。至于现在嘛——

现在他只能去碰碰运气。也许他可以顺利地将车开回家。如果他将车丢在那里，情况可能会糟糕得多。车上到处都是他的指纹——也就是乔治所说的"印签"。也许警方已经掌握了车牌号；也许瓦尔什将车牌号抄了下来。他慢慢将这一点仔细想了想，然后认定瓦尔什没有将车牌号抄下来。大概没有。可警方仍然知道是辆福特车，而且是蓝色的……当然它原先是绿色的，那是在他油漆之前。或许情况会因此变得不一样，或许会没事，或许会有事，很难说。

他小心谨慎地走近停车场，然后左顾右盼地偷偷向他的车走去，但他没有看到警察，停车场的门卫在看报。这就好。布莱泽上了车，发动起来，等待着警察从一百个躲藏的地方突然降临。一个也没有。他开车出去时，门卫将压在挡风玻璃雨刷下的黄卡收了回去，连看都没有看他一眼。

汽车似乎总也驶不出波特兰市区，然后又似乎总也驶不出维斯特布鲁克。那种感觉有点像开车时大腿之间夹着一大瓶打开的葡萄酒，甚至更糟。他相信身后驶近的每一辆车都是没有标志的警车。他从波特兰市区驶出来时只看到一辆警车，是在1号公路与25号公路交会的路口。车上的警笛响着，警灯闪烁着，警车在为一辆救护车开道。看到这一幕他真的放宽了心。那样的警车，你当然知道它是干什么的。

过了维斯特布鲁克后，他将车驶进一条二级公路，然后上了只有两条车道的沥青公路，再从那里拐进一条覆盖着冰的土路，穿过树林来到了阿佩克斯。即使是到了这里，他仍然无法感到十分安全；只有当他将车驶进通向小屋的长长的车道时，他才感到压在他肩上的一块大石头落了地。

他将车停在车棚，打定主意再也不开这辆车了。他知道绑架案不是件小事，会引起人们极大的注意，可他没有料到会引起这么大的轰动。那张画像，他留下的血迹，那位了不得的门卫立刻轻轻松松地将监狱里的放风场让给了他……

可他一下车就将所有这些念头抛到了脑后。小约瑟夫在撕心裂肺地号哭，布莱泽还没有进屋就能听得清清楚楚。他赶紧跑过院子冲进屋。乔治一定干了什么,乔治一定——

可乔治什么也没有干。哪里都没有乔治的身影。乔治已经死了,而他却把这孩子独自留在了家中。

约瑟夫正在发火,摇篮在不停地晃动着。布莱泽凑近后一眼就看出了问题所在。十点钟给他喂的奶差不多全吐了出来,散发着刺鼻的酸臭味,在他的脸上和睡衣胸前结了白白的一层,已经快要干了。他的小脸蛋变成了可怕的紫红色,上面还挂着一颗颗大汗珠。

布莱泽看到了自己的父亲,仿佛在照相机的取景框中一样,笨重高大的身躯,通红的眼睛,一双打人特别痛的大手。这幅画面让他感到又是恐惧又是内疚,心中充满了痛苦;他已经很多年没有想起过自己的父亲了。

他一把将孩子从摇篮里抓了出来,动作太突然,乔的小脑袋歪到了肩膀上。他惊讶得停止了哭泣。

"好了,"布莱泽低声哄着孩子,然后抱着孩子在屋里转来转去。"好了,好了,我回来了。我在这里。好了,好了。别再哭了。我就在这里,就在这里。"

布莱泽在屋里转了不到三圈,孩子就睡着了。布莱泽给他换了衣服,换尿片的速度也有所提高。他给孩子的衣服扣好扣子,把他重新放到摇篮里。

然后,他坐下来思考,这次是真正思考。下一步怎么做?写封信索要赎金,对吗?

"对。"他说。

用杂志上的字母写信,电影中都是这么干的。他有一大堆报纸、裸体女郎杂志和漫画书。他开始剪下各种字母。

孩子在我手里。

瞧，这是个好的开端。他走到窗户前，打开收音机，里面传出了费林·哈斯基演唱的《鸽之翼》。这首歌不错，虽然是首老歌，却很动听。他翻找了半天，终于找出了乔治在勒内商店买的一本便签簿，是海通公司的产品。然后，他用面粉和水调制了一些浆糊。他边忙碌着边跟着收音机里的歌曲哼唱，他的歌声沙哑、刺耳，像旧大门上的坏铰链发出的响声。

他回到桌子旁，将已经剪下来的字母粘了上去。他突然想到：纸上会不会留下指纹？他不知道，但的确有可能。最好不要冒险。他将已经粘上字母的那张纸揉成一团，找出了乔治的皮手套。乔治的手套对他来说太小，但他还是将它撑大后戴在了手上。然后，他重新找出那些字母，粘到了纸上。

孩子在我手里。

收音机开始播报新闻。他仔细听着，得知有人给杰拉德家打过电话，索要两千美元。布莱泽听到这里时皱起了眉头。播音员随即说电话是一个少年从温德姆的一个公用电话亭打来的。警方查找到了那个电话亭。少年被抓后说他只是想玩个恶作剧。

布莱泽想：孩子，不可以说只是玩个恶作剧，他们还是会把你关起来的。绑架案可不是小事。

他继续皱着眉头剪字母。接下来是天气预报，晴天，气温比今天略低，很快会下雪。

孩子在我手里。如果你们想让他活着见到你们

如果你们想让他活着见到你们，然后呢？然后写什么？布莱泽的脑子里一片空白。给他们打对方付费电话？接线员们早

就严阵以待了。来一个倒立,哼一哼《迪克西》①?给他们寄两个盒子,外加五十美分硬币,让他们把钱寄过来?怎样才能既拿到赎金又不被抓住呢?

"乔治?这部分我忘记了。"

乔治没有吭声。

他一手托着下巴,正儿八经地开始思考。他得保持冷静,像乔治那样冷静,像他们那天逃往波士顿时约翰·切尔兹曼在长途汽车站所表现出来的冷静。你得用脑子,得用你的脑袋瓜,用你的智慧。

他得假装自己是团伙的一分子,这一点是理所当然的。这样的话,即使在他取赎金时,他们也不会抓他。如果他们抓住他,他就会要他们放了他,不然他的同伙会杀了孩子。吓唬吓唬他们,玩个小花招。

"我们就是这样干的,"他低声说,"是不是,乔治?"

他又将第二张纸揉成一团扔了,然后重新开始寻找不同字母,用剪刀将它们剪成一个个整齐的小方块。

孩子在我们手里。如果你们想让他活着见到你们

这样好多了。这就对了。布莱泽细细欣赏了一会儿,然后过去察看一下孩子。孩子还在睡觉,脑袋侧向一边,一只小手握成拳头,压在腮帮子下。他的眼睫毛很长,颜色比他的头发深一些。布莱泽喜欢他。他从来不觉得小宝宝有什么好看的,可这个孩子确实长得很好看。

"你可真是匹种马。"他说,然后揉了揉孩子的头发。他的

---

① 《迪克西》,美国南北战争时期南部各州流行的战歌。

手比孩子的整个头颅还要大。

布莱泽将注意力重新转向摆了一桌子的杂志、报纸和剪下来的字母。他咬着手指思考了片刻,手指上粘着的浆糊进到了他的嘴里。然后他接着写那封信。

孩子在我们手里,如果你们想让他活着见到你们,准备好一百万美元,钞票上不能有任何记号。把钱装在手提箱里,时刻准备按吩咐付款。您忠诚的

绑架了乔·杰拉德四世的人

这就对了,既给他们透露了一点信息,又不是太多,而且还给自己赢得了一点时间,能慢慢琢磨出一个计划来。

他找出一个脏兮兮的旧信封,把信装了进去,然后剪下杂志封面上的大号字母,拼出了下面的地址:

奥科马高地
杰拉德家
非常重要!

他还没有想好怎么把这封信寄出去。他再也不愿意把孩子托付给乔治去照料,不敢再开那辆偷来的福特车,也不想从阿佩克斯把信寄出去。要是乔治还在的话,一切会简单得多。他可以留在家中看孩子,把动脑子的事全都交给乔治。他倒是不介意给乔喂吃的,也不介意给他换衣服之类的事。他一点怨言都没有。他甚至有点喜欢干这些事。

不管它了。反正这封信得等到明天上午才能寄出,所以他还有时间制订一个计划。或者想起乔治用过的什么计划。

他站起身,又去看了看孩子。他真希望电视机没有坏,你有时能从电视上得到很好的点子。乔还在睡觉。布莱泽真希望他这会儿能醒来,那样他就可以和他一起玩,可以逗他笑。那孩子笑起来的时候真像个大男孩。再说乔现在穿了衣服,即使布莱泽疏忽了,乔也不会把尿撒在他身上。

可是,乔睡着了,这是没有办法的事。布莱泽关上收音机,走进卧室去制订计划,结果自己反而睡着了。

在迷迷糊糊进入梦乡之前,他突然想到自己感觉良好。这是乔治死后他第一次感觉良好。

14

他是在狂欢节上——也许是在托普瑟姆的露天游乐场上,赫顿之家的孩子可以每年获准一次坐上那辆快要散架的黄色旧大巴去那里——乔骑在他的肩膀上。他走在游艺场中,隐隐约约地感到有些恐惧,因为他们很快就会发现他,然后一切就完了。乔已经醒了。他们从一面滑稽的哈哈镜前走过时,布莱泽看到乔睁大了眼睛,好奇地望着一切。布莱泽继续向前走,一只肩膀累了之后,他就将乔换到另一只肩膀上,同时严密提防着警察。

狂欢节在他的周围热热闹闹地继续着,霓虹灯一片辉煌灿烂,非常刺眼。右边的高音喇叭里传出了一个男人尖细的嗓音:"快过来,快过来,六位美女,六位佳丽,个个来自波士顿的恶魔俱乐部。这些姑娘会逗你玩,会让你开心,会让你觉得自己身处快乐的巴黎!"

布莱泽心想,这真不是孩子们该来的地方,更不是一个婴儿该来的地方。

左边是"快乐之家",门前摆放着机械操纵的小丑,正一前一后地摇晃着,一副兴高采烈的样子。它的嘴巴向上翻,表情很幽默,几乎夸张到了痛苦的地步。藏在它肚子里的磁带反复播送着一阵阵的狂笑声。布莱泽看到一个彪形大汉,一只胳膊的二头肌上刺着一只蓝色的铁锚。他的头发往后梳得平平整整,在五颜六色的灯光照射下像海獭的毛皮一样油光锃亮。大汉正将手中硬邦邦的橡胶球砸向摞成金字塔形状的木质牛奶瓶。"野老鼠"过山车在空中上下飞驰,留下那些身穿紧身胸衣和短裙的乡村姑娘的一串串尖叫声。"月亮火箭"升到空中,然后急速下降,由于速度太快,那些坐在上面的人,脸被拉长后变成了小妖精面具。周围传来了各种气味:炸薯条、醋、墨西哥煎玉米卷、爆米花、巧克力、烤蛤蜊、匹萨饼、胡椒、啤酒。整个游艺场形状狭长,地势平坦,地上到处都是丢下的包装纸和踩灭的烟头。在耀眼的灯光下,每个人的脸都失去了原有的轮廓,变得奇形怪状。一个老人从布莱泽的身旁走过,鼻子下挂着一条绿色鼻涕,正在啃着一个糖衣苹果。然后是一个男孩,一边的脸颊上有一大块紫红色胎记;一位头戴金色蜂窝式发型假发的黑人老妇;一个身穿百慕大短裤的胖子,身上青筋暴绽,T恤衫上印着"属于不伦瑞克龙队"①。

"乔,"有人喊道,"乔……乔!"

布莱泽转过身,想看看人群中是谁在喊叫。他看到了她,身上仍然穿着那件睡袍,乳房几乎要从睡袍的花边领口掉出来。是乔的漂亮母亲。

布莱泽吓坏了。她会看见他的,一定会看见他的。等她看见他时,她就会把他手中的孩子夺走。他把乔紧紧抱在怀里,仿佛这样就能保住孩子。乔的身子很暖和,抱在怀里让他感到

---

① 美国缅因州不伦瑞克市的橄榄球队。

很安全。他可以感到孩子的心在贴着他的胸口跳动。

"在那里!"杰拉德太太尖叫起来,"他在那里,是他偷了我的孩子!抓住他!快抓住他!把我的孩子还给我!"

人们纷纷回头观望。布莱泽这会儿正在旋转木马旁,木马旋转时发出的风笛音乐声震耳欲聋,在四周回荡着。

"抓住他!抓住那个人!抓住偷孩子的贼!"

手臂上有文身、头发往后梳的男子开始向他走来,布莱泽现在终于可以跑了,可游乐场似乎变得越来越长,延伸数公里,成了一条没有尽头的游乐公路。所有人都在追他,脸上有胎记的男孩,戴着金色假发的女人,穿百慕大短裤的胖子。机械小丑的笑声越来越响。

布莱泽从另一个招徕观众的人身旁跑过,看到他正站在一个身材超群的男子身旁,男子身上的衣服像什么动物的毛皮,头顶的广告牌上写着"豹人"。招徕观众的家伙举起麦克风,开始做宣传,他的声音经过喇叭放大后像雷声一样在游艺场回荡着。

"快来,快来,快来!大家刚好可以看看臭名昭著的小克莱顿·布莱斯德尔,就是他绑架了孩子!小子,快把孩子放下!大家听着,他就在这儿。他住在阿佩克斯的帕克路上,他偷的车就藏在屋后的车棚里!快点,快点,快点,快来这里看看绑架孩子的真人——"

他加快了奔跑的步伐,呼吸也越来越急促,可他们还是越来越近。他回头望了一眼,看到乔的母亲跑在最前面。她的脸已经变了形,除了嘴唇外,整张脸更加苍白,而嘴唇变得更加红润。她的牙齿向下长得更长,遮住了她的嘴唇。她的手指弯曲成了血红的爪子。她正变成约尔加的新娘①。

"抓住他！抓住他！杀了他！杀了这绑架孩子的家伙！"

暗处传来了乔治的低声呼唤："这儿，布莱泽！快！浑蛋，快进来！"

他朝声音传出的方向望去，发现自己已经置身在镜子迷宫里。游乐场突然被分割成了上千个扭曲的画面。他跌跌撞撞地奔进了狭窄的通道中，像狗一样大口喘着气。乔治出现在了他的面前（他的身后以及他的两边），乔治在说："布莱泽，你得让他们把钱从飞机上扔下来。从飞机上扔下来。让他们从飞机上扔下来。"

"我出不去了，"布莱泽痛苦地呻吟道，"乔治，快帮我逃出去。"

"我不是正在想办法吗，你这笨蛋！让他们把钱从飞机上扔下来！"

他们现在全都围在了外面，偷偷向里张望，可是从那些镜子里望去，他们已经将他团团围住了。"抓住绑架孩子的家伙！"杰拉德的妻子高声尖叫道。她的牙齿现在变得特别大。

"救救我，乔治。"

乔治笑了，布莱泽看到他的牙齿突然变得非常长，长得可怕。"我会救你的，"他说，"你把孩子给我。"

可是布莱泽不愿意。他退缩起来。数不清的乔治向他大步走来，伸着手，要把孩子抢走。布莱泽转身跑进了另一条通道，像弹球一样不停地撞到明晃晃的镜子上，怀里还紧紧抱着乔。这真不是孩子该来的地方。

---

① 以吸血鬼约尔加伯爵为主人公的一系列恐怖片中的人物，她后来也成为吸血鬼。

15

天边刚露出第一道曙光,布莱泽就醒了。他起初不知道自己在什么地方,但随即回过神来,侧身倒在床上,急促地喘着粗气。汗水湿透了他的床铺。上帝啊,多么可怕的噩梦啊!

他站起身,蹑手蹑脚地走进厨房,去看看孩子。乔还在睡梦中,嘴唇撅着,好像在思考什么严肃问题。布莱泽目不转睛地望着他,目光最后落在了孩子慢慢地、有规律地起伏的胸口上。乔动了动嘴唇,布莱泽想知道乔是不是梦见了奶瓶,或者梦见了他母亲的奶头。

他把咖啡壶放到炉子上,穿着长长的内裤坐到了餐桌旁。他昨天买的那张报纸还在桌上,旁边是他七拼八凑准备好的索要赎金的那封信。他再次阅读报纸上关于婴儿绑架案的报道,目光也再次落到了第二页最下方的方框上:婴儿父亲对绑架者的请求,见第六页。布莱泽赶紧翻到第六页,看到婴儿父亲的请求占了半版的篇幅,而且配了黑框。上面写道:

致绑架了我们孩子的人!

我们愿意答应一切要求,条件是你们能给我们证据,证明乔还活着。我们保证联邦调查局在你们收取赎金时不予干预,但我们必须见到证据,证明乔还活着!

他一天吃三次,先是婴儿食品罐头和蔬菜,然后是半瓶牛奶。他已经习惯罐装牛奶兑开水,比率是1∶1。

请不要伤害他,因为我们非常爱他。

约瑟夫·杰拉德三世

布莱泽合上报纸。看这样的内容他感到很不舒服,就像听洛莉塔·林恩在唱《你的好姑娘就要变坏》一样。

"哦,天哪,瞧瞧,"卧室里突然传出了乔治的声音,吓得布莱泽跳了起来。

"嘘,你会把他吵醒的。"

"去你的,"乔治说,"他听不到我说话的声音。"

"哦,"布莱泽估计乔治没有说错,"乔治,比绿是什么?这上面说他喝的牛奶要比绿,1什么1。"

"别管它,"乔治说,"他们倒是真的为他担心了,对吗?'他一天吃三次……然后是半瓶牛奶……不要伤害他,因为我们爱他,爱他,爱他。'天哪,有点登峰造极的意思了。"

"听我说——"布莱泽说。

"不,我不听你说!不要命令我听你说!这孩子是他们的一切,对不对?这孩子,再加上四千万的家产!真应该把钱拿到手后再把孩子一点一点地送回去,先是一根手指,然后是一个脚趾,然后是他的小——"

"乔治,你给我闭嘴!"

他用手猛地一拍自己的嘴,惊呆了。他刚刚要乔治闭嘴。他究竟在想什么?他这是怎么啦?

"乔治？"

没有人答应。

"乔治，对不起。只是你不应该说那样的话，不应该。"他想笑一笑，"我们得把这孩子活着送回去，是不是？这就是我们的计划，对吗？"

还是没有人答应，布莱泽真的感到很难过。

"乔治？乔治，你怎么啦？"

乔治久久没有吭声，但随后那里又传来了一个声音，低得布莱泽可能都没有听到，低得仿佛只是布莱泽脑子里的一个念头：

"布莱泽，你早晚得把他交给我。"

布莱泽用掌心擦了擦嘴："乔治，你最好别对他动手，最好不要。我是在警告你。"

没有人答应。

上午九点，乔已经醒了。他衣服换了，吃了东西，正坐在厨房地板上玩。布莱泽坐在餐桌旁听收音机。他已经清理掉了桌上那堆废纸和已经干硬的浆糊，桌上现在只有他要寄给杰拉德家的那封信。他在琢磨着怎么将它寄出去。

新闻已经听了三遍。警方逮捕了来自阿鲁斯图克县的一个流浪汉，这位名叫查尔斯·维克多·普里切特的男子一个月前被一家锯木厂裁员。警方不久便释放了他。布莱泽推测大概是那麻秆似的门卫瓦尔什说不是这个人。太糟了。只要抓住有重大犯罪嫌疑的人，事情就会暂时平息下来。

他坐在凳子上，不停地扭动着身子。他得赶紧结束这个绑架婴儿的活儿。他得制订一个计划，将这封信寄出去。他们已经有了他的画像,已经知道了他的车型,甚至还知道汽车的颜色——又是那该死的瓦尔什。

他的脑子转动得很慢,也很艰难。他站起身,又煮了一些咖啡,然后再次拿起那张报纸。看到警方的画像时,他皱起了眉头。一张大脸,方方的下巴,宽宽的塌鼻子,又浓又密的头发,很久没有理过了(上次还是乔治给他理的发,用厨房的大剪刀胡乱剪了剪)。眼睛凹陷,他的粗脖子只画出了一点点,而且他们大概根本不知道他的身高。他只要坐着,谁也不知道他有多高,因为他身上最长的部分就是他那双腿。

乔哭了起来,布莱泽给他热了一瓶牛奶,但孩子却把奶瓶推开了。布莱泽只好将他搁在自己的大腿上,心不在焉地上下颠着孩子。乔立刻安静了下来,开始从新的高度打量着四周:厨房尽头的墙上贴着三张美女相片,壁炉后面的墙壁上钉着油渍渍的石棉板,还有窗户,里面落满了灰尘,外面结满了霜花。

"不大像你自己的房间,是不是?"布莱泽问。

乔笑了,然后试着大笑一下,但他这种没有尝试过的笑声很怪异,逗得布莱泽也笑了起来。这小家伙已经长出了两颗牙齿,齿尖刚刚从牙龈中露出来。布莱泽想知道孩子感到不舒服是不是因为其他牙齿也在拼命要长出来。乔常常啃自己的小手,有时在睡梦中也哼哼唧唧的。他流出了口水,布莱泽赶紧从口袋里掏出一张旧面巾纸,给孩子擦了擦嘴。

他再也不能把孩子留给乔治照料了。乔治好像有些嫉妒还是怎么的,乔治的态度好像他想——

这个念头大概让他惊呆了,因为乔转过头来望着他,脸上一副滑稽的表情,像是在问"你这是怎么啦,伙计?"布莱泽几乎没有注意到，因为情况是……他现在就是乔治。这意味着他身上那部分想要——

他再次避开这个念头，而一旦避开这个念头后，他那糊涂的脑子便有了新的想法。

如果他去什么地方的话，乔治也会去那里的。假如他现在就是乔治，这当然说得通。有一就有二，一切就这么简单，约翰·切尔兹曼肯定会这么说的。

如果他出去的话，乔治也会跟着出去。

也就是说，无论乔治多么想伤害乔，他都无法做到。

他松了口气。尽管他仍然不愿意丢下孩子，可让孩子独自在家总比将它托付给某个想伤害他的人要好……再说，他也只能这么做，没有别人可以帮他。

不过，既然警方已经公布了他的画像，还公布了其他细节，他倒是可以改变一下自己的模样。比方说戴一个尼龙丝袜什么的，只是要更自然一些。什么？

他有了一个主意。对于他来说，这种主意产生的过程非常缓慢，像气泡慢慢升浮到稠密得几乎像泥浆的水面上一样在他的脑海里慢慢产生。

他把乔重新放到地板上，然后走进卫生间，拿出剪刀和毛巾，再从装药的小柜里拿出乔治的电动剃须刀。这把剃须刀已经几个月无人问津了，电源线还缠绕在上面。

他大把大把地剪着头发，一直剪到剩下的头发一大块一大块地竖立在他的脑袋上。然后，他把剃须刀插进插座，将剩下的头发剃得干干净净。他不停地来回剃着，手中的剃须刀渐渐开始发烫，新露出的头皮经过剃须刀的一番蹂躏后也变成了粉红色。

他好奇地打量着自己在镜子中的形象。额头上的凹坑比任何时候都更加清晰，多少年来第一次毫无遮挡地暴露在外，看上去的确有点可怕——如果他仰面朝天地躺下来的话，额头上凹进去的地方几乎可以装下一杯咖啡。布莱泽觉得除此之外，自己并不太像警方画像中那红极一时的绑匪。他现在的样子像来自德国或柏林或什么地方的外国人。可是他的眼睛还是老样子，万一这双眼睛暴露了他的身份呢？

"乔治不是还有墨镜吗？有这就行了……不是吗？"

他隐隐约约地意识到，他现在这副模样更加引人注目，不过这也许会没事的。再说，他还有什么别的办法呢？他怎么着也没有办法让自己变矮二十厘米。他只能尽量改变自己的模样，让它对自己有利，而不是对自己不利。

他没有意识到自己这一次的化妆术已经超过了乔治，也没有意识到现在的乔治只是他脑子里想象出来的一个东西。在他那看似麻木不仁的愚蠢表面之下，他的脑子现在正狂热地、近乎疯狂地高速运转着。多少年来，他一直认为自己是个笨蛋，并且已经完全接受了这一事实，仿佛这只是他生命的另一个部分，就像他前额上的凹坑一样。可是在那看似已经麻木不仁的表面之下，有样东西还在不停地运转着。这样东西凭借着与生俱来的本能运转着，被野火涂炭过的地表下生活着的所有动物——鼹鼠、虫子和微生物——凭借的也正是这种本能。正是他身体的这一部分记住了一切，记住了这世界对他的每一次伤害、每一次虐待以及给他的每一次厄运。

他沿着阿佩克斯的一条小道大步向前走着,突然,一辆运送造纸用木材的旧卡车呼哧呼哧地从后面驶到了他的身旁。卡车严重超载;开车的人头发花白,身上穿了件保暖内衣,外面套了件格子羊毛大衣。

"上来吧!"他大声命令道。

布莱泽脚一踩踏板,上了驾驶室,然后道了声谢。开车人点点头,说:"我要去维斯特布鲁克。"布莱泽冲他点点头,向他一竖大拇指。开车人猛地一踩油门,卡车开始向前行驶,似乎带着几份不情愿。

"以前见过你,是不是?"汽车发动机隆隆地轰鸣着,卡车司机只好提高嗓门。驾驶室的窗玻璃破了,一月的寒风呼呼地刮进来,正与空调送出的热气拼个你死我活。"住在帕尔默路上吗?"

"是的!"布莱泽也只好提高嗓门。

"吉米·库仑以前一直住在那里。"卡车司机说着将一包已经被挤压得完全变了形的"幸运"牌香烟递给布莱泽,布莱泽拿了一根。

"那可是个人物啊。"布莱泽说。他戴了一顶红色编织帽,因此刚刚剃光了头发的脑袋没有露出来。

"吉米去了南方。我说,你那朋友还在吗?"

布莱泽意识到他一定是在问乔治。"走了,"他说,"他在新罕布什尔州找了份工作。"

"是吗?真希望他也能替我找份工作。"

卡车上到了山坡顶上,现在开始下坡,在被车辙压成搓衣板状的路面上加快了速度,摇晃着,发出哐啷哐啷的响声。布莱泽几乎可以感觉到车上违法超载的货物在推着卡车前进。他自己也开过超载的运送造纸木材的卡车，有一次甚至将一辆超载了半吨的运送圣诞树的卡车一路开到了马萨诸塞州。他以前从来没有担心过，可是他现在却很害怕。他渐渐意识到现在能阻止死神对乔下手的只有他一个人。

卡车驶上干道后，司机提起了这起婴儿绑架案。布莱泽稍稍感到有点紧张，但也没有显得惊慌失措。

"他们发现那家伙绑架了孩子，真应该用绳子系牢他的蛋蛋，再把他吊起来。"司机建议道。他将车速提到了三挡，车上的齿轮发出可怕的摩擦声。

"我觉得应该。"布莱泽说。

"简直像那些劫机犯一样不可饶恕。你还记得那些劫机犯吗？"

"记得。"布莱泽当然不记得。

司机将烟屁股扔到车窗外，然后立刻又点燃了一支。"必须阻止这种事，必须判那些家伙死刑，派行刑队去处决他们。"

"你觉得他们会抓住那家伙吗？"布莱泽问。他开始觉得自己像电影中的间谍。

"教皇戴不戴高帽子？"司机边问边把车驶进了1号公路。

"应该戴吧。"

"我是说，这是理所当然的。警察当然会抓住他，他们还从来没有失过手。不过那孩子恐怕活不了了，你相信我的话吧。"

"哦，我不知道。"布莱泽说。

"是吗？我可知道。绑架孩子本身就是个疯狂的念头。这种年代居然还搞绑架?联邦调查局肯定会在钞票上做记号,或者抄下钞票上的序列号,或者在上面做一些肉眼看不出的记号,比方说那种必须用紫外光才能看到的记号。"

"估计是吧。"布莱泽说,感到有些不安。他还从来没有想过这些事。不过,只要他把这些钱在波士顿卖了,卖给乔治的那个熟人,他们又能拿他怎么样呢?他的感觉一下子好多了。"你认为杰拉德家真的会付一百万吗?"

司机吹了声口哨:"绑架孩子的人索要这么多吗?"

布莱泽在那一刻真恨不得咬下自己的舌头吞进肚子里。"是啊,"他说,心中却在想,哦,乔治啊。

"这倒是新闻,"司机说,"今天的晨报还没有提及呢。你是从收音机上听来的吗?"

布莱泽清晰地听到了乔治的声音:"布莱泽,杀了他。"

司机窝起一只手挡在耳朵后:"什么?我没有听清。"

"我说是的,是收音机上说的。"他低头看着自己的双手,这会儿正交叉放在膝盖上。他的手很大,很有力,其中一只手一拳就打断了一条牧羊犬的脖子,而当时的他还没有完全长大成人。

"他们或许能拿到那笔赎金,"司机扔掉烟蒂,点燃了第三支香烟。"可他们永远无法花那笔钱,永远花不了。"

他们现在行驶在1号公路上,道路两旁是冰封的沼泽,还有关起来越冬的蛤蜊养殖场。卡车司机在竭力避开收费公路,避开卡车称重站。布莱泽并不怪他。

布莱泽心想,如果我一拳击中他的喉咙,也就是喉结那儿,他可能都没有意识到自己已经死了就去了天堂。然后我可以夺过方向盘,把车停在路边,再把他放到副驾驶座上。即使有人看到他，可能也会认为他只是在打个盹。他们心中会想，可怜的家伙，大概开了整整一晚——

"……哪儿？"

"什么？"布莱泽回过神来。

"我问你要去哪儿。我忘了。"

"哦，维斯特布鲁克。"

"呃，前面一公里处就是马拉路，我得在那儿拐弯了。我要见一个朋友。"

"哦，"布莱泽说，"是啊。"

乔治在提醒他："布莱泽，必须现在动手。时机恰当，地点正确，我们向来都是这么干的。"

于是，布莱泽转过头去望着司机。

"再来一根烟怎么样？"司机问，"想要吗？"他说话的时候脑袋微微一歪，再好不过的一个靶子。

布莱泽的身子微微有些僵硬，膝盖上的双手在抽搐，然后他说道："不要了，我想戒烟。"

"是吗？那倒是好事。这驾驶室里太冷了，是不是？"快到拐弯处时，司机开始放慢车速，他们的座位下接二连三地传出了响亮的爆裂声，那是发动机回火时排气管发出的响声。"空调坏了，收音机也坏了。"

"太糟了。"布莱泽说，他喉咙里的感觉就像有人刚刚给他喂了一匙灰尘。

"是啊，是啊，生活就是这样，然后你离开这世界。"他踩了刹车，刹车片像疼痛难熬的幽灵一样尖叫起来。"你想把车开快一点，可是对不起，车子倒先抛锚了。"

"是啊。"布莱泽说。看到机会已经失去,他感到胃很难受,也感到很害怕。他真希望自己没有遇见这司机。

"见到你朋友时代我向他问好。"司机说着调低挡速,超载的卡车缓缓驶进了一条大道。布莱泽猜想这应该就是马拉路。

布莱泽打开车门,跳到结了冰的路肩上,随手砰的一声关上车门。司机按了一下喇叭,然后卡车轰鸣着驶上一个小山坡,喷出一大团刺鼻的尾气。不一会儿,卡车就消失在了远处,只剩下隐隐约约的响声。

布莱泽双手插在口袋里,开始沿着1号公路向前走。他已经到了波特兰市南面的远郊。他往前走了不到三公里,就来到了一个大型购物中心。这里有各种商店,还有一家电影院。一家名叫"自己动手清洗干净"的洗衣店前有个邮箱,布莱泽将索要赎金的那封信投了进去。

洗衣店里还有一个报摊,他进去买报。

"妈妈你看,"一个小孩在喊他母亲,而母亲正忙着将洗好的衣服从投币烘干机中取出来。"那个人的头上有个洞。"

"嘘。"孩子母亲说道。

布莱泽朝那孩子一笑,吓得孩子赶紧躲到了母亲的身后,然后从那安全的地方向外偷偷张望。

布莱泽买了报纸后走了出去。虽然某饭店发生大火的新闻已经将婴儿绑架案挤到了头版的最下方,可他的画像还刊登在上面。标题现在变成了:警方仍在查找绑架者。他将报纸塞进屁股后的口袋。又是一个懒汉。布莱泽在穿过停车场向公路走去时,看到一辆旧"野马"车上插着车钥匙。布莱泽想都没有想就上车将它开走了。

16

当天下午四点三十分,一月的天空仍然是灰蒙蒙的,而就在布莱泽将那封信扔进洗衣店前的信箱后一个半小时左右,小克莱顿·布莱斯德尔成了这起婴儿绑架案的重大嫌疑人。警方总是喜欢将这称作"案情的重大突破"。不过,早在联邦调查局刊登在当天报纸上的联系电话响起之前,嫌疑人的身份鉴别就已经有了眉目,剩下的只是时间早晚问题。

警方掌握了大量情况,包括莫顿·瓦尔什的描述(等目前的民愤渐渐平息后,波士顿的那些雇主一定会将这浑蛋开除的),从橡树公寓来宾停车场周围的篱笆上提取的几根蓝色纤维——经鉴定是廉价品牌 D-Boy 牛仔裤上的,还有脚印的照片和石膏模子——鞋底磨损的程度非常独特。还有血样,AB 型,Rh 阴性。还有伸缩梯底部留下的痕迹的照片和石膏模子,警方已经鉴别出梯子为"超轻手工制作"公司的产品。杰拉德家中也留有一些脚印,照片显示上面的磨损程度与雪地上留下的那些完全相同。当然还有诺尔玛·杰拉德临终前的证词,她认为警方绘制的画像很像袭击他的男子。

在她进入深度昏迷之前,诺尔玛·杰拉德还补充了一个瓦尔什没有注意到的细节:那男子的额头上有一个巨大的凹坑,仿佛那里曾经被砖头或者一截管子击中过。

这些情况几乎完全没有透露给报界。

除了额头上的凹坑，警方还对两点情况特别感兴趣。第一，新英格兰北部只有几十家直销店销售 D-Boy 牛仔裤。第二，属于更有用的情况，"超轻手工制作"是佛蒙特州的一家小公司，产品只批发给一些独立的五金店，从来没有进入过埃梅斯百货、马默斯玛特和凯马特等大型超市。警方派出了一些人员，让他们对这些独立经销店进行逐一排查。虽然这些警察在布莱泽寄信的那一天还没有抵达阿佩克斯五金店，那也只是个时间问题。

警方在杰拉德家安装了来电显示设备，并且对杰拉德四世的父亲进行了认真辅导，让他知道一旦对方打进电话来时如何回答。乔的母亲呆在楼上，靠镇定药支撑着。

参加行动的警察没有接到任何命令，让他们活捉绑架者。法医专家估计警方追查的人（可能只有一个人）当中有一人身高至少在一米九以上，体重在一百二十公斤左右。如果需要证据的话，诺尔玛·杰拉德断裂的颅骨足以证明这个人的力量和凶残。

随后，这天下午四点三十分，负责该案的联邦调查局特工阿尔伯特·斯特林接到了南希·莫尔多打来的电话。

斯特林和他的搭档布鲁斯·格兰杰刚走进婴儿用品店，南希·莫尔多就开口道："你们的画像有点不对。你们要抓的人额头中央有一个大洞。"

"不错，女人，"斯特林说，"我们隐瞒了这一点。"

她惊讶得睁大了眼睛："这样他就不知道你们已经知道了。"

"没错。"

她向站在她身旁的小伙子做了个手势。小伙子穿着一件蓝色的尼龙防尘外衣，胸前系着一条红色蝴蝶领结，脸上带着异常兴奋的神情。"这位是布兰特，他帮那个……那个……帮着把他买好的东西推了出去。"

"你的全名。"格兰杰警官问身穿蓝色防尘外衣的小伙子，然后打开自己的笔记本。

布兰特的喉结像桅杆上的猴子一样在上下窜动。"布兰特·罗曼诺，长官。那家伙开着一辆福特。"然后，他神秘兮兮地说出了车的出厂年份，"只是那辆车不像报纸上所说的那样是蓝色的，而是绿色的。"

斯特林转身望着莫尔多："女士，那个人买了什么东西？"

她听到这个问题后真的笑了："我的上帝，他该买的都买了，当然全是婴儿用品，因为我们这家店就是卖这个的。童床、摇篮、换衣服和尿片用的桌子、衣服……所有的一切。他还买了一次性食品。"

"你这里有详细清单吗？"

"当然有。我丝毫没有怀疑他会干坏事。他那副样子真的不像个坏人，只是他额头上那个凹坑……那个洞……"

格兰杰同情地点点头。

"而且他好像脑子不大好使，可他却骗过了我。他说他在给什么小侄儿买东西，而我真傻，居然相信了他。"

"他个子高吗？"

"我的天哪，简直是个巨人！他那样子……"她不安地笑了笑,"简直像一头大公牛闯进了儿童商店!"

"具体有多高?"

她耸耸肩:"我身高一米六二,可我只到他的胸口那里,所以他应该有……"

"你们可能不相信,"商店勤杂工布兰特说,"但我觉得他应该有两米,甚至不止两米。"

斯特林准备问最后一个问题。他之所以一直要等到最后才问这个问题,是因为他可以肯定这个问题毫无结果。

"莫尔多太太,这个人是用什么付账的?"

"现钞。"她不假思索地说。

"我明白了。"他看了格兰杰一眼。他们早就料到会是这样的答案了。

"你们真应该看到那一幕,他的钱包里居然会有那么多现钞!"

"大多都花在这里了,"布兰特说,"他还给了我五块钱小费,到那个时候,货架上已经完全空了。"

斯特林没有答理他:"既然用的是现钱,你肯定没有记下那个人的名字吧。"

"没有,没有记录。哈格公司过几年就会来这里装摄像头,我估计——"

"那得等上几百年,"布兰特说,"对大公司来说,这地方不值得他们花那么大的力气。"

"好了,"斯特林说着合上了笔记本,"我们得走了。不过我还是给你们留一张名片,以防你们想起什么——"

"我还真知道他的名字。"南希·莫尔多说。

两位警察一起将目光转向她。

"他打开钱包取出那一大沓钱的时候,我看到了他的驾照。我记住那名字,一方面是因为那种买卖一辈子才会碰上一次,但主要是因为那名字……那名字非常庄严,似乎根本不适合他。我记得我当时还在想,像他这样的人应该叫巴尼或弗雷德,怎么说呢,就像动画片《摩登原始人》中那样。"

"他叫什么?"斯特林问。

"克莱顿·布莱斯德尔。确切地说,我记得应该是小克莱顿·布莱斯德尔。"

到下午五点半,警方已经调出了这个人的档案。小克莱顿·布莱斯德尔,又名布莱泽,进过两次监狱,第一次是因为向他所在的州立孤儿院——一个叫赫顿之家的地方——的院长动手,并且将他打成重伤;第二次是数年后,罪名是诈骗。由于布莱泽拒绝作证,警方怀疑的同谋乔治·托马斯·拉克利,又名拉斯普,逃脱了惩罚。

警方的档案记录显示,在这起诈骗案失手之前,布莱斯德尔和拉克利一起搭档了至少八年。这起诈骗案之所以露馅是因为它包含了宗教因素,对布莱斯德尔那有限的智力而言过于复杂了一点。他在南波特兰管教所接受了一次智商测试,得出的分数低得可怜,他只能被划入被称作"边缘受限"的类别。有人在记录旁边用红笔写了几个大字:*智力有障碍*。

斯特林觉得这起诈骗案的细节非常有意思。一个彪形大汉(布莱斯德尔)坐在轮椅上,一个身材矮小的家伙推着他,并且向受害人介绍自己为加里·克伦威尔牧师(几乎可以肯定是拉克利)。这位加里牧师(他是这么称呼自己的)声称自己在为去日本进行一次奋兴布道①活动募捐。如果他们选中的对象——大多是银行里有些小钱的老太太——似信非信,这位加里牧师便会表演一个奇迹。他会借用耶稣的力量,让坐在轮椅上的那位彪形大汉重新站起来行走。

他被捕的经过更加有意思。一位名叫阿琳·梅里尔的八旬老太太对他们产生了怀疑,趁着加里牧师和他的"助手"仍然坐在客厅里时报了警,然后不露声色地回到客厅,继续和他们聊天,直到警察到来。

那位加里牧师感觉到苗头不对,赶紧逃之夭夭。布莱斯德尔留了下来。逮捕他的警察在报告中写道:"嫌疑人说他没有逃走是因为他还没有被治愈。"

经过一番思考后,斯特林认定这起婴儿绑架案为两人所为,至少两人。拉克利肯定参与其中,否则像布莱斯德尔这么愚蠢的人肯定无法独自实施。

他打了个电话,对方几分钟后的回话让他大吃一惊。乔治·托马斯·"拉斯普"·拉克利去年就死了,在波特兰码头上一个众所周知的投骰子赌博区被人用刀捅死了。

浑蛋。这么说,还有别人?

还有另一个人,像当初的拉克利那样操纵着这个傻大个。

肯定是这样,难道不是吗?

当天晚上七点,一份案情详细通报——几年后将成为大家所熟悉的案发二十四小时情况通报——被发往了全州各地,内容当然就是小克莱顿·布莱斯德尔。

---

① 奋兴布道,基督教内部重振宗教热忱和发展新信徒的布道活动。

这时，戈勒姆市的杰里·格林已经发现自己的野马车被人偷了。四十分钟后，这辆车就上了州警察的被盗车辆名单。

差不多也就在这个时候，维斯特布鲁克警察局将一位名叫乔治娅·金斯伯里的女人的电话给了斯特林。金斯伯里太太在看晚报时，她儿子从她身后看了一眼，指着警方绘制的画像问："洗衣店的那个人为什么会在报纸上？报纸上的画像怎么没有把他头上的洞画出来？"

金斯伯里太太在电话里告诉斯特林："我看了一眼，然后说道，哦，我的上帝啊！"

七点四十分，斯特林和格兰杰来到了金斯伯里家。他们给母子俩看了一张小克莱顿·布莱斯德尔在警方档案里的大头照。尽管照片的复印件有些模糊，但金斯伯里母子还是一眼就认出了他，而且非常肯定。斯特林估计人们只要看到过布莱斯德尔一次，就会永远记住他。诺尔玛·杰拉德在自己住了一辈子的家中看到的最后一个人居然是这样一个庞然大物般的蠢货，一想到这里，斯特林就怒不可遏。

"他还朝我笑了。"金斯伯里家的男孩说。

"那就好，孩子。"斯特林摸了摸他的头发。

孩子立刻将头扭向一边："你的手冰凉。"

回到车上后，格兰杰问："躲在幕后的大老板让这样一个家伙去买孩子要用的东西，你认为这是不是有点怪？这样一个很容易被人记住的家伙？"

斯特林想了想，的确觉得有点怪，可布莱斯德尔几近疯狂的购物行为也预示着另一种可能。虽然是乐观的希望，但他还是愿意将注意力放在上面。所有那些婴儿用品表明，绑架了孩子的人想让孩子活着,至少暂时是这样。

格兰杰仍然在望着他,等待着他的回答。

于是斯特林说:"谁知道那些浑蛋为什么会这样做?行了,我们走吧。"

晚上八点零五分,所有地方和州属执法部门都收到了通报,绑架婴儿的人之一是布莱斯德尔。晚上八点二十分,斯特林接到了缅因州州警保罗·汉斯科姆从波特兰警局打来的电话。汉斯科姆报告说一辆一九七〇年产的野马车被盗,地点就是乔治娅·金斯伯里看见布莱斯德尔的同一个购物中心,时间也差不多。他想问一问,联邦调查局是否想把这一情况列进案情通报中。斯特林说联邦调查局非常愿意。

斯特林认定自己现在已经知道如何回答格兰杰特工刚才的问题了。其实非常简单。制订整个行动计划的人比布莱斯德尔聪明,时刻躲在幕后,尤其是现在又多了一条需要照顾孩子的借口,但他还没有聪明到那个分上。

现在最重要的其实就是等待,等待着收网的那一刻,同时希望——

然而,阿尔伯特·斯特林认为自己能做的不只是希望。当天晚上十点十五分,他沿着过道去了卫生间,仔细检查了每一间坐厕和小便池。卫生间里连个人影都没有,他并不感到意外。这个办公室本来就不大,如果不是碰上这案子,也轮不到他联邦调查局插手。再说,现在天色已晚。

他走进其中一个隔间,跪下来,像小时候那样双手交叉在一起。"上帝啊,我是阿尔伯特。如果那孩子还活着,请一定保护好他行吗？如果我接近杀了诺尔玛·杰拉德的那家伙，请一定让他有所行动，好给我一个借口，让我杀了那狗娘养的。谢谢您。我以您儿子耶稣的名义恳求您。"

由于男卫生间里没有人，他又额外加上了一句万福马利亚。

17

凌晨三点四十五分,婴儿的哭声吵醒了布莱泽,给他一瓶牛奶也无法让他安静下来。看到孩子一直哭个不停,布莱泽开始感到有点害怕。他伸手摸了摸乔的额头,没有发烧,可乔的哭闹声很大,令人担心。布莱泽担心他是不是血管破裂了或者遭遇了类似的事。

他把乔放到换尿布用的小桌上,取下尿布,结果发现问题并不在这里。尿布虽然有点湿漉漉的,却还没有到湿透的地步。布莱泽在孩子的屁股上扑了点爽身粉,然后给他换了块新尿布。可是乔还在拼命地哭,弄得布莱泽开始又是担心又是绝望。

布莱泽将不停号哭的孩子举到肩膀上,扛着他在厨房里转起了大圈子。"好了好了,"他说,"你会没事的,会没事的。我来摇摇你。睡吧。好了好了,乖呀乖呀。嘘,宝贝,嘘!你会把睡在雪地里的熊吵醒的,然后它就想来吃我们。嘘。"

或许是布莱泽一直在走动,或许是布莱泽说话的声音,总之乔的哭闹声越来越小,最后终于停了下来。布莱泽围着厨房又转了几圈后,乔的小脑袋靠在了布莱泽的脖子上,呼吸慢慢变长,成了睡梦中那种缓慢而均匀的呼吸。

布莱泽小心翼翼地把他放进摇篮,然后开始晃动摇篮。乔动了动,但是没有醒。一只小手塞进了嘴里,他开始用力啃起来。布莱泽松了口气。也许没有什么不对劲的。书上说婴儿那样啃手不是饿了就是长牙齿了,而他相信乔并不饿。

他低头望着乔,心中在想——这次是比较有意识地想——乔是个不错的孩子,而且也很可爱。这谁都能看得出来。如果能看到他经历《婴幼儿大全》中那位医生所说的各个阶段,会非常有意思。乔正处在准备到处乱爬的阶段,自从布莱泽把他带到这小屋之后,这小浑蛋有几次曾经手和膝盖并用地趴在那里。然后他就会走路……就会开始牙牙学语……然后……然后……

然后他就会另外有个人。

这个念头刚一出现,布莱泽就开始感到一阵不安,再也睡不着了。他起身打开收音机,把音量调小。他在日出之前相互争抢听众的上千个电台之间搜寻着,终于找到了WLOB电台那强大的信号。

凌晨四点关于婴儿绑架案的新闻没有什么新内容。他们好像没事;杰拉德家要到今天晚些时候才会收到那封信,说不定还要等到明天。这完全取决于购物中心的邮箱什么时候打开。再说,他想不出他们还会有什么线索。他一直小心谨慎,除了橡树公寓那个家伙外(布莱泽已经忘记了他的名字),他觉得这完全可以算乔治所说的那种"干净利落的活儿"。

如果某个骗局非常成功,他和乔治有时会买一瓶"四玫瑰"威士忌,然后一起去看电影,喝一口"四玫瑰",再喝一口从电影院冷饮摊上买来的可乐。如果电影很长,当银幕上终于出现演职员表时,乔治有时会醉得连路都走不了。乔治身材矮小,因而酒精进入他体内的速度也更快。那是多么美好的时光啊，常常会让布莱泽回想起当年他和约翰·切尔兹曼结伴去北欧电影院看老片子时窃笑的情景。

收音机里响起了音乐声。乔睡得很香。布莱泽想上床再睡一会儿，明天要干的事很多，更确切地说是今天要干的事很多。他想再给杰拉德家寄一封索要赎金的信。他已经想出了一个取钱的好办法，是他从前一天晚上的梦中得到的灵感，而且是个疯狂的噩梦。他已经想不起梦里的情景，但刚才被婴儿的哭声吵醒前他那香甜、舒坦、没有噩梦的睡眠似乎反而让那个梦变得清晰了起来。他将要求他们把赎金从飞机上扔下来，而且必须是那种飞得不太高的小飞机。他要在信中告诉他们，飞机必须沿着1号公路从波特兰往南向马萨诸塞州边境飞行，寻找一个红色亮光。

布莱泽知道如何制造那种亮光：高速公路信号棒。他会去城里的五金店买上五六个，将它们在他选中的地点摆放成一小堆。这些玩意儿会发出刺眼的红光。他也知道地点应该选在哪里：奥甘奎特南面一条伐木公路。公路上有一块空地，卡车司机们有时会将车停在那里，下车吃午饭，或者钻进驾驶室后面的床铺上睡一会儿。这块空地靠近1号公路，任何飞行员顺着公路向南飞都必定会看到那些信号棒，堆在一起，像一盏巨型红色探照灯一样将亮光射向天空。布莱泽知道自己没有多少时间，但他认为那点时间足够了。第一条伐木公路通向一些纵横交错且没有任何标志的蜿蜒小径，而且路名都很怪，什么"沼泽小溪路"啦，什么"撞破鼻子路"啦。布莱泽对那些小径了如指掌。其中一条通向41号公路，他可以从那里再折回到北面，找一个地方藏起来，直到事态慢慢平息下来。他甚至想过躲到赫顿之家去。那地方现在空无一人，到处都被用木板钉死了，前面还有一块"待售"的牌子。布莱泽前几年经过那里几次，而且每次都像个胆小的孩子一样，越是听说自己家附近有个闹鬼的屋子，越是被这屋子吸引回去。

只是对于他而言，赫顿之家的确在闹鬼。他应该知道，那些鬼当中就有他。

总之，一切都会顺利的，这才是最重要的。起初确实有些吓人，他也为那老太太（他已经忘记了她的名字）感到难过，可现在真的会变成"干净利落……"

"布莱泽。"

他向卫生间那里望去。没事，是乔治。卫生间的门半开着，乔治如果拉屎的时候想和他说话就会这样把门打开一半。"上上下下都没有好东西出来。"他有一次半开着门拉屎时这样说，结果逗得两个人放声大笑。乔治心情好的时候非常滑稽，可他今天早晨似乎心情并不好，而且布莱泽记得自己最后一次从卫生间出来时把门关上了。他估计穿堂风肯定能将门吹开，可是他感觉不到有穿堂……

"布莱泽，他们快要抓住你了，"乔治说，然后绝望地吼了一声，"蠢货。"

"谁要抓住我？"布莱泽问。

"当然是警察。你以为我在说谁，共和党全国大会？是联邦调查局，是州警察，甚至还有本地那些穿蓝制服的家伙。"

"不，他们不会的。乔治，我这次干得真不错。真的。干净利落。我要告诉你我都干了些什么，告诉你我多么小心……"

"如果你还待在这破屋里，他们明天中午前就会抓住你。"

"怎么会……怎么……"

"你太愚蠢,连给自己让路都做不到。我真不知道我干吗还要管你的事。你犯了十多个错误。如果你运气好的话,警察也许到目前为止只发现六个到八个。"

布莱泽低下了头。他可以感觉到自己的脸在发烫。"我该怎么办?"

"赶紧离开这鬼地方。现在就动身。"

"哪里……"

"把这孩子打发掉。"乔治说,几乎像后来想起来又加上的一句。

"什么?"

"我说话结巴了吗?把他打发掉。他是个沉重的包袱。没有他你照样可以拿到赎金。"

"可如果我把他送回去,怎样才能……"

"我不是说把他送回去!"乔治吼了起来,"你以为他是什么?一只可以退回去的奶瓶?我在说杀了他!现在就动手!"

布莱泽挪动了一下双脚。他的心跳得很快,他希望乔治能尽快从卫生间出来,因为他要撒尿,而他绝对不愿意当着什么鬼魂的面撒尿。"等等……我得想一想。乔治,如果你出去散散步……也许等你回来时,我们可以想出一个办法来。"

"你想不出来的!"乔治提高了嗓门,几乎变成了咆哮,仿佛他正在忍受着痛苦。"难道非得让警察赶到这里,将子弹射进你脖子上面那跟着你到处乱跑的蠢脑瓜,你才会意识到这一点吗?布莱泽,你想不出来的!但我可以!"

他的声音放低了一些,变得正常起来,几乎到了轻柔的地步。

"他这会儿睡着了,所以不会有任何感觉。快把你的枕头拿来。你的枕头带着你的气味,他会喜欢的。用枕头捂住他的脸,死死地捂住。我敢打赌,他父母相信这一幕早就发生了。他们可能第二天晚上就开始为再制造一个小共和党人替代物而努力了。然后你可以碰碰运气,试着去拿赎金,拿到后赶紧去一个暖和的地方。这是我们梦寐以求的,对吗?对吗?"

对!像阿卡普尔科①或者巴哈马群岛。

"你还有什么好说的,傻瓜布莱泽?我说得对不对?我的脑袋是不是绝顶聪明?"

"乔治,你是对的。我想是的。"

"你知道我没有错。我们向来都是这样干的。"

一切突然变得复杂起来。如果乔治说警察就在附近,而且越来越近,那他肯定没有说错。乔治在发现警察方面嗅觉非常灵敏。如果他匆匆离开这里的话,孩子当然会拖累他——乔治在这一点上也没有说错。他现在要做的就是拿到那笔赎金,藏到什么地方去。可是杀死孩子?杀死乔?

布莱泽突然想到,如果自己真的杀了他——非常非常轻地杀了他——乔立刻就会进天堂,变成那里的一个小天使。乔治在这一点上大概也没有说错。布莱泽相信自己死后肯定只会像大多数人那样下地狱。这世界太肮脏,你在这世上活得越久,就变得越发肮脏。

他一把抓起自己的枕头,拿着它回到厨房。乔就睡在壁炉

---

① 阿卡普尔科,墨西哥南部港口城市。

前，小手从嘴里掉了出来，但手指上仍然留有使劲啃过的痕迹。这世界也充满了痛苦。不仅肮脏，而且痛苦。长牙时的疼痛只是人世间第一项也是最轻的一项痛苦。

布莱泽俯身望着摇篮，手中握着枕头，枕头套黑乎乎的，上面沾满了他留下的一层层头油，当然是在他头发没有被剃光之前。那时的他需要往头上抹头油。

乔治向来正确……除了他犯错的时候。可布莱泽仍然觉得这样做不对。

"上帝啊，"他说，这个词听上去突然变得那么空洞乏味。

"动作要快，"乔治在卫生间里说，"别让他受罪。"

布莱泽跪下来，将枕头蒙在婴儿的脸上。他的两个胳膊肘现在都在摇篮里，一边一条放在那小小的胸腔旁，他可以感觉到乔吸了两口气……停下来……再吸一口气……再次停下来。乔动了一下，弓起了后背，同时将头扭向一边，重新开始呼吸。布莱泽稍稍加大了力度。

孩子没有哭。布莱泽觉得这孩子要是哭一声的话他的心里会好受一些，因为如果孩子像虫子一样悄无声息地死去，那似乎已经远不止可怜了。那是一种可怕。布莱泽挪开了枕头。

乔转过头来，睁开眼睛，然后重新闭上眼睛，笑了。他把拇指塞进嘴里，又睡着了。

布莱泽呼哧呼哧地大口喘着气，凹进去的额头上渗出了大颗大颗的汗珠。他双手握拳，仍然紧紧抓着枕头。他低头望了一眼，仿佛枕头烫手一样立刻将它扔在了地上。他的手在发抖。他一把抓住自己的腹部，想让颤抖的双手停下来。可他的双手仍然抖个不停，而且很快就变成了浑身发抖。他的肌肉像电线一样嗡嗡直响。

"布莱泽，干掉他。"

"不。"

"要是你不，那我就走了。"

"你走吧。"

"你是想把他留下来，是不是？"卫生间里传出了乔治的笑声，听上去像下水管道的咕噜声。"你这可怜的笨蛋。你让他活着，他长大后只会恨你。他们一定会的。那些所谓的好人，那些富得流油的浑蛋，那些共和党百万富翁。布莱泽，难道我什么都没有教会你吗？我再给你说一遍，而且用傻瓜都能听得懂的话：如果你身上着火了，他们根本不会在你身上撒泡尿，把火扑灭。"

布莱泽低头望着地板，那可怕的枕头就在那里。他还在发抖，可现在他的脸也开始发烫。他知道乔治说得对，可他还是说道："乔治，我不想引火上身。"

"你什么都不想！布莱泽，等你那看似天真的小玩偶长大成人后，他会专程走上十多公里，只为了在你那该死的坟墓上吐口痰。我再说最后一遍，弄死那孩子！"

"不！"

乔治突然消失得无影无踪。也许他真的一直都在那里，因为布莱泽相信自己感觉到了——感觉到了一点——感觉到乔治离开了小屋。虽然窗户一扇也没有打开，门也没有发出响声，然而的的确确，小屋显得比刚才空荡了一些。

布莱泽走到卫生间门口，一脚将门踢开。里面空空荡荡的，只有洗脸池、锈迹斑斑的淋浴头，还有马桶。

他想再睡一会儿，可怎么也睡不着。刚才差一点干成的那件事像一道帷幕一样挂在他的脑海里，还有乔治说的那些话——他们快要抓住你了。如果你还待在这破屋里，他们明天中午前就会抓住你。

最糟糕的是：等他长大成人后，他会专程走上十多公里，只为了在你那该死的坟墓上吐口痰。

布莱泽生平第一次感到自己真的成了被追捕的对象，甚至感到自己已经真的被抓……就像一只身陷蛛网的甲虫，在做徒劳的挣扎。他想起了老电影中的一些台词。不管是死是活都要抓住他。如果你现在不出来，我们就进来，而且是子弹先进来。举起手来，你们这些人渣——游戏结束了。

他猛地坐了起来，浑身大汗淋漓。快五点钟了，从被孩子的哭声惊醒到现在已经差不多过去了一个小时。黎明即将到来，可这会儿天边还只有一条淡淡的橘黄色细线。头顶上的星星仍然在围绕着古老的轴心转动，对这一切无动于衷。

如果你还待在这破屋里，他们明天中午前就会抓住你。

可是他去哪儿呢？

其实他知道这个问题的答案，几天前就知道了。

他下了床，手忙脚乱地匆匆穿上衣服：保暖内衣、羊毛衫、两双袜子、李维斯牌牛仔裤、靴子。婴儿还在睡梦中，但布莱泽只来得及匆匆看他一眼。他从洗碗池下取出几个纸袋，开始往里面装尿片、倍得适奶瓶及几罐牛奶。

纸袋装满后，他将它们拎到外面的野马车旁。野马车停在偷来的福特车边上，布莱泽起码掌握着野马车后备箱的钥匙。他将纸袋放进了后备箱。他现在进进出出都是一路小跑。一旦决定了要离开这里，惊恐便随之而来，怎么也摆脱不掉。

他又拿出一个纸袋，把乔的衣服装了进去。他收拢换尿布用的小桌，将这也装到了车上，慌慌张张地认为到了一个新地方后乔准会喜欢这小桌，因为他已经习惯了。野马车的后备箱不大，但他把几个纸袋移到了汽车后座上，终于将小桌塞进了后备箱。摇篮可以放在汽车后座上，他想。婴儿食品可以放在副驾驶座前的脚坑里，上面再放几块婴儿毯子。乔已经真的喜欢上了婴儿食品，每次喂他他都快乐地大口吃着。

他又往屋里跑了一趟，然后发动了野马车，打开空调，将车内调到了舒适的温度。现在是五点半，天越来越亮，星光越来越暗。这会儿只有金星还在天空中闪烁着。

布莱泽跑回屋，把乔从摇篮里抱出来，放到自己的床上。婴儿嘟哝了一声，但是没有醒。布莱泽把摇篮拿到了外面的汽车上。

他再次回到屋里，眼睛胡乱地望着四周。他从窗棂上取下收音机，拔下插头，将电源线绕在收音机上，然后将它放到桌上。他走进卧室，从床底下拉出自己那只咖啡色旧皮箱——箱子四角已经起毛泛白。他将自己的其他衣服一股脑全塞了进去，最后还加了几本黄色杂志和几本漫画书。他拎着箱子，拿起收音机走到外面的汽车旁。汽车里的东西越来越多，都快装不下了。然后，他最后一次回屋。

他摊开一张毯子，将乔放进去，将他严严实实地包好后塞进了自己的外套里，最后再拉上外套的拉链。乔已经醒了，正像沙鼠一样从一层层的包裹中向外张望着。

布莱泽就这样抱着乔来到了汽车旁。他坐到方向盘后，将乔放在副驾驶座上。

"听着,你这小浑蛋,别在那里乱滚。"他说。

乔笑了,立刻拉过毯子蒙住了自己的小脑袋。布莱泽扑哧一笑,可就在那一刻,他看到自己正用枕头捂着乔的脸。他吓得打了个寒战。

他将车倒出车棚,掉了个头,沿着车道驶了出去……他不知道,警方正在各处设置路障,布下天罗地网,而他恰好赶在这张网形成前两小时将车驶了出去。

一路上他专挑偏僻道路和二级公路,竭力避开波特兰市区和郊区。发动机单调的响声以及空调吹出的热气几乎立刻就将乔送进了梦乡。布莱泽打开收音机,调到他最喜欢的乡村音乐电台上,太阳出来的时候,电台开始播音。他听到的首先是朗读《圣经》中的一段,然后是一则农业新闻,然后是右翼的波士顿自由阵线发表的一篇评论,那准会让乔治发表一番亵渎神灵的高见。最后终于轮到了新闻。

"警方仍在追踪绑架约瑟夫·杰拉德四世的那些人,"播音员的语气非常严肃,"目前至少有了一个新的进展。"

布莱泽竖起了耳朵。

"接近专案组的一位人士说,波特兰邮政局昨晚收到了一封信,有可能提出了赎金要求。邮政局立刻派专车将信件直接送到了杰拉德家。本地警方以及负责该案的联邦调查局特工阿尔伯特·斯特林不愿意就此事发表任何评论。"

布莱泽根本不关心后半截新闻。杰拉德家族已经收到他的信了,这就好。下一次他得给他们打电话。反正他忘记带报纸、信封以及调制浆糊的东西了。再说,打电话总是个更好的办法,速度更快。

"下面是天气预报。盘旋在纽约州上空的低气压将向东移动,给新英格兰的居民带来今年最大的一场暴风雪。国家气象台已经发出了暴风雪警报,大雪最早将于今天中午开始。"

布莱泽拐进了136号公路,行驶了三公里后又拐入臭松路。汽车经过了一个冰封的池塘,他和约翰当年曾在那里观看河狸筑坝。他有一种梦境般的恍惚感。他看到了那座如今已经无人居住的农舍,他有一次曾经和约翰以及另一个长相像意大利人的孩子闯进去过。他们在一个柜子里发现了一摞鞋盒,其中一个盒子里装满了黄色照片——男人和女人,女人和女人,各种姿势都有,里面甚至还有一张一个女人和一匹马还是一头驴做爱的照片。他们整整看了一下午,先是惊奇,然后有了性欲,最后是厌恶。布莱泽已经忘记了那个长相像意大利人的孩子的真实姓名,只记得大家都叫他"大脚趾"。

汽车向前又行驶了一公里多之后,布莱泽在岔路口向右拐进一条坑坑洼洼的三级公路,上面留有什么人开车时小心碾压出的狭窄车辙,随后便一直没有人经过这里。向前继续行驶四百米,过了孩子们当初称之为"甜蜜宝宝弯"(布莱泽多年前记得那名字的由来,现在已经忘得一干二净)的一段弯道,他终于看到前面的道路上横着一条铁链。布莱泽下了车,走到铁链前,稍稍一用力就将锈迹斑斑的挂锁从搭扣上拉了下来。他以前来过这里,只将锁在地上使劲摔了五六下就破坏了它那已经陈旧的机械结构。

他丢下铁链,向道路另一端望去。自从下了上一场大雪之后,就没有任何车辆在上面行驶过。布莱泽觉得只要先把车往后倒一倒，然后稍稍加速，野马车应该能冲过去。他可以过一会儿再回来把铁链重新横挂在道路上，他这样做又不是第一次。这地方总是吸引着他。

好的一方面呢？马上就要下雪了，雪可以掩盖他留下的车辙。

他一屁股重新坐到车上，将车挂在倒车挡上，向后倒了将近一百米。然后，他将变速杆一直压到最低，猛地一踩油门。野马车果然名副其实，发动机一阵轰鸣，车主装在车上的发动机转速表已经显示超过了红线。布莱泽用掌缘将变速杆重新推到驾驶挡上，盘算着如果这偷来的小马驹真的开始使劲，他可以再放慢速度。

车向积雪冲去。野马车想打滑，但布莱泽使劲将它拉了回来，拨正它的小脑袋。他凭着自己的记忆向前驶去，而他的记忆半梦半真。他指望着这个梦能够让他避开隐藏在道路两旁积雪下的深沟，否则这匹野马就会遭殃。车快速向前冲去，积雪在车两旁翻飞，变成了两把白晃晃的扇子。乌鸦从用做柴薪的松林里飞起，缓缓划过灰蒙蒙的天空。

汽车翻过了第一个山坡，道路随后向左拐。车轮再次打滑，布莱泽再次在差一点失去控制时驾驭了它。方向盘自行转动了一下，但又被他牢牢地掌握在手中，车轮随后又有了一点牵引力。积雪四处飞舞，遮住了挡风玻璃。布莱泽打开了雨刮器，但在雨刮器启动之前，他的眼前一片白茫茫。他在完全看不见的情况下开车，又是惊恐又是兴奋地狂笑着。落到挡风玻璃上的雪被清除后，他看到正前方刚好是大门。大门关着，可现在已经来不及采取任何措施了，他只能将一只手放在睡梦中的婴儿的胸前，祈祷。野马当时的时速约六十多公里，而积雪的深度已经到了车门槛板那里。布莱泽听到一声巨响，随即感到车身在颤抖。这辆车的校正算是彻底完蛋了。板子开裂后飞了起来。野马的车尾猛地一摆动……车身一旋转……汽车停了下来。

布莱泽伸手重新发动汽车，但汽车的发动机颤动一下后就没有了声音。

他的面前就是赫顿之家，红砖砌成的三层结构，如今已经变成了灰黑色。他望着被木板钉死的窗户，站在那里发呆。他前几次来这里时看到的也是这个样子。往日的记忆开始骚动，开始添加色彩，开始有了生命。约翰·切尔兹曼在替他做作业。"牢头"发现了。捡到钱包。熄灯后躺在床上，在漫漫长夜里计划着怎样把钱包里的钱花出去。地板蜡和粉笔灰的气味。墙上那些板着脸的画像，那一双双眼睛似乎总是在跟着你。大门上挂着两块牌子，其中一块牌子上写着"不得擅自闯入，坎伯兰县警长"，另一块牌子上写着"如想购买或租赁，请与缅因州城堡岩市的杰拉德·克拉特巴克房产公司联系"。

布莱泽将车速放低，重新发动野马车，汽车开始慢慢向前移动。车轮不停地打滑，他只好使劲向左打方向盘，以保持直线。不过，这辆小野马车还能行驶，他慢慢将车开到了主楼的东侧，这里与隔壁低矮的一长排储藏室之间有块小空地。他将车开到空地上，将油门一直踩到底后车才前进。他关掉发动机，周围的寂静立刻笼罩了一切。他立刻就看出这辆野马车已经完成了它的使命，至少完成了他所需的使命；它会在这里一直待到春天到来。

虽然汽车里面并不冷，布莱泽还是打了个寒战。他有一种回家的感觉。

回家来住。

他撞开大楼的后门,用三层毯子将乔裹好后,把他抱了进去。屋里面似乎比外面更冷,仿佛寒气已经渗入了这座建筑的骨子里。

他抱着孩子来到了楼上马丁·考斯劳的办公室。磨砂玻璃上马丁·考斯劳的名字已经被人刮去,办公室里空无一物,已经没有了"牢头"在里面时的那种感觉。布莱泽使劲回想着马丁·考斯劳之后是谁来当的院长,可他怎么也想不起来,反正那时候他已经离开了这里,去了坏孩子们去的北温德姆管教所。

他把乔放在地板上,开始在大楼里四处搜寻。他看到了几张课桌,几块大木头,还有一些皱巴巴的纸。他将这些收拾到一起,抱回院长办公室,在墙上的小壁炉里生起了一堆火。火烧旺后,他又察看了一下烟囱,烟囱的排烟效果很好。然后,他回到野马车旁,开始卸东西。

到中午时,他已经把一切都安顿好了。婴儿躺进了摇篮,还在睡梦中(不过已经有了要醒来的迹象)。孩子的尿片和罐头食品整整齐齐地放在书架上。布莱泽还找到了一把椅子,然后将两张毯子铺在屋角,算是自己的床铺。屋里的温度略微有所上升,但挥之不去的寒意却是根深蒂固的,不停地从墙壁上慢慢渗透出来,从门缝里钻进来。他必须把孩子包裹得严严实实。

布莱泽穿上外套,走了出去,先是沿着道路走到铁链旁。他将铁链重新挂好,看到锁虽然坏了却仍然能合上之后,他很高兴。你几乎得把鼻子凑到上面才会看到它不对劲。然后,他又一路走回去，尽量把损坏的大门重新支起来。门虽然已经被撞得不成样子，可当他使劲（他现在已是汗流浃背）将破损的木板插到积雪中时，木板还是竖在了那里。管它呢，如果真有人到了这里，他就有麻烦了。他虽然笨，却还没有笨到那个分上。

他回到"牢头"的办公室时，乔已经醒了，正撕心裂肺地哭着。布莱泽已经不像第一次那样害怕了。他给孩子穿上一件小外套（绿色的，非常可爱），然后把他放在地板上，任由他玩耍。布莱泽趁乔在摸索着怎么爬行时打开了一个婴儿牛肉罐头。他怎么也找不到那该死的匙——最终肯定会像大多数东西一样自己突然冒出来——只好用手指尖挑着罐头里的东西喂孩子。乔昨天晚上又长出了一颗新牙，这让布莱泽喜出望外。这样一来，乔总共有三颗牙齿了。

"很抱歉，这玩意儿是凉的，"布莱泽说，"我们早晚会有办法的，好吗？"

乔根本不在乎那玩意儿是不是凉的，只管大口大口地吃着，可是吃完后他又哭了起来。布莱泽知道乔是肚子痛，他现在已经能区分肚子痛时候的哭声、长牙齿时疼痛的哭声、以及"我累了"的哭声。他把乔架在肩膀上，扛着他在屋里转悠，边走动边揉着乔的后背，低声哄着乔。看到乔仍然哭个不停，布莱泽便抱着他在寒冷的走廊里走来走去，嘴里仍然低声哄着他。乔开始边哭泣边发抖，布莱泽赶紧用毯子裹住他，并且把毯子一角翻过来，像风帽一样罩住乔的脑袋。

他上到三楼，进了第七教室，他和马丁·考斯劳当初就是在这里上数学课时相遇的。里面还剩下三张课桌，堆在角落里。

他在其中一张课桌面上看到了自己亲手刻出的名字缩写CB，如今已经差不多完全被后来那些乌七八糟的涂鸦所遮盖（这些涂鸦的内容包括画出来的心、男女生殖器和信誓旦旦的诺言）。

他感到无比惊讶，摘下手套，手指慢慢摸着当初刻下的痕迹。一个他几乎已经忘记了的男孩在他之前来过这里。真是难以相信。说来也怪，这让他想起了独自停留在电话线上的那些鸟儿，真令人伤心。桌面上的刻痕年代久远，已经随着岁月的流逝慢慢抚平。桌面已经接受了这两个字母，将它们当成了自己的一部分。

他似乎听到身后传来了一声冷笑，赶紧转过头来。

"乔治？"

没有人应答。他的呼唤声传了出去，又反弹回来。这声呼唤仿佛在嘲笑他，仿佛在说没有什么一百万，只有这小小的屋子，这曾经让他丢脸害怕的屋子，这曾经让他学不进东西的屋子。

趴在他肩膀上的乔动了一下，打了个喷嚏，小鼻子通红。他开始啼哭，哭声在这寒冷、空荡荡的大楼里显得那么微弱。潮湿的砖墙似乎吸收了他的哭声。

"好了，"布莱泽哄着他，"别害怕，别哭了。我在这儿。别害怕，你会没事的，我也会没事的。"

孩子又在发抖，布莱泽决定把他抱到楼下"牢头"的办公室里去。他要把乔放进壁炉前的摇篮里，再多给他盖张毯子。

"好了，宝贝。好了，没事了。"

可是乔一直在哭，一直哭到哭不动为止。乔的哭声停止后没多久，天开始下雪了。

18

那年夏天，去波士顿历险回来后，布莱泽和约翰与赫顿之家的其他一些孩子结伴去摘蓝莓。雇用他们的人名叫哈里·布鲁诺特，为人非常"直"，没有一丝乔治后来用这个词时的意思，只有巴登·鲍威尔勋爵①式的正派。他在威斯特哈洛种了五十英亩顶级蓝莓，每隔一年的春天会放火将田里的枯枝烂叶烧得干干净净，而到了每年的七月，他又会雇用二十多个叛逆的孩子来给他摘蓝莓。除了小农场主靠经济作物挣到的那点钱外，他并不富有。他本来可以雇用赫顿之家的男孩和威斯卡西特问题女孩学校的女生，每摘一夸脱②蓝莓给他们三分钱，孩子们肯定会非常乐意接受，并且会觉得自己很幸运，能够在外呼吸新鲜空气。可是他没有这么做。相反，他仍然按当地孩子所要的每夸脱七分钱的标准付给这些问题孩子，而且去田里摘蓝莓时的来回车费也由他支付。

他又高又瘦，一双淡蓝色的眼睛，一张布满皱纹的脸，属于典型的美国北方佬。如果你久久地盯着他的眼睛看，你准会

---

① 巴登·鲍威尔（1857—1941），英国陆军军官，童子军创始人。
② 夸脱，计量单位，等于1/32蒲式耳或1.101升。

相信他是个疯子。他没有加入格兰其①，也没有加入任何其他农民协会，反正这些协会也不会愿意接纳他，不会接纳一个雇用罪犯采摘蓝莓的家伙。浑蛋，不管他们是十六岁还是六十一岁，他们当然是罪犯。他们来到一个正派的小镇，结果镇上的正派人感到他们从此必须锁门，还得时刻留意路上那些陌生的青少年。男孩和女孩。把他们——男少年犯和女少年犯——放在一起，结果自然是这地方变成了所多玛②和蛾摩拉③。人人都这么说。这样做不对，尤其是在你需要把自己的孩子教养大的时候。

采摘蓝莓的季节从七月的第二周开始，一直持续到八月的第三或第四周。罗亚尔河恰好从布鲁诺特的田地中央穿过，于是他就在河边建了十间小木屋，六间归男孩们居住，另外四间隔着一段距离，归女孩们使用。由于各自在河旁的位置不同，男孩的居住区又被称作"浅滩木屋"，女孩们的居住区则被称作"河湾木屋"。布鲁诺特的一个儿子道格拉斯和男孩们住在一起。布鲁诺特每年六月都会登一则广告，聘用一位妇女住在"河湾木屋"区，而且这位妇女既要充当"营地妈妈"又要兼职做饭。他付给这个女人的报酬很高，并且全部由他个人出钱。

有一年镇里开会时，西南河湾农业联盟试图强行重新评估布鲁诺特的地产税，结果引发了一场丑闻。他们的目的似乎是要压缩他的利润空间，使他无法继续搞这种带有左倾色彩的社会福利项目。

在整个讨论过程中，布鲁诺特始终保持沉默，任由他儿子

---

① 格兰其，一八六七年成立的美国农业保护者协会。
② 所多玛，《圣经》中因罪恶深重而被上帝焚毁的古城。
③ 蛾摩拉，《圣经》中因居民罪恶深重而被神毁灭的巴勒斯坦古城。

道格拉斯和住在他家这边的两三个朋友为他辩护。正当会议主席准备叫停这场辩论时，他站了起来，要求发言。主席极不情愿地同意了。

他说："在座的各位在整个采摘蓝莓的季节里没有丢失一样东西，没有发生过一起车辆被盗、家里东西被偷、谷仓被纵火烧毁的事件，就连丢失汤匙的事都没有发生过。我只是想让这些孩子看到美好的生活是什么样的。至于他们看到过美好生活之后会怎么办，那得由他们自己决定。难道你们当中谁也没有过陷入泥潭需要有人推一把的经历？我不会问你们怎么会一方面这样做另一方面仍然自称是基督徒，因为你们当中肯定会有人从那本我称之为'假圣人照我的方法去做'的《圣经》里找到答案。可是，天哪！你们怎么能礼拜天读着《路加福音》里大善人的教诲，礼拜一晚上却说你们支持这种事？"

他刚说到这里，贝亚特里丝·麦卡弗蒂就开始发作了。她猛地从折叠椅上站起来（那椅子在去掉她的重量后肯定会嘎吱一响，表达谢意），都没有等主席先生点头同意她发言就声嘶力竭地嚷道："那好，我们就来说一点！调情！哈里·布鲁诺特，你敢站在那里说那些男孩和女孩之间就没有发生过一起调情的事吗？"她扫视着四周，脸色铁青。"我想问一问布鲁诺特先生是不是昨天才来到世上的？我想问一问，如果没有发生偷盗、没有发生纵火案，那么他认为夜深人静的时候都发生了什么？"

麦卡弗蒂说这番话的时候，哈里·布鲁诺特一直没有坐下来。他站在会议室的另一边，拇指勾着裤子背带。像所有农夫一样，他那红润的脸上落有灰尘。他大概被这番话逗乐了，那双与众不同的浅色眼睛似乎微微往上翘了翘，也可能没有。等他确信她已经表达完了自己的看法，他不露声色地淡淡说了一句："贝亚特里丝，我从来没有去偷看过，但我相信绝对不会是强奸。"

这件事从此被"暂缓审议"，而这在新英格兰北部等于礼貌地说洗清罪名了。

约翰·切尔兹曼和赫顿之家的其他男孩从一开始就对这次外出非常热衷，但布莱泽却疑虑重重。只要一提起"外出干活"，他总会想起鲍伊夫妇。

"大脚趾"不停地说着要找一个姑娘，和她"来一次真格的"。布莱泽倒是觉得自己不必为这种事操心太多。他仍然忘不了玛乔丽·瑟洛，再说想其他女孩又有什么用呢？女孩们喜欢硬汉，也就是电影里那种会哄她们的男人。

而且女孩让他感到害怕。拿上一本"大脚趾"珍藏的《少女文摘》，躲进赫顿之家的一间厕所，然后自慰一番，那种感觉真爽，能让他在感到不快的时候心情好起来。他从其他男孩那里听到了很多事，但他从中得出的结论是：自慰的感觉与和女孩在一起的感觉差不多，而且自慰还有一个好处——你一天可以来四五次。

布莱泽十五岁那年终于长得定了型，身高将近两米。约翰有一次给他量了肩宽，得出的结果是七十一厘米。他的棕色头发又粗又密，非常油腻。他那双大手像两大块木头，摊开来时从拇指到小手指超过三十厘米。他的眼睛是深绿色的，明亮且给人印象深刻，压根儿不是傻瓜的眼睛。虽然他和其他孩子在一起时，其他孩子简直像侏儒，可他们却敢放肆地公开取笑他。他们已经接受约翰·切尔兹曼——现在通常被叫做 JC 或者吉普车——为布莱泽的专用标志,而且由于他们在波士顿的历险,这两个孩子在赫顿之家这个封闭的世界里已经成了民间英雄。布莱泽的地位还更特殊一些。任何人只要看到蹒跚学步的孩子围着一头圣伯纳犬的情景都会明白它的意思。

他们抵达布鲁诺特家的时候,道格拉斯·布鲁诺特正等着带他们去小木屋。他告诉他们,那年夏天和他们一起住在浅滩木屋的还有五六个来自南波特兰管教所的男孩。大家一听到这消息就陷入了沉默。南波特兰管教所的孩子可是一流的浑蛋。

布莱泽和约翰以及"大脚趾"一起住在三号木屋。约翰从波士顿回来之后瘦了许多,赫顿之家的医生(一位老庸医,名叫唐纳德·休,整天叼着"骆驼"牌香烟)将他的风湿热诊断为重感冒。这一诊断最终要了约翰的命,但那还得等到一年之后。

"这是你们的木屋,"道格拉斯·布鲁诺特说。他像父亲一样也长着一张农夫的脸,但他的眼睛却不像父亲那样是怪异的淡颜色。"这屋子里以前住过许多孩子。如果你们喜欢这里,就得好好爱惜它,将来还会有更多孩子住在这里。要是晚上感到有点冷,屋里有炉子。不过现在应该不会的。里面有四张床,你们可以先选。要是我们再找到人,他就睡剩下的那张床。那边有个加热板,可以在上面煮点吃的和咖啡,不过每天早晨出门前一定要把电源拔了,每天晚上睡觉前也一样。屋里有烟灰缸,香烟头要丢在里面,不要丢在地板上,也不要丢在门前。这里不许喝酒,不许打牌。要是我或者我老爸逮着你们喝酒打牌,你们就立马走人,没有第二次机会。六点吃早饭,在那边的大屋子里。中午会在那里吃午饭。"他挥了一下胳膊,大致指了指蓝莓田方向。"六点吃晚饭,还是在那边的大屋子里。你们明天早晨七点开始摘草莓。先生们,回见。"

道格拉斯走了之后,他们开始打量四周。这地方不错。炉子是台旧的"超级"牌,上面还带一个荷兰式烘箱。四张落地床,他们这么多年来第一次睡觉时不用像硬币被摞起来那样睡上下床。除了厨房和两间卧室外,木屋里还有一间相当大的公共休息室,里面的书架是用装加州波莫纳橙子的柳条箱做成的。书架上摆放着一本《圣经》,一本年轻人性教育手册,《酒吧十夜》和《飘》。地板上铺了一块褪了色的钩针编织的地毯。地板用的是疏松的木料,与赫顿之家的瓷砖和打了蜡的木地板截然不同。这些板子踩上去会发出空洞的咚咚声。

就在其他人忙着整理床铺时,布莱泽走到外面的门廊上,望着眼前的小河。小河就在那边,经过这地方时刚好穿过一片平缓的洼地,但他可以听到上游不远处传来的急流催人欲睡的轰鸣声。扭曲的橡树和柳树伸向水面,仿佛想看看自己在水面上的倒影。蜻蜓、蜉蝣和蚊子在水面上飞舞,偶尔还会划破水面。远处有一只知了正疯狂地鸣叫着。

布莱泽感到自己的内心有什么东西在慢慢放松。

他在门廊的最高一级台阶上坐了下来。过了一会儿,约翰走出来,坐到了他的身旁。

"大脚趾去哪儿了?"布莱泽问。

"在看那本性教育手册,想找到几张图片。"

"他找到了吗?"

"还没有。"

他们默默地坐了一会儿。

"布莱泽?"

"嗯?"

"这地方还不错,是不是?"

"还不错。"

可他仍然没有忘记鲍伊夫妇。

五点三十分,他们走路去大木屋。小道顺着河流的方向蜿蜒向前,不一会儿就将他们带到了"河湾木屋"区,五六个女孩正聚集在那里。

赫顿之家来的男孩和南波特兰来的浑蛋继续向前走着,那神情就像他们天天与女孩厮混在一起一样,而且是乳房鼓起来的女孩。女孩们也跟了进来,其中几个女孩边和别人聊天边抹着口红,那神情就像她们天天与男孩厮混在一起一样,而且是已经隐约长出胡子的男孩。有一两个女孩穿着尼龙丝袜,其他女孩清一色穿着刚过脚踝的短袜,而且全都卷到小腿上相同的高度。身上的任何伤疤都被厚厚的化妆品遮盖了起来,有些地方甚至有纸杯蛋糕上的糖霜那么厚。有个女孩正在抹绿色眼影,让其他女孩万分羡慕。所有女孩都已经娴熟地掌握了扭着屁股走路的步态,约翰·切尔兹曼后来将这称作拉客妓女步态。

来自南波特兰管教所的一个刺头大声咳了一下,吐了口痰,然后扯了一根苜蓿草插在牙缝里。其他男孩密切注视着这一举动,然后开始挖空心思琢磨——琢磨自己在漂亮的异性面前有什么可以表现自己对她们无动于衷。大多数男孩最后选择了咳嗽加吐痰。几个有独创性的男孩将手插进屁股后的口袋里。还有几个干脆又咳嗽又吐痰,然后再将手插进屁股后的口袋里。

南波特兰男孩的表现能力可能比赫顿之家的男孩更胜一筹，因为说到女孩，他们在城里见到的女孩显然要多得多。南波特兰那些男孩的母亲可能是酒鬼、瘾君子、为十块钱就和人上床的妓女，他们的姐妹可能为了两块钱就会替人"打飞机"，但大多数刺头至少都已经掌握了女孩的基本"概念"。

赫顿之家的男孩则几乎一直生活在清一色的男性社会里。他们的性教育只是来自当地教会的客串讲座，而这些乡间布道者中的大多数会这样告诉他们：手淫会让人变得愚蠢；性交的风险包括阴茎染病发黑，开始散发恶臭。他们的性知识也来自"大脚趾"偶尔得到的黄色杂志（《少女文摘》最新最好）。关于如何与姑娘交谈的知识，他们是从电影里得到的。至于真正的性交，他们没有任何概念，因为——正如"大脚趾"伤感地评论的那样——只有法国电影才有做爱的场面，而他们看过的唯一一部法国电影是《法国贩毒网》。

于是，从"河湾木屋"去大木屋的一路上，他们大多是在紧张（但不是敌意）的沉默中度过的。如果他们不是一心想着如何应付这种新局面的话，他们可能会偷偷看一眼道格拉斯·布鲁诺特——他正竭尽全力，不在脸上流露任何表情。

他们进来的时候，哈里·布鲁诺特正站在门口，身子靠着餐厅大门。不管是男孩还是女孩，看到墙上挂着的画作（柯里尔和艾夫斯①的作品，N.C.韦思②的作品），看到古色古香的旧

---

① 一般指十九世纪美国两位石版画家柯里尔和艾夫斯创作并出版的描绘当时风俗、人物、大事等的画作。
② N.C.韦思（1882—1945），美国画家、插图画家，曾为二十五部少年读物画插图。

家具，看到长长的餐桌一端镌刻着"休息片刻"，另一端镌刻着"空肚子来，饱肚子走"时，他们都惊呆了。他们尤其盯着东面墙上的一幅大型油画，上面画着哈里的亡妻玛丽安·布鲁诺特。

他们虽然觉得自己天不怕地不怕——他们在某些方面也的确是的，可他们毕竟还是孩子，是第一次炫耀自己的性别特征。他们本能地排成了几行，这是他们习以为常的事。布鲁诺特任由他们排成队，然后在他们进屋时和他们一一握手。他彬彬有礼地向女孩们点头致意，丝毫没有表露出觉得她们打扮得像丘比特娃娃①的意思。

布莱泽最后一个进来。他的个头比布鲁诺特还要高出十多厘米，但他极不情愿地挪动着双脚，低头望着地面，真希望自己留在赫顿之家。眼前这一幕对他来说太艰难、太难受了。他的舌头紧贴着上颚，茫然地伸出手去。

布鲁诺特握住了他的手："天哪，你的块头可真不小啊，只是不大适合摘蓝莓。"

布莱泽傻傻地望着他。

"你想开卡车吗？"

布莱泽倒吸一口冷气，仿佛有什么东西卡在了他的喉咙里，怎么也咽不下去。"先生，我不会开车。"

"我会教你的，"布鲁诺特说，"不难学。进去吃晚饭吧。"

布莱泽走了进去。餐桌是用红木做的，在灯光照射下像水池一样闪闪发亮。餐桌两边都已摆放好了餐具，上方有一盏枝形吊灯，就像电影里一样。布莱泽坐了下来，说不清自己感觉

---

① 丘比特娃娃，有双翅的胖脸赛璐珞或塑料娃娃，形似爱神丘比特。

到是热还是冷。他的左边坐着一个女孩,让他更加感到不知所措。他只要将目光转向那边,就会看到她隆起的乳房。他想竭力不去看她,却又做不到。那对乳房……就在那里,在这世界上占据着一席之地。

布鲁诺特和营地妈妈将吃的东西端了出来:炖牛肉,整整一只火鸡,一只巨大的木碗里堆着小山似的沙拉,三种沙拉酱,一盘菜豆,一盘豌豆,一盘胡萝卜片,一个陶罐里装满了土豆泥。

吃的东西全都摆到了桌上,大家也都在光洁照人的盘子前坐了下来,这时四周突然变得一片寂静。孩子们一个个目不转睛地盯着桌上的盛宴,仿佛那只是他们的幻觉。不知是谁的肚子咕噜了一声,听上去像卡车驶过一座木板桥时发出的响声。

"好了,"布鲁诺特说。他坐在餐桌的首座上,左边坐着那位营地妈妈,他的儿子坐在餐桌的尾座上。"我们来做个饭前祷告吧。"

他们一个个低下头,准备聆听他的长篇说教。

"主啊,"布鲁诺特说,"请保佑这些孩子,赐福给他们将要享用的这些食物吧。阿门。"

孩子们一个个面面相觑,简直不敢相信自己的耳朵。他们怀疑这是个玩笑,或者是个花招。阿门意味着你可以开吃了,可如果真是这样,那么他们刚刚听到了全世界历史上最短的饭前祷告。

"请把炖牛肉递给我。"布鲁诺特说。

这支采摘蓝莓的队伍立刻开始津津有味地吃了起来。

第二天早晨,早餐刚结束,布鲁诺特和他儿子就各驾着一辆福特两吨小卡车来到了大木屋前。孩子们上车后，被带到了第一块蓝莓田旁。女孩们今天早晨换上了长裤，还没有完全睡醒的脸有些发肿，而且大多没有化妆。她们显得年轻了很多，也温柔了很多。

大家开始搭讪起来，起先有些腼腆，但随后越来越自然。卡车撞上田埂颠簸时，每个人都放声大笑起来。没有谁正儿八经地介绍自己。萨莉·安·罗比肖克斯带了一包温斯顿香烟，立刻拿出来分发给了大家，就连坐在最后面的布莱泽也得到了一支。南波特兰管教所的一个男孩开始和"大脚趾"聊起了黄色书籍，原来这个名叫布莱恩·维克的孩子有备而来，口袋里装了一本袖珍杂志——《嘶嘶》。"大脚趾"承认自己听说那是本不错的杂志，于是他们两个人达成了一笔交易。女孩们竭力装作没有听见，同时竭力摆出一副宽容的神情。

他们到了。低矮的蓝莓灌木上果实累累。哈里和道格拉斯·布鲁诺特打开卡车的后挡板，大家纷纷跳了下来。蓝莓田被分成了一条条长垄，驱赶鸟儿的白布条系在低矮的木桩上，在风中飞舞。这时，又有一辆卡车驶了过来。这辆卡车更大更旧，四边蒙着帆布。司机是个身材矮小的黑人，名叫索尼。布莱泽从来没有听索尼说过一句话。

布鲁诺特父子将专门采摘蓝莓用的密齿短耙分发给大家，只是没有给布莱泽。"这个耙子经过精心设计，只会把成熟的蓝莓摘下来。"布鲁诺特说。在他身后，索尼从大卡车上拿出一副渔竿，把一顶草帽往头上一扣，头也不回地穿过蓝莓田，向河边的小树林走去。

"不过，"布鲁诺特举起一根手指，"既然是人发明的，这玩意儿也有自己的缺陷。它会将一些叶子和没有成熟的果子一起摘下来。不要因为这样就担心，也不要因为这一点就放慢速度。我们在仓库里还会再挑选一次。不会扣大家的钱，所以大家不用担心。听明白了吗？"

布莱恩和"大脚趾"在这一天结束时将会成为形影不离的伙伴。他们这会儿并肩站在一起，交叉着双臂，认真地点点头。

"我要向大家说明一点，"布鲁诺特接着说下去，那双怪异的淡颜色眼睛在闪闪发光。"每夸脱我挣二十六美分，你们挣七分。这听上去像是我从你们的汗水里挣了十九分，可情况不是这样的。除去所有开支后，我每夸脱只挣十美分，比你们多三分。这个三分叫做资本主义。我的田，我的利润，你们来分享。"他又说了一遍，"我只是想让大家知道。有反对意见吗？"

没有反对意见。大家在早晨炎热的阳光中似乎还没有完全醒来。

"好了，我已经选定了一个人开车，就是你，大个子。我还需要一个人点数。就你了，孩子。你叫什么？"

"嗯，约翰，约翰·切尔兹曼。"

"你到这儿来。"

他扶着约翰上了大卡车，然后向他解释他具体要做些什么。车上有一摞摞镀锌铁桶。约翰的任务是每次听到有人要铁桶，就得拎一只桶跑过去交给对方。每一只空桶外面都贴了一小张白色不干胶标签，约翰得在每一桶装满后将采摘人的姓名写在不干胶上。每一只装满的铁桶都被放进一个有卡口的架子上，免得卡车开动时铁桶倒下来，将里面的蓝莓撒得到处都是。另外还有一块落满灰尘的旧黑板，用以记录每个人采摘的总数。

"好了，孩子，"布鲁诺特说，"让他们排好队，把桶发给他们。"

约翰脸一红，清了清嗓子，小声请他们排好队。他脸上那副表情像是大家要将他轮奸了一样，可大家排好了队。有几个女孩正在戴上头巾，另外几个女孩在往嘴里塞口香糖。约翰把铁桶递给他们，用醒目的大写字母在铁桶外面的不干胶上写下他们的姓名。这些少男少女们每人选了一条田垄，这天的活就这样开始了。

布莱泽站在卡车旁，等待着。他难以掩饰内心的激动，却又无法用言语将其表达出来。开车一直是他多年来的梦想。布鲁诺特仿佛读懂了他内心的神秘语言。布莱泽真希望布鲁诺特言而有信。

布鲁诺特走了过来："孩子，他们都叫你什么？除了大个子外，还有什么名字？"

"他们有时候叫我布莱泽，有时候叫我克莱。"

"好吧，布莱泽，跟我来。"布鲁诺特将他带到卡车驾驶室前，然后自己坐到了方向盘后。"这是万国收割机公司出的一辆三速车，也就是说这辆车前进有三挡，倒车有一挡。从车底板下伸出来的这玩意儿是变速杆。看到了吗？"

布莱泽点点头。

"我左脚踩着的是离合器，看到了吗？"

布莱泽点点头。

"每次换挡的时候先把这个踩下去，换挡结束后再松开离合器。如果松得太慢，车子就会熄火。如果松得太快——就像这样让他弹出来——你很可能会撒了车上的蓝莓，还会撞到你朋友的屁股上,因为车子会颠簸。你听懂了吗?"

布莱泽点点头。那些男孩和女孩已经在各自的第一条田垄上往前走了一截。道格拉斯·布鲁诺特从一条田垄走到另一条田垄,教他们最佳的握耙方式,也教他们如何避免手上起泡。他还教他们每扯一次耙子时在最后一刻如何转动手腕,这样才能去掉大多数叶子和小枝。

老布鲁诺特大声咳嗽一下,吐了口痰。"别担心变速问题,先想一想倒车和低速行驶。你好好看着,我教你这两挡在哪里。"

布莱泽目不转睛地望着。他当初用了数年时间才掌握加减数字(在约翰告诉他把数字当作拎水来看待之前,数字对他而言一直是个谜),但只用了一个上午就掌握了所有基本的开车技术,汽车只熄了两次火。布鲁诺特后来告诉他儿子,他还从来没有见过有谁这么快就学会掌握离合器与加速器之间的平衡。不过他对布莱泽只说了一句:"干得不错,车轮别压着蓝莓苗。"

布莱泽不只是开车,他还拎着每个人装满的铁桶一路跑回到卡车旁,将他们递给约翰,然后再把空桶拿回去给采蓝莓的人。他的脸上一整天都挂着笑容,而他的这份快乐又感染了大家。

下午三点左右,远处响起了雷声。孩子们赶紧躲到了大卡车上,同时严格遵照布鲁诺特的命令,小心寻找落座的地方。

"我来开车回去,"布鲁诺特说着就上了踏脚板。他看到布莱泽脸上阴沉沮丧的表情后笑了:"别着急,大个子——我是说布莱泽。"

"好吧。那个索尼去哪儿了?"

"在做饭,"布鲁诺特使劲一踩离合器,将车挂到第一挡上。"如果运气不错,我们今晚能吃到鲜鱼。如果运气不好,今天还得吃炖牛肉。吃过晚饭后想跟我一起进城吗?"

布莱泽点点头,激动得连话都说不出来了。

当天晚上,他和道格拉斯一起默默地看着布鲁诺特与联邦食品公司的买主讨价还价,最后成功得到了想要的价格。回家的时候由道格拉斯开车,开的是农场的一辆福特皮卡车。一路上谁也没有说话。布莱泽望着公路在车灯照耀下伸向远方,心想:我要去别的地方。他随即又想道:我已经在别的地方了。第一个想法让他很开心,第二个想法让他很激动,他简直想大哭一场。

日子一天一天地过去,然后是一周一周地过去。每天的生活都有一种规律。早晨早起,一顿丰盛的早餐。干一上午活,在田头吃一顿丰盛的午餐(布莱泽最多的一次曾吃下四个三明治,而且没有人不许他多吃)。下午一直干到雷声响起或者干到索尼敲响黄铜大钟,召唤大家吃晚餐。钟声越过炎热、飞逝的日子传来,像在一个真实的梦中听到的响声。

布鲁诺特开始让布莱泽沿着偏僻道路将车开到田头再开回来。布莱泽的车技越来越好,到后来简直像他天生就是开车的料。在他开车的过程中,装在低矮板条固定架上的铁桶没有一个翻倒过。晚饭后,他常常和哈里以及道格拉斯一起去波特兰,看着哈里与不同食品公司讨价还价。

七月像所有流逝的岁月一样飞逝而去,然后八月也过了一半。夏季很快就将结束。布莱泽一想到这一点就不由得感到难过。要不了多久他又得回到赫顿之家。然后是冬季。布莱泽实在无法忍受再在赫顿之家过一个冬天。

有一点他根本不知道，哈里·布鲁诺特已经非常喜欢他了。这身材高大的孩子天生就是个和事佬，采摘蓝莓的活从来没有这样顺利过。今年总共只发生过一起挥拳相斗事件，而往年通常会发生五六起。来自南波特兰的亨利·吉勒特指责另一个来自南波特兰的孩子玩二十一点（不是严格意义上的扑克游戏）时作弊。布莱泽二话没说，一把抓住吉勒特的颈背，将他拎了出去，然后他命令另一个孩子把钱还给吉勒特。

接着，在八月的第三周，有了点花边新闻。布莱泽失去了童贞。

女孩名叫安妮·布拉德斯特，因为纵火罪进了皮茨菲尔德管教所。她和她男朋友被捕前在普雷斯克岛与马斯希尔之间连着纵火烧毁了六座土豆仓库。他们说之所以干这种事是因为他们实在想不出还有什么别的事情可做，望着那些仓库熊熊燃烧非常好玩。安妮说科蒂斯会给她打电话，然后说"我们去炸薯条吧"，然后他们就出发。主审他们这个案子的法官有一个儿子在科蒂斯·普雷贝尔这个年纪死在了朝鲜战争中，他实在无法理解有人居然会觉得生活如此无聊，因而也对他们没有丝毫的同情心。他给男孩判了六年有期徒刑，去肖申克州立监狱服刑。

安妮被判了一年，进了女孩们所称的皮茨菲尔德高洁丝①工厂。她根本不在乎。她继父在她十三岁那年强奸了她；她哥

---

① 高洁丝，美国女性用品公司。

哥每次喝醉后都会揍她，而他喝醉是常有的事。对于她来说，进皮茨菲尔德简直是度假。

她倒不是那种虽然受过伤害但心灵却仍然像金子一样高贵的女孩。她只是个受过伤害的女孩。她并不自私，但她的占有欲很强，那双眼睛像乌鸦一样时刻离不开闪亮的东西。"大脚趾"、布莱恩·维克和南波特兰来的另外两个男孩一起凑了四块钱给安妮，让她去勾引布莱泽。除了好奇外，他们并没有什么恶意。谁也没有告诉约翰·切尔丝曼——他们担心他会告诉布莱泽，甚至会告诉道格拉斯·布鲁诺特——但营地其他人全都知道这件事。

男孩们每天晚上得有一个人拎着两只铁桶，沿着去大木屋的道路去水井打水——一桶是喝的，一桶是用的。这天晚上本来轮到"大脚趾"，但他说自己肚子痛，愿意出二十五分钱请布莱泽替他打水。

"没关系，我免费替你。"布莱泽说着便拎起铁桶走了。

"大脚趾"为省下二十五分钱得意地笑了，然后赶紧去告诉他朋友布莱恩。

天很黑，四周弥漫着花香。橘黄色的月亮刚刚升起。布莱泽默默地向前走着，没有任何私心杂念。铁桶碰在一起时发出了响声。一只手突然轻轻搭在了他的肩膀上，但他并没有吓得跳起来。

"我可以陪你一起走吗？"安妮问，然后举起自己手中的铁桶。

"当然可以。"布莱泽说，接着他的舌头紧贴住上颚，脸红了。

他们并肩朝水井走去。安妮撅着嘴,轻轻吹着口哨。

他们来到了水井旁,布莱泽搬开盖住井口的木板。这口水井只有六七米深,但如果有一粒石子扔进石壁井筒里,水花溅起时就会发出神秘、空洞的响声。混凝土井栏四周长着茂盛的猫尾草和野玫瑰,周围还有五六棵橡树,像是在担任警戒。月光穿过其中一棵橡树照了进来,投下淡淡的光束。

"要我替你打水吗?"布莱泽问。他的耳朵在发烫。

"真的?那可太好了。"

"没问题,"他不假思索地笑了笑,"当然可以。"虽然眼前这女孩根本不像玛乔丽·瑟洛,他还是想起了她。

水泥井栏的一角安了一个带环的螺栓,上面拴着一根绳子,已经被太阳晒得发白。布莱泽将一只铁桶系在绳子的另一头,然后将铁桶扔进了井里。井里传出了水花溅起的响声,然后他们等待着铁桶装满水。

安妮·布拉德斯特在勾引男孩方面也不是行家。她只是将手伸到布莱泽的裤裆那里,一把抓住了他。

"嗨!"他大吃一惊。

"我喜欢你,"她说,"你想吗?"

布莱泽望着她,惊讶得目瞪口呆……只是他身体的一部分,也就是被她握在手中的那部分,已经开始以古老的语言表达自己的意思。女孩已经撩起了身上的长裙,露出了自己的大腿。她很瘦,但她的脸在月光中显得比较丰满,四周的黑暗更是掩盖了她消瘦的躯体。

他将她搂在怀里,笨拙地亲吻她。

"天哪，你这玩意儿真的勃起来了，是不是？"她大口大口地喘着气，"放轻松，好不好？"

"好的。"布莱泽说着将她抱了起来，放在猫尾草上，解开了自己的皮带。"我对这一窍不通。"

安妮笑了，多少有些辛酸。"这很容易。"她说。她将长裙拉到臀部以上，里面居然没有穿内裤。他借着月光看到了一块三角地，心想如果自己看的时间太长，那玩意儿会要了他的命。

她毫无表情地说道："上来。"

布莱泽脱掉裤子，趴在她身上。六七米外，躲在那里的布莱恩·维克瞪大了眼睛望着"大脚趾"，然后小声说道："真是壮观啊！"

"大脚趾"轻轻拍拍布莱恩的头，小声说："依我看，上帝把他脑子里的东西拿走后放到了那里。别再出声了。"

他们转过身去望着。

第二天，"大脚趾"说他听说布莱泽在水井旁不只是打了水。布莱泽脸色铁青，摆出一副要吃人的架势，大步走了出去。"大脚趾"再也没敢提起过这件事。

布莱泽成了安妮的护花使者，她走到哪里他就跟到哪里。他还将自己多余的毯子给了她，以免她晚上着凉。这一切让安妮非常高兴，她也爱上了他，不过是以她自己的方式。在采摘蓝莓剩下的日子里，她和布莱泽天天负责打水，谁也没有再说过什么，而且他们也不敢说什么。

在回赫顿之家的前一天晚上，哈里·布鲁诺特问布莱泽吃过晚饭后是否能留一会儿。布莱泽嘴上说当然可以，心里却开始感到不安。他的第一个念头是布鲁诺特先生已经知道了他和安妮在水井边干的事，而且气疯了。这让他感到很不安，因为他喜欢布鲁诺特先生。

大家都出去之后，布鲁诺特点了根雪茄，围着晚餐过后已经收拾干净的餐桌转了两圈。他咳了几声，搔了搔已经凌乱不堪的头发，然后几乎是咆哮着问："你听我说，你想留下来吗？"

布莱泽惊呆了。他以为布鲁诺特先生会问他与安妮的事，结果布鲁诺特先生却说出了这样一句话。这两者之间的鸿沟他起初怎么也无法越过。

"怎么样？你愿意吗？"

"愿意，"布莱泽回过神来了，"是的，我愿意，我当然……愿意。"

"那好，"布鲁诺特像是松了口气，"因为赫顿之家不是你这种孩子该待的地方。你是个好孩子，但你需要有人引导。你很用心，可是——"他用手指着布莱泽的额头，"那是怎么弄的？"

布莱泽立刻将手伸到了额头上凹进去的地方，脸一红。"是不是太可怕了？我是说，看上去太可怕了。天哪！"

"是不好看，可比这更可怕的我也见过，"布鲁诺特坐到了椅子上，"究竟是怎么回事？"

"我老爸把我扔到楼下，他当时是喝醉了还是怎么的，我记得不很清楚。怎么说呢……"他耸了耸肩，"就这些。"

"就这些？不过我已经听明白了。"他又站起身，走到屋角的冰箱前，倒了一杯水。"我今天去看了病。我有时候会浑身颤抖，可我一直没有时间去看医生。医生说我没有大问题，我这才稍稍松了口气。"他喝完水后将纸杯揉成一团，扔进垃圾桶里。"人总是会老的，就这么简单。你现在还不明白这些，但将来你也会老的。人老了以后，他的整个生活就会开始变得像午睡时做的一个梦。你明白吗？"

"明白。"布莱泽说。他其实一个字都没有听进去。和布鲁诺特先生一起在这里生活！他刚刚开始意识到那意味着什么。

"如果我真的要去领养你，我就必须保证我自己能够胜任，"布鲁诺特说，他翘起一个拇指，指了指墙上画像中的那个女人。"她喜欢男孩，给我生了三个男孩，在生最后一个时死了。道格拉斯是老二，老大在华盛顿州，给波音公司造飞机，老三四年前死于一场车祸。那的确是件伤心事，可我总喜欢认为他现在是和他老妈在一起。这想法当然很蠢，可我们总是竭力安慰自己，是不是，布莱泽？"

"是的。"布莱泽说。他在想安妮，想水井旁的安妮，想月光下的安妮。这时，他看到布鲁诺特先生的眼睛里噙满了泪水，这让他又是震惊又是害怕。

"去吧，"布鲁诺特先生说，"不要在井边待得太长，你听到了？"

但他还是在井边待了一会儿。他把这一切都告诉了安妮，她听了之后点点头，然后也哭了起来。

"安妮，你怎么啦？"他问她，"亲爱的，你怎么啦？"

"没什么，"她说，"替我把水打好行吗？我把桶带来了。"

他开始打水，她在一旁出神地望着他。

最后一天的采摘工作到下午一点钟就结束了，就连布莱泽也看出最后一天的收获并不多。蓝莓季节已经过去了。

现在总是他在开车。他坐在卡车驾驶室里，情绪低落，无所事事。哈里·布鲁诺特突然喊道："好了，大家上车！布莱泽开车送你们回去！换好衣服后就去大屋！有蛋糕和冰淇淋。"

大家从后挡板那里爬了上去，像一群小娃娃一样呼喊着，约翰拼命喊叫着，要他们当心车上的蓝莓。布莱泽的脸上挂着笑容，那种感觉就像这笑容将挂上一整天似的。

布鲁诺特走到副驾驶座一侧，被太阳晒黑的脸显得有些苍白，额头上挂着汗珠。

"布鲁诺特先生，你没事吧？"

"没事，"哈里·布鲁诺特说。他笑了，这是他生前最后的笑容。"估计是午饭吃多了。把车开回去，布莱——"

他猛地抓住自己的胸口，脖子两边的青筋鼓了出来。他睁大眼睛望着布莱泽，却又好像没有看见他。

"你怎么啦？"布莱泽问。

"心脏，"布鲁诺特的身体向前一倒，额头重重地撞在金属仪表板上。他的双手死死抓着破旧的坐垫套，仿佛整个世界颠倒了一样。然后，他的身子向旁边一歪，从敞开的车门摔到了地上。

道格拉斯正从汽车发动机罩那里慢慢走过来，看到这情形后立刻跑了过来，大声呼喊道："爸爸！"

就在卡车疯狂地颠簸着向大屋驶去时，布鲁诺特死在了他儿子的怀中。布莱泽几乎没有注意到。他像疯了一样，弓着身子，紧紧握住万国收割机公司生产的卡车那已经开裂的方向盘，眼睛死死地盯着前面的土路。

布鲁诺特像身上淋了雨的小狗那样抖了一下,又抖了一下,然后就没有了动静。

大家把布鲁诺特先生抬进来时,营地妈妈布里克太太端在手中的一大罐柠檬汁掉到了地上,冰块在松木地板上撒得到处都是。他们把布鲁诺特抬进客厅,放到长沙发上。他的一只胳膊荡在了地上,布莱泽将它拾起来,放到布鲁诺特的胸前,可它又落了下来。布莱泽干脆一直握着它。

厨房长长的餐桌上已经摆好了餐具,准备用冰淇淋来庆祝蓝莓采摘季节的结束。道格拉斯·布鲁诺特此刻站在那里,正发疯似的打着电话。其他孩子都聚集在门廊上,偷偷向屋里张望。大家一个个都被吓坏了,只有约翰·切尔兹曼除外,他像是松了口气。

布莱泽前一天晚上已经把一切都告诉他了。

医生赶来后匆匆检查了一下,然后拉过床单,盖住布鲁诺特的脸。

刚才已经停下来的布里克太太又哭了起来。"冰淇淋,"她说,"那么多冰淇淋怎么办?哦,上帝啊!"她用围裙蒙住脸,然后干脆蒙住了整个脑袋,像风帽一样。

"让他们进来把冰淇淋吃了,"道格拉斯·布鲁诺特说,"布莱泽,你也去吃一点。"

布莱泽摇摇头,感觉自己仿佛从此再也不会有饥饿感一样。

"那好吧,"道格拉斯说,双手捂着脑袋。"我得打电话通知赫顿……南波特兰……皮茨菲尔德……上帝,上帝,上帝啊!"他将脸贴着墙,开始哭泣。布莱泽默默地坐在那里,望着沙发上用床单罩着的布鲁诺特。

赫顿之家的客货两用车第一个到来。布莱泽坐在后面,隔着落满灰尘的后窗向外望去。大木屋越来越小,最后终于消失在了远方。

其他孩子开始聊天,但布莱泽一直默不作声。他慢慢开始明白了过来。他一直想把这一切琢磨透,而一直没有做到。他怎么也理解不了,可他现在明白了。

他的脸开始抽动,先是他的嘴开始抽搐,然后是他的眼睛,再下来是脸颊。他身不由己,控制不住。他终于哭了起来。他将额头抵着汽车后窗,大声抽泣,那声音听上去像马在嘶鸣。

驾驶员是马丁·考斯劳的小舅子,他说:"有谁让那驼鹿别吼了好不好?"

可是谁也不敢碰布莱泽。

八个半月后,安妮·布拉德斯特生下了一个孩子,是个特别大的男孩——体重超过五公斤。领养的告示刚一张贴出来,他就被萨科市一对无儿无女的夫妇领养了。于是,布拉德斯特的儿子变成了鲁福斯·怀亚特。十七岁那年,他从所在高中的橄榄球队脱颖而出,成了州里的明星阻截球员,一年后成了新英格兰地区的明星。他进了波士顿大学,计划主攻文学。他尤其喜欢雪莱、济慈和美国诗人詹姆斯·迪基的作品。

19

天早早地黑了下来,漫天飞舞的白雪笼罩了一切。下午五点,整个大楼里唯一的亮光只有院长办公室壁炉里摇曳的炉火。乔甜甜地睡着,但布莱泽仍然为他感到担心。他的呼吸似乎急促了一些,鼻子下挂着鼻涕,胸口传出呼哧呼哧的响声,脸颊上各有一大块红斑。

《婴幼儿大全》上说孩子长牙的时候常常会发烧,有时甚至会出现感冒或身体发冷的症状。布莱泽明白"感冒"的意思,但不明白"症状"指什么。书上说只需让孩子保暖就行。写书的人真是说得轻巧;万一乔醒过来,想到处乱爬,布莱泽该怎么办?

他现在必须给杰拉德家打电话,今晚就打。暴风雪这么大,他们当然无法把钱从飞机上扔下来,但或许明天晚上这场大雪就会彻底停下来。他可以拿到钱,而且还可以留下乔。让那些富有的共和党人见鬼去吧。他的世界现在只剩下了他和乔。他们会远走高飞。总会有办法的。

他出神地凝视着炉火,胡思乱想起来。他看到自己点燃了空地上的信号棒。头顶上出现了一架小飞机的航行灯,空中传来了发动机的嗡嗡声。飞机向信号处倾斜,而那信号正像生日蛋糕上的蜡烛一样熊熊燃烧。空中出现了一个白色的东西,是个降落伞,下面绑着一个小手提箱。

他回到了这里,打开箱子,里面装满了钞票,每一捆都包扎得整整齐齐。布莱泽数了数,一分不少。

接着,他来到了阿卡普尔科岛上。他认定这个小岛位于巴哈马群岛,不过他估计自己可能完全弄错了。他买了一个小木屋,坐落在高高的山坡上,俯瞰着下面的浪花。小木屋有两个卧室,一大一小;屋后有两张吊床,也是一大一小。

时间流逝,也许过去了五年。像阳光下湿润的肌肤一样闪亮的海滩上跑来了一个孩子,皮肤被太阳晒得黝黑。他留着长长的黑发,像一个印第安武士。他在挥手。布莱泽也向他挥手。

布莱泽似乎又听到了那难以捉摸的笑声。他猛地回过头去,那里空无一人。

可是他的美梦却被打破了。他站起身,穿上外套,然后又坐下来,穿上靴子。他一定要让这一切梦想成真。他已经打定主意,而他一旦打定主意,就会言出必行。这是他引以为荣的事,也是他唯一引以为荣的事。

他又察看了一下乔,然后就走了出去,随手把办公室的门关上。他蹬蹬蹬地下了楼,裤腰带上别着乔治的手枪,但这次手枪上了子弹。

旧操场刮来的狂风呼啸着,在他还没有习惯风吹之前,吹得他打了个趔趄。雪粒打在他的脸上,像针一样扎着他的脸颊和额头。树冠被积雪压得东倒西歪,已经冻硬的雪堆上又落满了新的积雪,有些地方早已深达一米。他现在根本不用担心回来时会留下任何脚印。

他高一脚低一脚地走到挡风篱笆旁,真希望自己穿上了宽大的雪鞋。他笨拙地翻过挡风篱笆,跌进了齐膝深的积雪中。他爬了起来,跟跟跄跄地向北走去,要穿过荒野去坎伯兰中心。

四公里半的路程才走了一半,他就已经累得上气不接下气。他的脸已经冻麻木了,而且虽然袜子和手套都很厚,手脚仍然失去了知觉。可他继续向前走去,根本没有绕开雪堆的意思,而是径直向前走去。他有两次绊到了埋在积雪下的篱笆上,其中一个篱笆上有倒刺,钩破了他身上的牛仔裤,扎进了肉里。他都没有骂一声,爬起来继续前进。

出发一小时后,他来到了一个林场。一排排精心修剪过的蓝杉幼苗相互间隔两米,一直伸向远方。布莱泽沿着林间一条长长的小道向前走,这里的积雪只有一米深……有些地方根本没有雪。这是坎伯兰县保护区,旁边就是主要公路。

来到这片幼树林的西端后,他在护坡顶上坐下来,滑到了289号公路上。公路前面有一个闪光交通灯,两面是红灯,另外两面是黄灯。虽然飞舞的雪花几乎完全淹没了这个交通灯,可他仍然记得很清楚。交通灯再过去,几盏街灯像幽灵一样闪烁着。

公路上结满了冰,没有任何车辆通过。布莱泽穿过公路,向角落里的艾克森加油站走去。煤渣砖砌成的加油站一侧有一柱灯光,照亮了一个付费电话。布莱泽现在的样子像一个突然有了生命、会走动的雪人。他走近电话亭,庞大的身躯罩住了电话亭。他突然一阵惊慌,以为自己身上没有零钱,但他随即在裤子口袋里找到了两枚二十五美分的硬币,又在外套口袋里找到了一枚。可是，倒霉，投进去的硬币被退了回来。查号码倒是免费。

"请问一下约瑟夫·杰拉德的电话，"他说，"就是奥科马高地的杰拉德。"

接线员停顿了片刻，然后报出了一个号码。布莱泽丝毫没有意识到自己查询的是一个没有在电话局登记的号码，接线员完全是按联邦调查局的指令把号码告诉了他。布莱泽将号码写在结了霜花的玻璃上——这玻璃能在最恶劣的暴风雪中保护亭子里的电话。联邦调查局允许接线员透露杰拉德家的号码自然也向骚扰之人敞开了大门，可如果绑架者不打电话进来，反过来追查电话号码的设备就无法使用。

布莱泽按了0，把杰拉德家的号码报给了电话那头的女接线员。他问这是不是付费电话，对方回答是的。他问七十五美分是否能通话三分钟，接线员说不能。打往奥科马高地的电话三分钟需要一美元九十美分。他有没有电话卡？

布莱泽没有电话卡，他什么卡都没有。

接线员告诉他，他可以将费用计入他家里的电话上。家里倒是有部电话（乔治死了之后没有再响过一次），可布莱泽还没有愚蠢到报出自己家电话号码的地步。

那么是对方付费的电话？接线员提示他道。

"对，是对方付费！"布莱泽说。

"请问您的姓名，先生。"

"小克莱顿·布莱斯德尔。"他不假思索地回答。他松了口气，为自己艰难跋涉来到这里后在没有电话卡的情况下仍然能打通电话而沾沾自喜。他一直要到将近两小时后才会意识到这一策略上的错误。

"谢谢您，先生。"

"谢谢你。"布莱泽说。他觉得自己还算聪明，还算冷静。

铃声只响了一下，对方就接了电话。"什么事？"对方的声音听上去又谨慎又疲倦。

"你儿子在我手里。"布莱泽说。

"先生，我今天都接过十个电话了，每个电话都这么说。你证明给我看。"

布莱泽顿时慌了神，这倒是出乎他的意料。"怎么说呢，他不在我身边，在我搭档那里。"

"是吗？"没有别的话，只有一声"是吗"。

"我进去的时候看到了你太太，"布莱泽说，他只想到了这一点。"她真的很漂亮。她穿了件白睡袍。五斗橱上摆着你们一家人的照片——嗯，三张照片连在一起。"

对方说道："再说点别的。"但他现在已经没有了刚才那种疲倦的口吻。

布莱泽使劲想着。还要说点别的，说点能让电话另一端那个固执的家伙相信的别的事。有了。"那老太太有一只猫，所以她下了楼。她以为我是那只猫……以为我是……"他使劲想着，"迈克！"他提高了嗓门，"真是对不起，我那一拳打得太重。我不是故意的，我只是害怕。"

电话那头的男人哭了起来，哭得太突然，把布莱泽吓了一跳。"他还好吗？看在上帝分上告诉我，乔还好吗？"

背景声有些嘈杂，一个女人似乎在说话，另一个女人在哭喊，大概是孩子的母亲。纳美尼亚人大概感情特别丰富，法国人也一样。

"请别挂电话!"约瑟夫·杰拉德(肯定是他)说,声音里充满了惊恐。"他还好吗?"

"他很好,"布莱泽说,"又长出了一颗牙齿,所以总共有三颗了。屁股上的尿布疹快好了。我——我是说我们——给他屁股抹了油。你老婆是怎么回事?难道她就那么高贵,不愿意给孩子屁股抹油吗?"

杰拉德像狗一样喘着气:"先生,我们什么条件都答应,全听你的。"

布莱泽听到后稍稍愣了一下。他差一点忘记打电话的目的。

"好吧,"他说,"你按我下面说的去做。"

波特兰市内,大西洋电报与电话公司的一位接线员正在与负责该案的特工阿尔伯特·斯特林通电话。"坎伯兰中心,"她说,"加油站的付费电话。"

"明白!"斯特林说着向空中猛地一挥拳。

"明天晚上八点上一架小飞机,"布莱泽说。他开始感到不安,开始感到这个电话打得太久了。"沿着1号公路往南飞,朝新罕布什尔州边境方向飞。飞低一点,听明白了?"

"等等……我不知道……"

"你还是知道为好,"布莱泽说,尽量学着乔治的口气。"别给我玩花招,除非你不想要孩子了。"

"好吧,"杰拉德说,"好吧,我都听到了,只是想把这些记下来。"

斯特林将一张纸条递给布鲁斯·格兰杰,做了一个拨电话号码的手势。格兰杰拨通了州警察局。

"飞机驾驶员会看到一个信号,"布莱泽说,"把钱装进箱子里,系到降落伞上,然后扔下来,就像你要扑灭那堆火——火光一样。也就是那信号。孩子第二天会还给你。我还可以把我——我是说我们——在他屁股上抹的东西一起送给你。"他突然想起了一句妙语,"不另外收钱。"

他低头望了一眼没有握着电话的那只手,看到自己说把乔还给他们时交叉着手指①,就像小孩第一次说谎时一样。

"别挂电话,"杰拉德说,"我还不大明白……"

"你很聪明,"布莱泽说,"当然能明白。"

他挂上电话,以最快的速度逃离了加油站。他也不知道自己为什么要跑着离开那里,只知道这样做似乎没有错,而且是唯一该做的事。他借着交通灯投下的灯光,斜着跑过公路,几大步就上了护坡,然后消失在了县保护区一排排的杉树中。

在他身后,一个长着一双耀眼白眼睛的巨大恶魔咆哮着从山坡那边奔了过来。它冲破漫天大雪,三米长的侧翼扬起一片雪花。车辙掩盖了布莱泽斜着跑过公路时留下的脚印。当两辆州警察局的警车九分钟后汇集到艾克森加油站时,布莱泽留在保护区外护坡上的脚印只剩下了一些模糊的小凹坑。甚至就在

---

① 交叉手指,美国人相信说谎时把食指与中指交叉可以减轻说谎的罪过。

州警借着警车的车灯包围住付费电话时,大风也在他们身后给他们添着乱。

五分钟后,斯特林的电话响了。"他到过这里,"电话那一头的州警察报告说。斯特林可以听到狂风在呼啸,不,是在尖叫。"他到过这里,但溜走了。"

"怎么走的?"斯特林问,"是开车还是步行?"

"谁知道呢?就在我们赶到那里之前,刚有别的车过去。不过,如果要我猜的话,我得说他是开车来的。"

"谁也没有要你胡猜。加油站呢?有谁看到他没有?"

"由于暴风雪的缘故,加油站关了。就算他们还在开门营业……电话也在外面的一侧墙上。"

"算这狗娘养的走运,"斯特林说,"便宜了这狗东西。我们包围了阿佩克斯那座小破屋,发现了四本黄色杂志,外加一罐豌豆泥。脚印呢?也被风吹没了?"

"电话旁留下了一些脚印,"州警说,"脚印上的花纹被风吹模糊了,但肯定是他留下的。"

"又是猜测吗?"

"不是。这些脚印非常大。"

"好吧。路障已经设置好了,是吗?"

"所有大小公路上都会安排好的,"州警说,"大家这会儿正忙着设置路障呢。"

"还有伐木公路。"

"是,还有伐木公路。"州警那口气像是他受到了侮辱。

斯特林根本不在乎:"这么说他已经是瓮中之鳖了?我们可

以这样说吗,州警?"

"可以。"

"好的。明天天一放晴,我们就带三百个人过去。这个案子拖得太久了。"

"是,长官。"

"抓紧时间,"斯特林说,"别那么磨磨蹭蹭的。"他挂上了电话。

布莱泽回到赫顿之家时累坏了。他翻过挡风篱笆,脸朝下一头栽进另一边的积雪中。他的鼻子在流血。他回来时只用了三十五分钟。他爬起来,摇摇晃晃地绕过大楼,走了进去。

迎接他的是乔的号哭声,乔在发怒。

"耶稣啊!"

他一步两级地跑上楼,冲进考斯劳的办公室。炉火已经灭了,摇篮倒在地上,乔躺在地板上,头上有血。他脸色发青,眼睛紧闭,小手上沾满了白色灰尘。

"乔!"布莱泽喊了一声,"乔!乔!"

他一把抱起孩子,跑到放尿片的屋角,抓起一块尿片,擦拭着乔额头上流血的地方。鲜血似乎突然又涌了出来,伤口上扎着一块小木片。布莱泽拔出小木片,将它扔到地上。

孩子在他怀里挣扎着,哭闹声更加响亮。布莱泽又擦掉一点血,紧紧抱着乔,弯腰仔细察看起来。伤口呈锯齿状,不过取走了那块小木片后,伤口的情况好像不是太糟。谢天谢地,没有伤着他的眼睛。完全有可能会伤着他的眼睛。

他找出一瓶牛奶,没有热一下就给了乔。乔的双手立刻抓住奶瓶，急不可待地吸吮起来。布莱泽喘着气，找出一条毯子，把孩子裹起来。然后，他躺在自己的毯子上，将用毯子裹着的乔放在他的胸口。布莱泽闭上眼睛，但他的眼前立刻浮现出了各种可怕的幻觉。世界上的一切似乎都在离他远去：乔，乔治，约翰，哈里·布鲁诺特，安妮·布拉德斯特，电线上的鸟儿，流浪时度过的夜晚。

然后，他又恢复了过来。

"从现在开始，就你和我了，乔，"他说，"你只有我，我也只有你。一切都会好起来的，好吗？"

大雪一阵阵刮来，打在窗户上，发出沙沙的响声。乔突然吐出嘴里的橡胶奶头，将脸扭向一旁，瓮声瓮气地咳嗽起来。他的胸脯剧烈运动着，猛烈起伏着，要清理他的肺部，他的舌头也随之伸了出来。然后，他再次将奶头塞进了嘴里。布莱泽的手搂着孩子，他可以感觉到孩子那颗不大的心脏正有力地跳动着。

"我们就这样行动了。"布莱泽说着亲吻了一下孩子仍然留有血迹的额头。

他们一起睡着了。

20

赫顿之家的主楼后面有一大块空地,里面长着各种植物,孤儿院的孩子们将它称作"胜利花园"。考斯劳之前的女院长任由那块地闲着,说自己对种植花木蔬菜一窍不通,可是"牢头"考斯劳却看出"胜利花园"至少有两个潜在的长处:第一,让孩子们自己种蔬菜可以大大地节省赫顿之家的伙食开支;第二,可以让孩子们熟悉对他们有益的重活,而这正是这世界的基础。"体力活和数学是建造金字塔的关键。"他总是将这句话挂在嘴边上。于是孩子们春天播种,夏天除草(除非他们在附近某个农场"外出干活"),秋天收获。

"大脚趾"所说的"痛快的蓝莓夏季"过后大约十四个月,约翰·切尔兹曼被派往"胜利花园"北端去摘南瓜。他得了感冒,病情加重后死了。一切发生得就这么快。他在万圣节的前一天被送进了波特兰市立医院,而其他孩子当时不是在上课就是"在校外"。他孤孤单单地死在了市立医院专门收留穷人的病房里。

约翰在赫顿之家的床铺被彻底清理后重新铺上了新的床单。布莱泽整整一下午都坐在自己的床上,望着约翰的床铺。长长的卧室——他们将其称作"棒槌"——空空荡荡,其他孩子都去参加约翰的葬礼了。他们当中的大多数人都是第一次参加葬礼，所以有些兴奋。

约翰的床铺既让布莱泽感到害怕，又让他神魂颠倒。一直塞在床头和墙壁之间的那罐"谢德"牌花生酱不见了踪影；他已经察看过了。"乐事"牌饼干也不见了。（熄灯后，约翰常常会说："无论是什么东西，只要抹在乐事饼干上，味道总是那么好。"而布莱泽每次听到后都会捧腹大笑。）床铺已经严格按照军队里的做法铺好，洁白的床单铺得紧绷绷的。约翰熄灯后对手淫情有独钟，无数个夜晚，布莱泽躺在自己的床上，抬头望着漆黑的四周，聆听着约翰玩弄自己那玩意儿时床垫的弹簧发出的轻微的吱嘎声。约翰的床单上总有一些硬硬的黄色斑点。天哪，年龄稍微大一点的孩子的床单上都有那些硬硬的斑点。他自己的床单上也有，现在就有，就在他坐在自己的床上望着约翰的床铺的时候，他自己的床单上也有。他慢慢意识到，如果他死了，他床上的一切也会被扔掉，他那布满黄斑的床单也会像现在约翰的床一样，换上新的床单——干净洁白的新床单，上面没有任何污点可以表明曾经有人在上面躺过，在上面做过美梦，在上面充满活力地"喷射"过。布莱泽无声地哭了起来。

这是十一月初，午后的天空没有一片云朵，冷漠的阳光洒满了长长的卧室。阳光透过方形窗户照射进来，窗棂在约翰的小床上投下一个个十字架。过了一会儿，布莱泽站起来，扯掉他朋友曾经睡过的地方的毯子。他把枕头扔到寝室尽头，然后扯下床单，将床垫推到地上。这还不够。他掀翻了小床，愚蠢的床腿翘在空中。这还不够，于是他开始用力踢着翘在空中的床腿，结果只是踢痛了自己的脚。然后，他躺在自己的床上，双手捂着眼睛，胸口剧烈地起伏着。

葬礼结束后，其他孩子大多不去惹布莱泽。没有人问他床倒在地上是怎么回事，但"大脚趾"做了一件非常滑稽的事：他抓起布莱泽的一只手，亲吻了一下。那的确很滑稽。布莱泽后来琢磨了很多年，当然不是时时刻刻去琢磨，但经常会想起那一幕。

下午五点，到了孩子们自由活动的时候。他们大多数都去了操场，一是消磨时光，二是为晚餐增加一点食欲。布莱泽去了马丁·考斯劳的办公室。"牢头"正坐在办公桌后。他换了拖鞋，坐在椅子上一前一后地摇晃着，看着当天的《晚间快报》。他抬起头来问："什么事？"

"让你尝尝，你这狗娘养的。"布莱泽说着挥拳把他打昏了过去。

他偷了一辆车，向缅因州与新罕布什尔州的边境逃去，心中想着自己可能不到四个小时就会被抓住，结果仅仅两个小时他就被抓住了。他总是不记得自己的块头有多大，但马丁·考斯劳却永远忘不掉。缅因州警察没用多长时间就抓住了这个身高两米、额头上有个凹坑的男性白人青年。

坎伯兰县地区法院的审理过程非常简短。马丁·考斯劳出庭作证时一只胳膊吊在挂带上，头上缠着厚厚的白色绷带，绷带还耷拉下来遮住一只眼睛。他拄着拐杖走到了证人席上。

公诉人问他身高多少，考斯劳说他身高一米六八。公诉人问他体重多少，考斯劳说他体重七十二公斤。公诉人问考斯劳是否做过任何激怒、嘲弄或者不公正地惩罚被告——也就是小克莱顿·布莱斯德尔——的事。考斯劳说他没有。公诉人于是让布莱泽的辩护律师盘问证人。布莱泽的辩护律师是一个刚从法学院毕业的愣头青，他言辞激烈，问的问题却不着边际。考斯劳平静地回答了所有问题，而他身上的石膏、拐杖、头上的绷带继续在为他充当着证人。愣头青说他已经问完后，公诉人方宣布停止对原告的询问。

法庭为布莱泽指定的那个愣头青将他叫到证人席上，问他为什么要殴打赫顿之家的院长。布莱泽开始结结巴巴地讲述。他的一位好友死了。他认为考斯劳负有责任。约翰不应该被派出去摘南瓜，尤其是在他得了感冒的时候。约翰的心脏不好。这不公平，考斯劳先生知道这不公平。他这是活该。

愣头青听到最后这句话后坐了下来，眼睛里充满了绝望。

公诉人站起来，走到布莱泽面前。他问布莱泽有多高，布莱泽说两米或者两米多一点。公诉人问他体重有多少，布莱泽说他不知道确切有多重，不会超过一百五十公斤。这句话逗得现场采访的记者们哄堂大笑。布莱泽茫然地望着他们，然后也笑了笑，想让他们知道自己也有幽默感。公诉人说自己已经问完了，然后坐了下来。

法庭指定替布莱泽辩护的那位愣头青律师言辞激烈却又含含糊糊地进行了总结陈述，然后停止了辩论。法官一只手托着下巴，眼睛望着窗外。公诉人站了起来，说布莱泽是个小恶棍，说缅因州有责任"迅速而有力地掐灭他的犯罪欲望"。布莱泽不懂那是什么意思，但他知道那准不是好事。

法官问布莱泽还有没有什么话要说。

"有，"布莱泽说，"可我不知道怎么说。"

法官点点头，判了他两年有期徒刑，地点是南波特兰管教所。

对布莱泽而言，管教所给他留下的印象并不像有些人那样坏，但仍然很糟糕，至少他永远不想再回到那里。他身材高大，所以管教所里殴打和鸡奸之类的事落不到他的头上，而他也远离所有那些恶棍当头的地下团伙。可是长时间被关在一间小囚室里，而且是铁窗后的小囚室，那滋味很不好受。非常不好受。前六个月里，他有两次"骚动"，吼叫着要出去，并且使劲捶打牢门。第一次，狱警赶紧跑了过来，而且一来就是四名，但后来又叫来了四名，最后又叫来了六个人才制服他。第二次，他们干脆给他打了一针，让他昏迷了整整十六个小时。

更加糟糕的是孤独感。布莱泽在小小的囚室里不停地踱来踱去（每一个来回十二步），而时间过得非常缓慢，到后来几乎像完全停了下来。当囚室的牢门终于打开时，他回到了其他男孩的世界中——可以自由地在操场上走动，或者给驶入卸货场的卡车卸货——他长舒了一口气，心中充满了感激。他拥抱着第二次将他从囚室里放出来的狱警，结果他的档案中多了一条记录：有同性恋倾向。

可孤独还不是最糟糕的。他很健忘，可他人生中那些最糟糕的经历却偏偏怎么也忘不了，也让人总是受不了。他们把你带进一间白色小房间，在你身旁围成一圈，然后开始问你问题。你还没有来得及想明白第一个问题的意思——那问题问的是什么——他们就开始问起第二个问题，然后是下一个问题，再下一个问题。那些问题左一个，右一个，前一个，后一个，弄得你仿佛被蜘蛛网缠住了一样。最后，为了让他们闭嘴，他们要你承认什么，你都会承认。再接下来，他们给你拿来一份文件，让你在上面签字，而你就签了。

负责审讯布莱泽的人曾经当过地方助理检察官，名叫霍洛韦。他一直等到其他人至少已经审讯了布莱泽一个半小时后才走进去。布莱泽的袖子卷着，衬衣下摆被扯到了外面。他浑身大汗淋漓，急着要上厕所拉屎。他仿佛又回到了鲍伊家的狗窝里，牧羊犬从四面八方向他扑来。霍洛韦仪表堂堂，一身整洁漂亮的条纹蓝西装，脚上是黑皮鞋，皮鞋头上有数不清的小细孔。布莱泽永远忘不了霍洛韦先生鞋头上的那些细孔。

霍洛韦先生坐到审讯室中央的桌子上，半个屁股在桌上，半个屁股悬在空中，一条腿来回晃荡着，脚上那只漂亮的黑皮鞋像钟摆一样来回摆动。他冲布莱泽友好地一笑，开口说道："孩子，想聊聊吗？"

布莱泽结结巴巴地说，是的，他是想聊聊。如果有人真的想听的话，而且对他稍微客气一点的话，他愿意聊聊。

霍洛韦让其他人都出去。

布莱泽问是否准许他去趟厕所。

霍洛韦指着审讯室对面的一扇门说："你还在等什么？"他的脸上仍然挂着友好的笑容，而布莱泽根本没有注意到那里还有一扇门。

布莱泽出来后，桌子上多了一罐冰水和一只空杯子。布莱泽望着霍洛韦，霍洛韦点点头。布莱泽一连喝了三杯，坐下来时感到额头中央像是插了一把冰镐。

"感觉好点了？"霍洛韦问。

布莱泽点点头。

"是啊，回答问题容易让人口干。要烟吗？"

"我不抽烟。"

"真是个好孩子，抽烟总会给你带来麻烦，"霍洛韦说着给自己点了一支烟，"孩子，伙伴们怎么称呼你？他们叫你什么？"

"布莱泽。"

"好的，布莱泽，我叫弗兰克·霍洛韦。"他伸出手，布莱泽高兴地用力一握，痛得他皱眉蹙眼，牙齿咬紧了香烟头。"你给我说说究竟干了什么，怎么会进这儿来了？"

布莱泽开始讲述自己的经历，从"牢头"来到赫顿之家以及布莱泽在算术课上遇到难题讲起。

霍洛韦举手打断了他："布莱泽，你介意我叫一个速记员进来吗？就是个秘书，免得到时候要你再说一遍。"

布莱泽不介意。

最后，其他人又全都走了进来。布莱泽这时注意到霍洛韦的眼睛里已经没有了刚才那种友好的神情。他从桌上滑下来，轻轻拍了两下屁股，说："把这打印出来，让那傻瓜签字。"说完头也不回地走了。

入狱不到两年他就出来了——由于表现良好，他被减刑了四个月。他们给了他两条监狱里穿的牛仔裤，一件劳动布囚服，一个装东西用的旅行包。他还拿到了自己在狱中攒下的钱：四十三美元八十四美分。

这时正好是十月，空气中弥漫着秋风吹来的阵阵花香。门卫的一只手像挡风玻璃上的雨刮器一样来回摆动着，叮嘱布莱泽要好好做人。布莱泽低着头,默默走了出去。听到沉重的绿色大门在他身后哐的一声关上时,他打了个寒战。

他沿着人行道一路向前走去,直到人行道到了尽头,镇子消失在了远方。他打量着周围的一切。汽车一辆辆疾驰而过,新的款式显得有些怪异。有辆车放慢了速度,他以为车上的人会让他搭便车,可他突然听到有人在喊"嗨,劳改犯!"随即便看到那辆车扬长而去。

最后,他在一堵石块垒成的围墙上坐了下来,围墙里面是一块小墓地。他向公路尽头望去,意识到自己终于自由了,再也不会有人管他;可他无法管好自己,而且也没有朋友。他虽然摆脱了单独禁闭,可他没有工作。他甚至都不知道如何将他们给他的那张硬纸片变成现钱。

尽管如此,一种奇妙宽慰的感激之情还是慢慢袭上了他的心头。他闭上眼睛,将脸转向太阳,让红色的阳光洒满他的头。他闻到了青草的芬芳,闻到了修路工最近修补路坑时所用的沥青的气味。他闻到了汽车尾气,那些开车的人想去哪里就能去哪里。他突然感到一种前所未有的轻松。

他当天晚上睡在一个马棚里,第二天找到了活干,拔土豆,每筐十美分。那年冬天,他在新罕布什尔州的一家羊毛厂找到了一份工作,但绝对没有加入任何工会。春天到来时,他坐大巴去了波士顿,在布里格姆城女子医院的洗衣房找到了一份工作。他在那里干了六个月后,见到了一张熟悉的面孔——南波特兰管教所的比利·圣皮埃尔。他们一起出了医院,相互买啤酒请对方。比利告诉布莱泽,他和一个朋友正准备抢劫南区一家卖酒的商店。那地方很容易得手。他说他们还可以加一个人进来。

布莱泽立刻就答应了。他分到了十七美元，然后继续在洗衣房干活。四个月后，他和比利以及比利的姐夫多姆在丹弗斯抢劫了一家加油站兼食品杂货店。又过了一个月，布莱泽和比利，外加另一个南波特兰校友卡尔文·苏克斯，抢劫了一家信贷机构，后面还有一个彩票站。他们总共到手一千多美元。

"现在正是我们发财的时候，"三个人在达克斯伯里的一家汽车旅店里分赃时比利说道，"这才刚刚开始。"

布莱泽点点头，但他继续在医院的洗衣房干着。

这种生活持续了一段时间。布莱泽在波士顿并没有真正的朋友，只认识比利·圣皮埃尔和比利的小圈子。这个小圈子的人员不固定，都是些成不了大气候的小角色。布莱泽下班后就会去一家名叫莫奇的糖果店，和他们鬼混在一起。他们玩弹球，玩女孩。布莱泽没有女朋友，无论是长久的还是临时的都没有。他非常羞涩，而且对比利所说的他那"破脑袋"非常敏感。有时得手后，他会去找妓女。

布莱泽遇到比利大约一年后，有位说话节奏很快的业余音乐家让布莱泽体验了一下海洛因——而且是皮下注射海洛因。也许是天生对毒品过敏，布莱泽难受得简直是死去活来。他从此再也没有试过毒品。有时候，仅仅是为了和大家打成一片，他会抽几口大麻或者掺了大麻的香烟，可他从来不尝试更厉害的毒品。

尝试过海洛因后不久，比利和卡尔文（他最引以为豪的财富就是身上的一处文身"生活真无聊，然后你就死去"）在试图抢劫一家超市时被抓。不过，还有其他人愿意带上布莱泽去干他们的勾当,甚至巴不得能带上他。有人给他起了绰号——"怪物",这个绰号固定了下来。即使戴上面具来掩饰自己变形的额头,他那巨大的块头还是会让任何职员和店主考虑再三,想想是否该伸手去拿藏在柜台下的武器。

在比利被捕后的两年里,布莱泽有五六次差一点落网,有时真可谓危在旦夕。有一次,他和两兄弟在萨戈斯抢劫了一家服装店。他下了两兄弟的车,还向他们道了声谢,可汽车刚拐过街角,那两兄弟就被警察抓住了。他们巴不得把布莱泽供出来,以此来获得减刑,可他们只知道布莱泽叫"大怪物",结果警察误认为团伙的第三个人是个黑人。

六月,洗衣房裁掉了布莱泽。他干脆不再去寻找一份稳定的工作,而是整天胡混,直到他遇见乔治·拉克利。遇见乔治后,他的未来就注定了。

21

天空出现了第一缕曙光。阿尔伯特·斯特林正在杰拉德家书房里一张坐垫过厚的椅子上打盹。这已经是二月一日了。

有人敲门。斯特林猛地睁开眼睛。门口站着格兰杰。"我们大概有线索了,"格兰杰说。

"说吧。"

"布莱斯德尔是在孤儿院长大的——嗯,也就是州济贫院,反正是一回事。这家名叫赫顿之家的孤儿院就在他打电话来的那地方。"

斯特林站了起来:"那孤儿院还在办着吗?"

"十五年前就关闭了。"

"现在什么人住在里面?"

"里面没有住人。镇上曾经把它卖给了什么人,那个人想把它改成一所私立走读学校,结果破了产,于是镇上又把它收了回去,此后就一直空着。"

"我敢肯定他一定在那儿。"斯特林说。虽然这只是他的直觉,但这个直觉肯定不会错。他们今天上午就能逮住那狗杂种,还有他的同伙。"给州警察局打个电话,我需要二十位州警,至少二十位,外加你和我。"他想了想,"还有弗兰克林。把弗兰克林从办公室叫过来。"

"他还在睡觉——"

"把他叫过来。让诺尔曼来这里，他可以负责接听电话。"

"你真的想——"

"对。布莱斯德尔是个骗子，是个白痴，而且很懒。"在阿尔伯特·斯特林内心深处的信念教堂中，其中一条信念就是"骗子们个个懒惰"。"他还会去哪里呢？"他看了一下手表，五点四十五分。"我只希望那孩子还活着，但我不抱太大希望。"

布莱泽六点十五分醒了。他侧过身去看乔。乔整夜都睡在他身旁，而布莱泽身上散发出的热量似乎对孩子很有好处。乔的皮肤摸上去不再发烫，呼吸时支气管发出的声音也消失了，不过脸颊上那两块通红的斑点还在。布莱泽将一根手指塞进孩子的嘴里（乔立刻使劲地吸吮起来），感到左边的牙龈又有一个地方肿了起来。他用手指压了压那地方，乔在睡梦中哼了一声，把脸转了过去。

"该死的牙齿。"布莱泽小声说。他望着乔的额头。伤口已经结痂，应该不会留下伤疤。这就好。与生活打拼全靠额头领头，所以这地方怎么也不能有块伤疤。

检查完伤口后，他仍然凝视着孩子睡梦中的那张脸，有些心旷神怡。除了正在愈合的那道略微有些凸起的划痕外，乔的皮肤异常光滑，白皙的肤色透着一丝鲜艳的橄榄色。布莱泽觉得乔的皮肤不会被太阳灼伤，只会被太阳晒成上等木料那种颜色，他的肤色会黑得让一些人误以为他是个黑孩子。布莱泽想，乔永远不会像他那样红得像只龙虾。乔的眼睑看得出是淡蓝色的，同样的淡蓝色在他紧闭的眼睛下方构成了两道小小的弧线。嘴唇红润，微微撅着。

布莱泽抓起乔的一只小手，握着它，乔的手指立刻弯曲着握住了他的小指。布莱泽觉得乔的双手会长成一双大手，将来会握住一把木匠用的锤子或者机械师用的扳手，甚至会握住一支画笔。

一想到这孩子会有那么多种选择，布莱泽打了个寒战。他真想一把将孩子抱起来。为什么？好让他看到乔睁开眼睛望着他。谁知道那双眼睛将来会看到什么呢？可那双眼睛现在紧闭着。乔也紧闭着。他就像一本奇妙而又可怕的书，里面的故事是用看不见的墨水写成的。布莱泽意识到自己现在已经不在乎那笔钱了，不是太在乎。他在乎的是想看看所有那些报纸上会怎么报道，会刊登什么样的照片。

他在乔的伤口上方干净的皮肤上亲吻了一下，然后掀开毯子，走到床前。外面还在下雪，空气中和地面上都是白茫茫的一片。他估计晚上应该下了二十厘米厚的雪，而且这雪还没有停下来的意思。

布莱泽，他们差一点抓住你了。

他猛地转过身来。"乔治？"他轻声呼唤着，"乔治，是你吗？"

不是。那声音来自他自己的脑袋。他究竟为什么会有那样的念头？

他再次将目光转向窗外，残缺的眉头紧锁着，开始思考。他们知道他是谁了。他真是愚蠢，把自己的真名报给了接线员，而且是全名，还带上了一个"小"字。他当时还美滋滋地认为自己很聪明，结果是蠢到了家。再次蠢到了家。愚蠢就像一座永远不会让你离开的监狱,你表现得再好也别想出狱,因为你被判了终身监禁。

乔治一定会放声大笑,一定会嘲笑他。乔治一定会说,我敢打赌,他们立刻会调出你的档案。克莱顿·布莱斯德尔最大的轰动。这倒是真的。他们会看到他以前玩过的靠宗教诈骗的案子,看到他进过南波特兰管教所,看到他在赫顿之家——

这时,就像有一颗流星突然划过他那糊涂的意识:这里正是赫顿之家!

布莱泽睁大了眼睛望着四周,仿佛要证实这一点。

布莱泽,他们差一点抓住你了。

他再次有了被追捕的感觉,被困在了一个渐渐收拢的圆圈里。他想起了白色的审讯室,想起了自己得上厕所,想起了向你提问却不给你时间来回答的情景。这次不会在一个空了一半座位的小法庭里对他进行小规模的审理。这次的审理会像马戏表演那样座无虚席,然后是终身监禁,如果他想反抗就会被单独囚禁。

一想到这里,他就感到万分恐惧,可这些还不是最可怕的。最可怕的是他们会握着枪冲进来——而且枪里上了子弹——然后把孩子夺回去,再次绑架他,绑架他的乔。

尽管屋里冷得滴水成冰,他的脸上和胳膊上还是挂满了汗珠。

你这可怜的傻瓜。他长大后会恨死你。他们一定会那样教他的。

这也不是乔治在说话,这是他自己的思想,而这千真万确。

他开始疯狂地开动脑筋,想制定一个计划。应该还有地方可去，一定有。

乔动了一下，醒了，但布莱泽根本没有听到乔发出的动静。一个能去的地方，一个安全的地方，一个离这儿不远的地方，一个隐秘的地方，让他们永远找不到他。一个就连乔治也不知道的地方，一个——

他突然有了灵感。

他转身来到床边，乔已经睁开了眼睛。他看到布莱泽后，冲他一笑，随即将拇指塞进了自己的嘴里——这动作几乎带了几分心满意足的味道。

"乔，得吃东西了。快点。我们得离开这里，不过我已经有主意了。"

他给乔喂了奶酪牛肉泥。乔以前一口气能吃完整整一瓶，可今天刚喂了五匙，他的小脑袋就开始扭向一旁。布莱泽强行喂他时，他哭了起来。布莱泽拿了一瓶牛奶给他，他立刻迫不及待地喝了起来。问题是现在只剩下三瓶牛奶了。

乔躺在毯子上，海星状的小手紧紧抓着奶瓶。布莱泽赶紧收拾东西，将它们装进包里。他扯开一包纸尿裤，将它们塞进自己的衬衣里，到最后他的身子鼓了出来，简直像马戏团的胖小丑。

然后，他跪在地上，给乔穿衣服，而且尽量让他穿得暖和一些：两件衬衣，两条裤子，一件毛衣，小绒线帽。乔在经受这一切苦难时怒不可遏地尖声啼哭着。布莱泽对此视而不见。孩子的衣服穿好后，他将自己的两块毯子折叠成一个厚厚的小兜，把乔装了进去。

孩子的脸现在已经气得铁青。布莱泽抱着他从院长办公室去楼梯时,他的尖叫声在已经腐朽的过道里回荡着。下了楼梯后,他将自己的帽子戴到乔的头上,还没有忘记让帽子歪向能带来好运的左边。布莱泽的帽子将乔的小脑袋罩了个严严实实。然后,布莱泽走进了迎面扑来的大雪中。

布莱泽穿过后院,笨手笨脚地翻过院子尽头的水泥墙,墙外就是当初的"胜利花园"。如今,这里只剩下了低矮的灌木丛,在积雪覆盖下变成了一个个圆形的小丘,外加几棵长得乱七八糟的小松树。他将孩子紧紧抱在怀里,大步向前跑去。乔现在已经不哭了,但是布莱泽可以听到他与零下十多度的低温抗争时发出的急促而简短的呼吸声。

"胜利花园"的尽头还有一堵墙,是用石块垒成的。许多石块已经坍塌,留下一个个大缺口。布莱泽跨过其中一个缺口,连滑带跳地下了墙外的陡坡。他的脚后跟掀起了一团团粉末状的白雪。陡坡下又是一片树林。三四十年前这里曾发生过一场火灾,一场大火灾,但大树和灌木已经横七竖八地长了回来,相互争抢着地盘和阳光。到处都有被风吹断的树木,许多埋在了积雪下。尽管布莱泽在赶时间,他还是放慢了脚步。狂风在树梢上呼啸而过,他可以听到树干在呻吟,在抗议。

乔开始抽泣,喉咙里发出了一种上气不接下气的呼吸声。

"好了,"布莱泽说,"我们快到那里了。"

他吃不准原来那道低矮的蒺藜篱笆是否还在,结果真的还在。积雪已经堆到了篱笆顶上,他差一点绊在上面摔倒,也差一点和孩子一起一头扎进积雪中。他没有摔倒,而是小心翼翼地大步跨了过去,然后顺着地面上一个深深的裂口走了下去。

这里的土壤裂了开来,露出大地的骨架。这里的积雪比较薄,风在他们的头顶上呼啸着。

"到了,"布莱泽说,"就在这附近。"

他开始在半坡上来回寻找,察看着杂乱的岩石、半露在外的树根、雪坑,还有一堆堆的松针。他没有找到。他感到万分惊恐,寒气现在会慢慢穿过毯子,穿过乔身上的一层层衣服。

也许还在下面一点。

他向下走去,滑了一跤,腰先着地,但仍然紧紧抱着孩子。他的右脚踝一阵剧痛,就像有人在他的肌肉里突然点燃了火苗。他的面前出现了一块三角形的黑影,两边是圆形的岩石,像两个乳房一样耸在外面。他向那里爬去,紧紧搂着怀里的孩子。没错,就是这里。是的,是的,是的!他低下头,爬了进去。

洞里又暗又潮,却很暖和,多少有些出乎他的意料。地上铺着柔软的、不知什么年代的松枝。布莱泽有一种时光倒流的感觉。多年前的一个禁止走出赫顿之家的下午,他和约翰·切尔兹曼意外发现这个地方后,将那些树枝拖了进来。

布莱泽将孩子放在树枝上,伸手在外套口袋里摸索着,那里时刻放着一盒火柴。他划亮一根火柴,借着摇曳的亮光看到洞壁上还留着约翰一笔一画工工整整写在上面的字迹。

约翰和克莱顿·布莱斯德尔。八月十五日。在地狱的第三年。

字是用蜡烛熏出的黑灰写上去的。

布莱泽打了个寒战——不是因为冷,至少这里面不冷——晃了一下手中的火柴,将它熄灭。

乔在黑暗中睁大了眼睛望着他。他大口大口地喘着气,眼睛里流露出惊恐的神情,然后不再大口喘气。

"上帝，你这是怎么啦？"布莱泽喊了起来。两边的石壁将他的声音反射回他自己的耳朵里。"怎么啦？怎么——"

他明白了。毯子裹得太紧。他把乔放在地上时用毯子将他裹了起来，但他裹得太紧了，乔无法呼吸。他颤抖着双手，赶紧松开毯子。乔使劲吸了一口洞中湿润的空气，咧嘴哭了起来。这是一种微弱、颤抖的哭声。

布莱泽从衬衣里面掏出纸尿裤，然后又掏出一瓶牛奶。他试着把奶嘴塞进乔的嘴里，乔却把头扭开了。

"你等着，"布莱泽说，"等着我。"

他戴上帽子，将帽舌向左边一拉，然后走了出去。

他从山沟尽头扯下一些纠结在一起的枯树枝，又从树枝下抓了几把落叶塞进口袋里。他回到洞里后点燃这些东西，升了一堆火。洞后上方有一个腭裂般的小裂缝，足以创造出通风气流，将大部分烟带到外面。他不必担心有人会看到这点黑烟，至少在风过雪停之前不必担心。

他将小树枝一根一根地添进去，火迅速噼噼啪啪地烧了起来。然后，他抱着乔坐到了火堆旁，让孩子烤烤火。乔的呼吸平缓了许多，但那种支气管炎式的呼哧声仍然还在。

"应该带你看个病，"布莱泽对他说，"我们一离开这鬼地方，我就带你去看病。医生会把你治好的。你会壮得像头牛。"

乔突然冲他一笑，露出了刚长出来的牙齿。布莱泽松了口气，也冲他一笑。既然这孩子还会笑，病情就应该不会太重，对不对？他把一根手指伸给乔，乔立刻将它紧紧握在了手中。

"摇一摇，伙计。"布莱泽说，随即大声笑了起来。他从外套口袋里取出那瓶冰凉的牛奶,擦掉粘在上面的树叶,将奶瓶放在火堆旁热一热。狂风在洞外肆虐呼啸,可洞里却一点点地暖和起来。他真希望自己早一点想起这个洞穴,这地方肯定要比赫顿之家好。把乔带到一家孤儿院本身就不对。乔治准会说这是运气不佳。

"我说,"布莱泽说,"你不会记得这一切,是不是?"

奶瓶摸上去热了之后,他把它递给乔。孩子这次急不可待地吸吮起来,一口气将它喝了个精光。在喝到最后两口时,乔的眼睛里又露出了那种呆滞、恍惚的表情,布莱泽对此已经再熟悉不过。他把乔架到肩膀上,来回摇晃着他。乔打了两个嗝,咿咿呀呀地嘟哝了大约五分钟,然后就不做声了。他的眼睛再次闭上,布莱泽已经习惯了这一过程。乔现在会睡上四十五分钟——也许一个小时——然后一上午都会非常活跃。

布莱泽真不愿意丢下他独自出去,尤其是在出了昨晚的意外之后,可他必须出去。他的本能告诉他必须出去。他把乔放在一块毯子上,用另一块毯子盖住他,然后用两块大石头将上面那块毯子压住。他想——他希望——万一他不在的时候乔醒了过来,孩子可以转动脑袋,但是爬不出来。必须这样才行。

布莱泽倒退着出了洞穴,跟着自己的脚印沿原路往回走。他刚才留下的脚印已开始被雪花掩盖。他快步走着,到了平地上后干脆跑了起来。现在是早晨七点十五分。

就在布莱泽准备给孩子喂奶的时候,斯特林正坐在这次逮捕罪犯、营救孩子行动的指挥车上。这是一辆四轮驱动的越野车,斯特林坐在中间座位上。开车的是一位州警,摘掉自己的大警帽后，那样子像第一次理发后的海军陆战队新兵。在斯特林的眼里，大多数州警都像海军陆战队新兵，大多数联邦调查局的特工都像律师或会计。这绝对符合实际情况，因为——

他意识到自己在胡思乱想后，立刻将思绪拉回到了现实中："你能不能让这玩意儿再跑快一点？"

"当然可以，"州警说，"然后我们一上午就别干事了，只管在雪堆上找牙吧。"

"说话没必要这么刻薄吧？"

"这鬼天气让我感到很紧张，"州警说，"这该死的大雪，道上这么滑。"

"好吧，"斯特林看了一眼手表，"离坎伯兰还有多远？"

"二十四公里。"

"还要多久？"

州警耸耸肩："二十五分钟？"

斯特林哼了一声。这是联邦调查局和缅因州州警的一次"联合行动"，而除了牙根管填充手术外，他最恨的就是"联合行动"。只要州警一介入，集体出错的可能性就会增加；而一旦与州警"联合行动"，这种可能性就会立刻上升为很有可能。现在这种情况就已经很糟了：居然与一个都不敢将车速提高到八十公里的冒牌海军陆战队员去冒险！

他在座位上扭动了一下，手枪柄戳到了他的后腰上，可他向来把枪插在那里。斯特林信赖自己的枪，信赖自己的联邦调查局，也信赖自己的鼻子。他的鼻子灵敏得像出色的猎犬。出色的猎犬在猎鸟时不仅能嗅出灌木丛中的鹧鸪或火鸡，而且能嗅出对方是否害怕，以及这种恐惧什么时候会迫使对方朝什么方向溃逃。它知道鸟儿想飞走的欲望什么时候会压倒静静躲在藏身的灌木丛中的欲望。

布莱斯德尔正躲在一个藏身之处,可能就躲在这已经被关闭的孤儿院里。这没问题,但布莱斯德尔会崩溃的。斯特林的鼻子在告诉他这一点。虽然那浑蛋没有翅膀,他却有两条腿,还可以跑。

斯特林还可以肯定一点:这个案子是布莱斯德尔一个人所为。如果还有其他人——也就是斯特林和格兰杰起初认定的策划了整个犯罪行动的那个人——他们现在也应该听到他的消息了,哪怕仅仅因为布莱斯德尔是个十足的笨蛋这个原因。不,这个案子很可能是他一个人所为,而他很可能就躲在那座旧孤儿院里(斯特林想,就像一只恋家的蠢鸽子),以为绝对不会有人去那里找他。他完全有理由相信,他们准会发现他像一只吓坏了的鹌鹑躲在灌木丛中一样躲在那里。

只是布莱斯德尔不会善罢甘休,斯特林知道。

他看了一下手表,刚过六点半。

警方布下的罗网将覆盖一个三角形地区:西面为9号公路,北面为一条名叫潜鸟沟的二级公路,东南面是一条伐木公路。所有人到位后,这张罗网就会开始收拢,随后集中在赫顿之家。这场大雪虽然现在令他们头痛,但是等他们开始行动时,大雪就会给他们提供掩护。

一切听上去不错,只是——

"这玩意儿不能开快一点吗?"斯特林问。他知道自己这样问不对,这样催促那家伙不对,可他实在忍不住。

州警望着坐在自己身边的这个人,望着斯特林那张瘦削的脸，望着斯特林那双向外冒火的眼睛。他心中想：这种 A 型行为①准会要了他的命。

"斯特林特工，请系好安全带。"他说。

"系好了。"斯特林说着用拇指勾出安全带，仿佛那是件背心一样。

州警叹了口气，稍稍加大了油门。

早晨七点，斯特林下达了命令，各小组开始行动。积雪很深，有些地方深达一米多，但所有参加行动的人员仍然高一脚低一脚地向前走着，相互通过无线对讲机保持联系。没有人抱怨。一个孩子的生命危在旦夕。纷纷扬扬的大雪给一切增添了一种更加凸出的、超现实主义的紧迫感。他们看上去一个个像早期无声电影中的人物，也就是那种黑白情节剧，观众早就知道其中谁是坏人。

斯特林像橄榄球场上一位出色的组织进攻的四分卫，通过对讲机掌控着一切。东面的人进展顺利，于是他命令他们放慢速度，要他们与从 9 号公路以及从潜鸟山下潜鸟沟过来的那些人保持一致。斯特林不仅命令大家包围赫顿之家，还命令大家搜索沿途所有灌木丛和小树林。

"斯特林，我是坦纳，听到了吗？"

"听到了，坦纳。请回话。"

"我们已经到达通向孤儿院的大道。铁链还横在路上，但是

---

① A 型行为，一种易引发冠心病的行为类型，特征为有高度进取心及紧迫感，性情急躁，凡事认真求全。

锁被砸坏了。他肯定在里面。完毕。"

"明白。"斯特林说。他全身四通八达的神经立刻兴奋了起来。虽然天气寒冷,他还是感到自己的裤裆和腋窝里到处都是汗。"有没有看到新的车胎印,请回答。"

"没有,完毕。"

"继续前进。完毕。"

他们已经找到他了。斯特林最担心布莱斯德尔又抢先了一步,赶在他们到来前带着孩子开车跑了,可是没有。

他冲着对讲机轻声下达了命令,所有人都加快了脚步,像狗一样气喘吁吁地穿过雪地。

布莱泽翻过"胜利花园"与赫顿之家后院之间的围墙,一路跑到门口。他的脑子嗡嗡直响,他的神经感觉像赤脚奔跑在碎玻璃上。乔治的话在他脑海里回荡,一遍遍地反复着:布莱泽,他们差一点抓住你了。

他三步并作两步地跑上楼,冲进办公室,开始把所有东西,衣服、食品、奶瓶,一一装进摇篮,然后蹬蹬蹬地跑下楼,冲到外面。

恰好是七点三十分。

七点三十分。

"停一下,"斯特林冲着对讲机低声说道,"大家都先停一下。格兰杰?布鲁斯,听到了吗?"

对方传来的声音带着一丝歉意:"我是科利斯。"

"科利斯?我并没有叫你,科利斯。我要找格兰杰。完毕。"

"格兰杰特工受伤了,长官。估计摔断了腿。完毕。"

"什么?"

"这些树林到处都是陷阱，长官。嗯，他一脚踩空，摔了下去。我们该怎么办？完毕。"

时间正在流逝。他的脑海里浮现出一个巨大的沙漏，里面装满了白雪，布莱斯德尔正从沙漏中央滑过，而且是坐在一张该死的雪橇上。

"把伤口固定好，给他裹上暖和的衣服，再把对讲机留给他。完毕。"

"是，长官。你要和他说话吗？完毕。"

"不用，大家继续前进。完毕。"

"是，长官。明白。"

"好的，"斯特林说，"各组组长听好，大家继续努力。完毕。"

布莱泽上气不接下气地跑过"胜利花园"，来到花园尽头毁坏的石墙前，翻过墙后也不管自己愿意不愿意就顺着山坡滑进了树林，双手紧紧将摇篮搂在怀里。

他站起来，正要开始向前走，突然停下了脚步。他放下手中的摇篮，从裤腰带上拔出乔治那把手枪。虽然他什么也没有看到，什么也没有听到，但他知道。

他躲到一棵老松树巨大的树干后。飞雪像鞭子一样抽打着他的左脸颊，那里很快就失去了知觉。他一动不动地等待着，心中充满了愤怒。他需要尽快回到乔的身旁，但他也需要站在这里默默地等待。

万一乔醒了，从毯子里钻出来，爬进火堆怎么办？

布莱泽安慰着自己：他不会的，孩子们都怕火。

万一他爬出山洞，到了雪地上怎么办？万一就在布莱泽像个树桩一样站在这里的时候，乔被冻死怎么办？

他不会的。他还在睡觉。

是啊，他是在睡觉，可到了一个陌生的地方后，谁也无法保证他会睡多久。万一风向变了，洞里到处都是烟怎么办？就在你站在这里的时候，方圆三公里或者八公里内唯一的生命——

周围不止他一个人。周围还有别人。别人。

可是除了风声、树枝折断的声音以及雪花落下来时轻微的沙沙声外，树林里一片寂静。

该走了。

可现在还不行，还得再等一等。

布莱泽，你当时就应该听我的话，把那孩子杀了。

是乔治。这次是在他的脑子与他理论。天哪！

我从来没有去过别处。现在赶紧走！

他决定赶紧走，但他又决定还是先数到十再走。他刚数到六，山坡下深绿色的树林里有什么东西走了出来。是个州警，但布莱泽一点也不感到害怕。他的恐惧已经消失得无影无踪，剩下的是异常的平静。现在唯一重要的是乔，是照顾好乔。他想那名州警不会看到他，但一定会看到他留下的脚印，那也一样糟糕。

布莱泽看到那名州警会从他藏身之处的右边经过，于是赶紧围着大松树悄悄溜到了左边。他想起自己和约翰、"大脚趾"以及其他男孩曾经在这些树林里玩过那么多次，玩过牛仔和印第安人的游戏，也玩过警察抓强盗的游戏。只要用一根弯曲的树枝对着你，再喊一声"砰"，你就死了。

只要一枪就能结束一切,根本都不需要打死对方或者伤着对方。枪声就足够了。布莱泽感到脖子上的静脉在怦怦直跳。

那名州警停了下来。他已经看到了脚印,一定看到了。不然就是看到大树后露出了布莱泽外套的一角。布莱泽打开乔治那把手枪上的保险。如果真要开枪的话,他希望这一枪是自己射出的。

州警重新开始移动,时不时低头望望雪地,但注意力大多放在灌木丛中。现在他距离布莱泽只有四十五米,不——不到四十五米。

布莱泽听到左边传来了咔嚓声,随即是一个人的咒骂声。有什么人掉进了雪坑或者被低矮的树枝绊倒了。他的心又往下一沉。这么说,树林里到处都是州警。可或许……或许他们都在朝同一个方向搜索……

赫顿之家!他们在包围赫顿之家!肯定是的!只要他能回到洞穴里,他的方向正好与他们相反。然后,再往前五公里,树林里有一条伐木公路——

那名州警离他更近了,大约只有二十米。布莱泽绕着大松树又向侧面挪了挪。如果有人现在从他这一侧的灌木丛里突然出来的话,他就完蛋了。

州警从松树旁走了过去,布莱泽可以听到他的靴子踩在积雪上发出的嘎吱声,甚至可以听到州警的口袋里有什么东西在叮当作响——可能是零钱或钥匙。当然,还有他的腰带发出的吱嘎声。

布莱泽小心翼翼地向大树一侧又挪了几步,然后等待着。等他再次向外张望时,州警已经背对着他了。州警还没有看到那些脚印，但他会看到的，只是他这会儿正好踩在那些脚印上面。

布莱泽走了出来，悄无声息地大步向那名州警走去。他将乔治的手枪倒过来握在手中，抓住枪管那一头。

州警刚一低头就看到了布莱泽留下的脚印。他惊呆了，然后伸手去抓腰带上的对讲机。布莱泽高高举起手枪，用力砸了下去。州警哼了一声，身子摇晃了一下，但他头上的大帽子化解了刚才那一击的大部分力度。布莱泽再次出手，这次横着出去，击中了州警的左太阳穴。他听到了一声轻柔而沉闷的响声。州警的帽子滑到脑袋一侧，耷拉到他的右脸颊上。布莱泽看到他很年轻，几乎还是个孩子。然后，州警膝盖一软，倒了下去，溅起了一片雪花。

"该死，"布莱泽流着泪说，"你们为什么就不能放过一个人呢？"

他将那名州警夹在胳膊下，把他拖到那棵大松树下。他让那家伙靠着松树坐着，还将帽子给他重新戴好。虽然没有多少血流出来，但布莱泽自己心里很清楚。他知道自己的拳头有多厉害，只有他自己最清楚。州警的脖子上还能摸到一点脉搏，但已经非常虚弱。如果他的伙伴们不立刻找到他的话，他必死无疑。唉，谁叫他来的呢？谁叫他多管闲事呢？

他拿起摇篮，继续向前走。他回到山洞时是七点四十五分。乔还在睡觉，这让布莱泽再次流下了眼泪，不过这次是如释重负的眼泪。洞里很冷，雪花飞进来后扑灭了那小小的火堆。

布莱泽开始重新生火。

布鲁斯·格兰杰特工注视着布莱泽走下山沟,爬进洞口。格兰杰一直不露声色地躺在那里,等待着抓捕行动结束,然后有人能背他出去。他的一条腿疼痛难熬,他觉得自己真像个傻瓜。

然而他现在的感觉却像刚刚赢了彩票一样。他掏出科利斯留给他的对讲机。"格兰杰呼叫斯特林,"他低声说,"请回话。"

对讲机里传出了静电噪声,怪异的静电噪声。

"阿尔伯特,我是布鲁斯,情况紧急,请回话。"

毫无动静。

格兰杰闭了会儿眼睛。"狗娘养的。"他说,然后睁开眼睛,开始爬行。

八点十分。

阿尔伯特·斯特林和两名州警握着枪,站在马丁·考斯劳的旧办公室里。办公室一角丢了一床毯子。斯特林看到两只空空的塑料奶瓶,三个"康乃馨"牌浓缩牛奶空罐头,盖子像是用折叠刀打开的。还有两个装纸尿裤的空盒子。

"浑蛋,"他说,"浑蛋,浑蛋,浑蛋。"

"他不会逃得太远,"弗兰克林说,"他是步行,还带着孩子。"

"外面可是零下十二度。"过道里有人嘀咕了一句。

斯特林想道:看看有谁能告诉我一件我他妈的不知道的事。

弗兰克林朝大家看了看:"科利斯去哪儿了?布拉德利,你看到科利斯了吗?"

"大概还在楼下吧。"布拉德利说。

"我们回树林,"斯特林说,"那傻瓜肯定还在树林里。"

远处传来了一声枪响。虽然积雪减轻了所有响声，而且那枪声听起来隐隐约约，但那毫无疑问是枪声。

大家面面相觑。整整五秒钟，也许是七秒钟，所有人都惊呆了，四周一片寂静。然后大家向门口冲去。

子弹射进洞穴时乔还在睡觉。那粒子弹像一只恼怒的蜜蜂，跳飞了两次，崩下几块花岗石小碎片在空中飞舞。布莱泽正在把尿布摆好，准备等乔醒来后给他换上，以保证动身前乔身上穿的是干衣服。

乔突然醒了，而且开始哭泣。他的小手在空中挥舞着，一块花岗石碎屑划破了他的脸。

布莱泽想都没有想。他看到鲜血后思维停止了，取而代之出现在他眼前的是漆黑的一片，是谋杀。他跑出洞口，尖叫着朝枪响的地方冲去。

22

布莱泽坐在莫奇糖果店的柜台旁,边吃着一个炸面圈边看着一本《蜘蛛侠》滑稽连环画杂志。这时,乔治走进了他的生活。那是九月。布莱泽已经整整两个月没有干活了,因此手头有些紧张。经常在这家糖果店出没的几个自作聪明的家伙都已进了监狱。布莱泽本人也被叫去接受了审讯,为的是发生在萨戈斯的一起当铺抢劫案,不过他的确没有参与那起抢劫案,因而一脸茫然,那副诚实的样子打动了警察,他们让他走了。布莱泽正在考虑是否该重操旧业,去医院的洗衣房上班。

"他就是,"他听到有人在说,"他就是'怪物'。"

布莱泽回头望去,看到了汉克·梅尔切,身旁还站着一个身材矮小的家伙。那矮个子家伙穿着笔挺的西装,灰黄色的皮肤,一双眼睛像燃烧的煤块一样发亮。

"你好,汉克,"布莱泽说,"好久没见了。"

"是啊,州政府请我度假去了。"汉克说,"他们把我赶了出来,因为里面的人多得他们数也数不过来了。是不是这样,乔治?"

矮个子没有说话,只是淡淡一笑,继续望着布莱泽,那双炽热的眼睛让布莱泽感到有些不舒服。

莫奇走了过来，用围裙擦着双手。"你好，汉克。"

"给我来份鸡蛋巧克力冰淇淋，"汉克说，"你也来一份吗，乔治？"

"我要杯咖啡，不加糖。"

莫奇去了之后，汉克说："布莱泽，我来给你介绍一下我的大舅子。这是乔治·拉克利，这是克莱顿·布莱斯德尔。"

"你好。"布莱泽感到有活干了。

"你好。"乔治摇摇头，"你他妈的块头真大，你知道吗？"

布莱泽放声大笑，仿佛以前从来没有人注意到他块头很大似的。

"乔治是个怪人，"汉克咧嘴一笑，"他最喜欢看比尔·克劳斯比①的节目，只可惜他是个白人。"

"那当然。"布莱泽的脸上仍然挂着笑容。

莫奇端着汉克的鸡蛋冰淇淋和乔治的咖啡回来了。乔治喝了一口，立刻做了个鬼脸。"我说，你是不是总在咖啡杯里拉屎，还是有时也用一用尿盆？"

汉克赶紧打圆场："乔治不是那意思。"

乔治点点头："是啊，我是个怪人，仅此而已。汉克，你先去旁边待一会儿，去后面玩会儿弹球。"

汉克的脸上仍然挂着笑容："行啊，那当然。"

汉克去了之后，莫奇也回到了柜台另一头。乔治重新转过身来望着布莱泽："那蠢货说你可能想找点活干。"

"那倒是。"布莱泽说。

---

① 比尔·克劳斯比，美国黑人房地产投资商，著名媒体传道者。

汉克往弹球游戏机里投了几个硬币，然后举起双手，哼唱起来，大概是《洛奇》的主题音乐。

乔治冲着汉克的方向摆了一下头："汉克出来后又有了大计划。这次是马尔登的一个加油站。"

"是吗？"布莱泽问。

"是啊，算是这个该死的世纪的一笔大买卖。今天下午想挣一百块吗？"

"那当然。"布莱泽毫不犹豫地回答。

"你能不能严格按我说的去做？"

"绝对能。是什么样的活，拉克利先生？"

"乔治，叫我乔治。"

"是什么样的活，乔治？"然后他想起了那双炽热、急切的眼睛，"我从不伤人。"

"我也一样，只有蠢货才会胡乱开枪。你给我好好听着。"

当天下午，乔治和布莱泽走进了哈代百货。这是林恩市的一家百货商店，生意非常兴隆。哈代百货的员工人人穿着粉红色衬衣，只有衣袖是白色的。他们还佩戴着胸牌，上面写着"你好！我叫大卫！"或者"你好！我叫约翰！"乔治的外套里面就穿了一件这样的衬衣，他的胸牌上写着"你好！我叫弗兰克！"布莱泽看到后点了点头："这就像化名，对不对？"

乔治笑了——不是他和汉克·梅尔切在一起时的那种笑容——然后说："对，布莱泽，就像个化名。"

乔治的笑容让布莱泽感到很轻松。乔治的笑容里没有伤人的成分，也没有刻薄的意思。由于这个活只有他们两个人干，所以布莱泽即便说了什么蠢话，也不会有第三个人用胳膊肘捅一捅乔治的前胸，脸上露出只有布莱泽不明白的笑容。布莱泽不知道如果真有第三个人在场乔治还会不会笑。他可能会说"浑蛋，你那该死的胳膊肘别碰我"。布莱泽意识到，自从约翰·切尔兹曼死了之后，这是他第一次喜欢上一个人。

乔治命苦，只能靠自己打拼。他出生在普罗维登斯市一家名叫圣约瑟夫的天主教医院的免费病房里。母亲未婚，父亲不详。医院里的修女建议他母亲将孩子送人领养，可她拒绝了。她要用这孩子来报复自己的父母。乔治在普罗维登斯的贫困区长大，四岁那年第一次骗人。他打翻了一盆枫树糖浆味道的燕麦片，母亲正准备揍他一顿，他却骗母亲说有个男人给她送来了一封信，就在过道里。母亲出去寻找时，乔治将母亲锁在门外，然后迅速从太平梯逃了出去。尽管母亲后来揍他时比平常更狠，他还是永远也忘不了知道自己成功后的那种兴奋劲，哪怕那只是短暂的兴奋。此后，他一辈子都在追求那种"我赢了你"的感觉。那种感觉虽然短暂，却总是那么美好。

他很聪明，却也很愤世嫉俗。他的人生经历让他懂得了许多，而这些都是汉克·梅尔切那样的失败者永远无法学到的。乔治十一岁那年，他和三个年纪稍大的熟人（他没有好朋友）偷了一辆汽车，从普罗维登斯一路兜风到了中央法尔斯城，后来被警方抓获。驾车的孩子十五岁，被送进了管教所。乔治和另外两个孩子被判缓刑。乔治还被狠狠地毒打了一顿，打他的是已经和他母亲住到一起的那个脸色憔悴的专门给人拉皮条的家伙。他叫艾登·奥凯拉赫，严重肾虚，所以大家都叫他"尿罐子凯利"。"尿罐子"不停地打他，直到乔治同母异父的妹妹尖叫着让他住手。

"你也想挨几下吗?""尿罐子"问,看到坦茜摇头后他接着说,"那就把你的臭嘴闭上。"

乔治此后再也没有无缘无故地偷过车,仅这一次就足以让他懂得兴高采烈地兜风是要付出代价的。这是一个没有欢乐的世界。

十三岁那年,他和朋友在一家沃尔沃斯商场行窃时被抓,又是缓刑,又是一顿毒打。乔治此后仍然去商店行窃,但他提高了自己的技术,再也没有被抓住过。

乔治十七岁那年,"尿罐子"给他找了份工作,让他坐庄玩地下彩票。当时的普罗维登斯正经历毫无意义、杂乱无章的复苏,还美其名曰经济欠发达的新英格兰各州的繁荣时代。当时的彩票生意非常兴隆,乔治也挣了不少钱。他买了名牌衣服,开始在账本上做文章。"尿罐子"以为乔治是个好孩子,有进取心,每星期三能给他带回家六百五十块。可乔治瞒着他继父另外私藏了两百块。

后来,黑帮从大西洋城来到了北方。他们接管了地下彩票业。当地一些原来已经玩到一定分上的庄主遭到了黑帮的清洗,"尿罐子凯利"便是其中之一。人们后来在一个汽车垃圾场找到了他,他的喉咙被割断,睾丸被塞进一辆雪弗兰比斯坎仪表板下的储物箱里。

失去了谋生手段之后,乔治去了波士顿,并且带上了十二岁的妹妹。没有人知道坦茜的父亲是谁,但乔治有自己的怀疑对象:坦茜和"尿罐子"一样长着翘下巴。

在此后的七年中,乔治完善了自己的一些骗术,还发明了一些新的花招。他母亲百无聊赖地在一份法律文书上签了字，让他担任坦茜·拉克利的合法监护人，于是乔治就将这小婊子送进了学校。有一天，他发现她在注射海洛因，而且，天哪，她居然怀孕了。汉克·梅尔切巴不得不立刻和她结婚。乔治起初吃了一惊，后来一想也觉得这没有什么。这世界到处都有那种不遗余力地要向你证明他们多么聪明的傻瓜。

乔治一眼就喜欢上了布莱泽，因为布莱泽是个笨蛋，而且不会掩饰自己。布莱泽不是那种精明过人的家伙，不是花花公子，不是那种躲在幕后操纵别人的骗子。他不玩台球，更不吸海洛因。布莱泽是个十足的乡巴佬，是个极好的工具。在他们共同生活的那几年里，乔治就这样利用着布莱泽，但从来没有滥用他。乔治就像一位出色的木匠那样喜欢顺手的工具——那些每次都让他如愿的工具。他可以瞧不起布莱泽，可以在布莱泽仍然睁着眼睛时放心地和他睡在同一个房间里，并且知道自己醒来时，他们的赃物会一分不少地还在床底下。

布莱泽也能让乔治那饥渴、紧张的神经平静下来。这可不是件简单的事。乔治有一天终于明白，如果自己说："布莱泽，你得从屋顶上下来了，因为我们得行动……"布莱泽就会照办。从某种角度来说，布莱泽是乔治永远买不起的凯迪拉克——如果道路崎岖不平的话，布莱泽会给他提供强有力的弹簧。

他们走进哈代百货后，布莱泽按乔治的吩咐，直接走向男装部。他没有带自己的钱包，而是带了一个不值钱的塑料夹子，里面装了十五美元，还有一张身份证，上面的名字是大卫·比林斯，住在里丁市。

他走进男装部时,将手塞进屁股后的口袋里,装出一副要看看钱包是否还在的样子,顺手把钱包往外拉了四分之三。当他低头察看下面架子上的几件衬衣时,钱包掉在了地上。

这是整个行动中最微妙的部分。布莱泽微微转过身,既要装出没有看钱包的样子,又要留意那只钱包。对于任何一个不经意的旁观者而言,他似乎正全神贯注地查看几件凡豪森牌短袖衬衣。乔治已经给他仔细设计过。如果有诚实的人看到钱包,他们就得取消整个行动,转场去凯马特。他们有时候得换五六个地方才能成功。

"天哪,"布莱泽说,"我没有料到诚实的人会有这么多。"

"他们并不诚实,"乔治冷笑着说,"许多人只是害怕而已。你好好盯着钱包。如果有人趁你不注意把它拿走了,你只是丢了十五块钱,而我为你准备的那张假身份证却要贵得多。"

那天在哈代百货,他们像所有刚开张的人一样运气不错。一个男子慢慢走了过来,他身上穿了件衬衣,衬衣胸前还有一个鳄鱼标志。他看到了钱包,朝左右两边望了一眼,看看有没有人过来。没有人。布莱泽又拿起一件衬衣,举在胸前照着镜子。他的心在怦怦直跳。

一直要等到他将钱包装进口袋,乔治说,然后再大声喊叫。

穿鳄鱼衬衫的男子弯脚钩住钱包,将它移到正在翻看的毛衣架子旁。然后,他将手伸进口袋,取出车钥匙,将钥匙丢在地上。哎呀。他弯腰去捡车钥匙,同时捡起了钱包。他将车钥匙和钱包一起塞进了裤子前面的口袋里,然后慢慢向外走去。

布莱泽高声喊了起来:"抓小偷!抓小偷!对,就是你!"

商店里的顾客纷纷转过身来,伸长了脖子,店员们也开始东张西望。铺面巡视员①看到了发出喧哗的地方，向他们这边走来，并且在收银处停了一下，按了一下上面写有"特殊情况"的按钮。

穿鳄鱼衬衫的男子脸刷地一下白了……朝周围看了一眼……跑了起来。他刚跑了四步，布莱泽就抓住了他的领口。

对他粗暴一些，但不要伤着他，乔治嘱咐过他，继续嚷嚷，千万别让他把钱包扔掉。如果他看上去想把钱包扔掉，可以用膝盖顶住他的腹部。

布莱泽抓住那男人的肩膀，将他拎了起来，像摇晃药瓶一样左右摇晃着他。穿鳄鱼衬衫的男子大概是个惠特曼②迷，也粗声粗气地喊了起来。零钱从他的口袋里掉了出来。正像乔治所说的那样，他将一只手伸进装着那只钱包的口袋，但布莱泽朝他的头上打了一下——不是太重。穿鳄鱼衬衫的男子立刻尖叫起来。

"我来教训教训你，看你还敢偷我的钱包！"布莱泽冲着那家伙吼叫道，他现在已经非常入戏了。"我要杀了你！"

"快把他从我身上拉开！"男子尖叫道，"把他拉开！"

男装部的一个员工想管一管闲事："嗨，够了！"

乔治一直在装着看休闲装，现在解开外套上的纽扣，大大方方地脱了外套，将它塞进一摞圆领T恤衫的下面。反正没有人注意他，所有人都在看着布莱泽。布莱泽用力一扯，撕烂了那件鳄鱼衬衫。

---

① 铺面巡视员，美国大百货商店中指挥或监督销售工作兼为顾客提供帮助的高级员工。
② 惠特曼（1802—1892），美国诗人，代表作为诗集《草叶集》。

"快松手！"员工高声喊道，"冷静点！"

"这狗娘养的偷了我的钱包！"布莱泽嚷道。

许多人刚才伸长了脖子东张西望，这会儿全都围了过来。他们想看看布莱泽是否真的会赶在铺面巡视员、商店聘用的侦探或别的什么负责人到来之前杀了被他抓住的那家伙。

男装部有两台收银机。乔治按了其中一台上的"无销售"键，打开收银机后开始取出里面的现钞。他穿了一条大裤子，前面缝了一个口袋——有些像暗袋。他不慌不忙地将钞票塞进去，先是十块和二十块的——新开张的人运气就是好，里面居然有五十块的——然后是五块和一块的。

"都散开！"铺面巡视员边挤过人群边大声喊着。哈代百货还真聘用了一名侦探，他就跟在铺面巡视员的身后。"够了！快住手！"

商店聘用的侦探赶紧将布莱泽和鳄鱼衬衫被撕破的男子分开。

侦探过来时赶紧停手，乔治嘱咐过他，但仍然要摆出一副要杀了那家伙的架势。

"翻翻他的口袋看！"布莱泽嚷道，"这狗娘养的居然偷我的钱包！"

"我在地上捡了个钱包，"穿鳄鱼衬衫的男子承认道，"正准备寻找失主的时候……这个浑蛋……"

布莱泽朝他扑去，他赶紧躲到了一旁。商店聘用的侦探赶紧推开布莱泽。布莱泽一点也不介意，他正玩得开心。

"别发火，大块头。冷静点。"

铺面巡视员在问穿鳄鱼衬衫男子的姓名。

"彼得·霍根。"

"霍根先生,请把口袋里的东西都掏出来。"

"决不!"

那位侦探说:"把东西都掏出来,不然我就叫警察了。"

乔治慢慢向电梯走去,那副机灵、充满活力的样子像哈代百货最出色的店员。

彼得·霍根考虑了一下是否应该主张自己的权利,但他还是掏出了口袋里的所有东西。人群看到那只不值钱的棕色钱包时,发出了"啊"的一声。

"就是这个,"布莱泽说,"这是我的。他肯定是趁我看衬衣的时候从我后面的口袋拿走的。"

"里面有身份证吗?"侦探打开钱包后问。

布莱泽一时愣住了,接着就像乔治正站在他身旁一样。布莱泽,是大卫·比林斯。

"当然有,大卫·比林斯,"布莱泽说,"就是我。"

"里面有多少钱?"

"没多少钱,大概是十五块吧。"

商店聘用的侦探看了铺面巡视员一眼,点点头。人群又是一片"啊"声。侦探将钱包递给布莱泽,布莱泽将它装进了自己的口袋。

"你跟我来。"侦探抓住霍根的胳膊。

铺面巡视员说:"大家都散了吧,事情已经了了。哈代百货本周降价的东西特别多,大家快去看看吧。"布莱泽觉得那巡视员的声音像播音员一样动听,怪不得他能担任这么重要的职位呢。

铺面巡视员对布莱泽说:"先生,也请你跟我来一下好吗?"

"好的,"布莱泽怒视着霍根,"不过,先让我把衬衣买好。"

"本店今天会免费送你一件衬衣。不过,我们要先耽搁你几分钟。请到三楼七号房间找弗拉赫蒂先生。"

布莱泽点点头,转身向衬衣区望去。铺面巡视员走了。不远处,有名店员正准备按刚刚被乔治洗劫一空的那台收银机上的"无销售"键。

"嗨,你!"布莱泽做了个手势,招呼他过来。

店员走了过来,但与布莱泽保持着一定距离。"先生,您有什么事?"

"这里哪儿可以吃午饭?"

店员松了口气:"一楼。"

"多谢。"布莱泽说。他用右手拇指和食指摆出手枪的姿势,朝店员一皱眉,然后转身向电梯走去。店员目送他离去。等他回到自己的收银机旁时,里面装钞票的格子已经空了。布莱泽来到了街上,乔治正开着一辆锈迹斑斑的旧福特车在等他。他们扬长而去。

他们到手三百四十块,乔治分了一半给布莱泽,把布莱泽高兴坏了。他可从来没有干过这么轻松的活儿。乔治真是太有才了。他们可以去城里四处玩这一招。

乔治像刚刚在某个孩子生日聚会上表演了几套把戏的三流魔术师那样谦虚地听着布莱泽夸他的话。他没有告诉布莱泽这还是他读小学时玩过的招数——两个伙伴会在卖肉的柜台前打起架来,而就在店主将他们拉开的时候,第三个伙伴会在放钱的抽屉里偷钱。他也没有告诉布莱泽,这种把戏只能玩一次,否则不是第二次就是第三次他们会被抓住的。他只是点点头,耸耸肩,高兴地看着这大家伙惊奇的神情。惊奇吗?布莱泽对乔治简直是佩服得五体投地。

他们开车去了波士顿,将车停在一家酒铺前,买了两瓶五分之一加仑的"老祖父"威士忌。他们随后去华盛顿街的宪法电影院看了连场电影,目不转睛地盯着银幕上那些汽车追逐的场面和手持自动武器的家伙。他们当晚十点走出电影院时全都烂醉如泥。福特车上的四个毂盖都被人偷了。尽管那几个毂盖和那辆车一样已经旧得不能再旧,乔治还是气疯了。接着,他看到有人还用钥匙刮掉了他贴在车上的"请把票投给民主党人"的不干胶。他放声大笑,然后一屁股坐到路缘上,笑得眼泪顺着他那灰黄色的脸颊流下来。

"是被某个崇拜里根的家伙偷走的,"他说,"我可以保证。"

"也许弄坏破干胶的人和偷毂盖的人不是一伙的。"布莱泽说着也坐到了乔治的身旁。他感到头发晕,但这是一种快乐的头晕,是一种舒服的头晕。

"破干胶!"乔治像突然胃痛一样弯下了腰,但他是在放声大笑,而且还使劲跺着脚。"我知道巴利·高华德①肯定会有新词的!该死的破干胶!"突然,他的笑声戛然而止,那双眼泪汪汪的眼睛一本正经地望着布莱泽。"布莱泽,我刚刚尿湿裤子。"

布莱泽放声大笑,直笑得倒在了人行道上。他从来没有这

---

① 巴利·高华德,来自亚利桑那州的美国参议员,一九六三年成为新闻热点人物,一九六四年成为共和党总统候选人。

样开怀大笑过,即使和约翰·切尔兹曼在一起时也没有。

两年后,乔治在使用伪造的支票时被抓。运气再次垂顾布莱泽,他正好得了流感。警察在丹弗斯的一家酒吧外面抓住乔治时,他的身边没有别人。乔治被判了三年,这对于伪钞罪初犯而言判得偏重。不过乔治是诈骗惯犯,而那位法官向来以量刑偏重著称,甚至很可能是个共和党佬。他在监狱里待了二十个月就因"表现良好"被释放了出来。

乔治在被判刑前将布莱泽拉到了一旁:"大个子,我要去沃尔波尔了,至少一年,也许还会更长。"

"可是你的律师——"

"那个笨蛋连教皇被控强奸都辩护不了。听我说,你别再去莫奇糖果店。"

"可汉克说要是我有空,他可以——"

"离汉克远一点。找一份正当工作,等我出来,这才是你该做的。千万别独自玩那些骗术。你他妈的太笨。你心里明白,是不是?"

"是的。"布莱泽说,然后咧嘴笑了,可他心里真想大哭一场。

乔治看出来了。他在布莱泽的胳膊上捶了一下。"你会没事的。"他说。

就在布莱泽出门时,乔治又叫住了他。布莱泽回过头来,乔治做了个不耐烦的手势,指了指他的额头。布莱泽点点头,将帽檐朝代表着好运的左边一转。他笑了,但内心仍然想大哭一场。

他试着干他的老本行,可是与乔治生活了这么久之后,他觉得洗衣房的工作过于安分守己。他辞了这份工作,想找一份更好的活儿。有一阵子,他在一家名叫"作战区"的夜总会当保安,可这一行并不适合他,因为他心太软。

他回到缅因州,找了一份砍小树卖给别人当圣诞树的活儿,同时等待着乔治出狱。他喜欢这份工作,喜欢开车将圣诞树运往南方。他喜欢新鲜空气,喜欢没有被高楼大厦破坏的地平线。城市有时不错,但树林更安静。树林里有鸟儿,有时还能见到鹿群在趟过小水塘——每到这时你就会不由自主地可怜起它们来。布莱泽肯定不怀念波士顿的地铁,不怀念推搡的人群。可是当乔治给他寄来一封短信时——星期五出来,希望见到你——布莱泽立刻辞去工作,再次向南去了波士顿。

乔治在沃尔波尔服刑时又学会了许多新的骗局,他和布莱泽就像老太太买了辆新车后不停地试驾一样,将这些新花招逐一进行了尝试。其中最成功的要数同性恋骗局,顺顺当当地玩了三年没有出一次意外,直到布莱泽最后因为乔治所说的"耶稣显灵"被抓。

乔治在监狱里时还另有收获:他有了一个念头,想干一笔大买卖,然后彻底退出。他告诉布莱泽,这是因为他不愿意再看着自己将人生最好的年华浪费在与同性恋在酒吧打情卖俏上,而且那种酒吧里的每个人都穿得像《洛基恐怖舞会》①中的人物一样。或者浪费在推销假百科全书上,或者浪费在诈骗上。不,干一笔大买卖,然后一劳永逸。这成了他整天挂在嘴边的口头禅。

---

① 一部美国影片,摄于一九七五年。

他在监狱里认识了一位因杀人而入狱的高中老师,名叫约翰·伯吉斯。伯吉斯提到了绑架这个点子。

"你在说胡话!"乔治吓坏了。当时正是十点放风的时候,他们在院子里边吃香蕉边看着几个肌肉发达的蠢家伙在投掷橄榄球。

"绑架的名声是不大好,因为搞绑架的好像总是一些白痴。"伯吉斯说。他已经微微有些谢顶。"绑架一个婴儿才是上上策。"

"是啊,就像豪普特曼那样。"乔治像被电刑处死一样来回晃动着身子。

"豪普特曼是个白痴。听我说,拉斯普,只要精心策划好,绑架婴儿很少会失手。如果警方问那婴儿是谁干的,他能说什么呢?咿—咿—呀—呀?"他放声大笑。

"是啊,可是这影响太大了。"乔治说。

"那当然,当然影响很大。"伯吉斯微微一笑,开始揪耳朵——他特别喜欢揪耳朵。"是会引起一些轰动。绑架婴儿和杀死警察总是会引起轰动。你知道哈里·杜鲁门对此是怎么说的吗?"

"不知道。"

"他说如果你连这点热量都承受不了,那就从厨房滚出去。"

"可赎金怎么取到手?"乔治说,"就算拿到手,那钱也都做了记号。这是毫无疑问的。"

伯吉斯像教授一样竖起一根手指,然后又糊里糊涂地揪了一下耳朵,多少有些损坏自己的形象。"你以为他们会报警?只要你能把他们吓唬住,他们就会与你秘密成交。"说到这里,他停了一下。"就算那些钱真的做了记号……你能说你就不认识几个人?"

"也许认识,也许不认识。"

"有些人专门收购黑钱。这对他们来说只是另一项投资,就像黄金和政府债券。"

"可是取回那笔赎金——怎么取回来呢?"

伯吉斯耸耸肩,又揪了一下自己的耳朵。"那很容易。让他们从飞机上扔下来。"说完,他起身走了。

布莱泽因为"耶稣显灵"的骗局被判了四年。乔治说只要他在监狱里洁身自好,情况就会好得多,最多两年。果然如他所说,布莱泽在监狱里只待了两年。这次进监狱与当初揍了"牢头"后服刑没有多大区别,只是那些牢友年纪老了一些。他这次没有被单独禁闭。每当长夜难熬,他开始烦躁不安时,或者每当他被无限期地关在牢房里,无法享受放风的特权时,他就给乔治写信。他常常写错字,但信写得很长。乔治并不常回信,不过渐渐地,写信的过程虽然非常吃力,却能让布莱泽的心情平静下来。他想象着自己写信时乔治就站在他的身后,越过他的肩膀偷看着。

"监玉斯衣房,"乔治会说,"我的天哪。"

"不对吗,乔治?"

"是监—狱,监狱;洗—衣—房,洗衣房。监狱洗衣房。"

"哦,是的,对。"

他从来没有查过词典,不过他拼写单词和使用标点符号的水平还是有了提高。

另一次:

"布莱泽,你的香烟配额都浪费了。"那是千载难逢的时刻,有些烟草公司当时正给服刑人员免费发放小盒香烟。

"我又不抽烟,乔治。这你知道。那些香烟一直堆在这里。"

"你听我说,布莱泽。你星期五去领香烟,然后下星期四再把它们卖了。那时候大家都巴不得有烟抽。这才是你该做的。"

布莱泽照乔治说的去做,结果惊讶地发现人们为了几根香烟居然愿意付那么多钱,根本不会用乱石块把你砸死。

再一次:

"乔治,你好像病了。"布莱泽说。

"当然没有。我刚拔了四颗牙。痛死我了。"

布莱泽下一次获准打电话时立刻与乔治通了话,没有让对方付款,而是用他在黑市上卖香烟得来的钱付了费。他问乔治牙齿怎么样了。

"什么牙齿?"乔治气鼓鼓地说,"那该死的牙医大概把它们串了起来,像乌班吉①女人那样挂在脖子上。"他停了一下,"你怎么知道我拔了牙?什么人告诉你的吗?"

布莱泽突然觉得自己仿佛干什么坏事被人逮了个正着一样,或者在小礼拜堂里手淫时被人看见一样。"是啊,"他说,"有人告诉我的。"

布莱泽出狱后和乔治一起向南游荡到了纽约,但他们俩都不喜欢这个城市。乔治的钱包被偷了,乔治觉得那是对他本人的侮辱。他们坐车去了佛罗里达,在坦帕市凄凄惨惨地过了一个月,身无分文,骗人的把戏也玩不成。他们只好再次回到北

---

① 乌班吉,非洲萨拉族妇女的别称。

方，这次不是回到波士顿，而是回到了波特兰。乔治说他想在缅因州避暑，并且假装自己是个有钱的共和党浑蛋。

他们回到波特兰后不久，乔治就在报纸上看到了一篇文章，说杰拉德家多么有钱，说小杰拉德新娶的西班牙裔姑娘有多么漂亮。伯吉斯提到过的绑架一事又浮上了他的心头——干一笔大买卖。可杰拉德家没有孩子，当时还没有，于是他们返回了波士顿。

在接下来的两年里，这种在波士顿过冬、在波特兰避暑的生活成了一个规律。他们会在六月初驾着一辆破旧不堪的车子回到波特兰，冬天挣到的钱不管还剩下多少，都藏在备用轮胎里：有一年是七百块，另一年是两千块。回到波特兰后，如果有机会，他们就继续合伙上演一场骗局。其他时候布莱泽都在钓鱼，有时还会在树林里设一两个夹子捕猎。那几个夏天是他特别快乐的时光。乔治躺在阳光下，想把皮肤晒黑（他这简直是做梦，结果只是被太阳晒得脱了皮）。他看报，拍打蚊子，声援那些巴不得罗纳德·里根（他把里根称作"老白鬼"）一命呜呼的人。

他们第二年来缅因州避暑时，他在七月四号那天看到乔·杰拉德三世和他的纳美尼亚妻子已经当上了父母。

布莱泽当时正坐在小屋的门廊上，边听收音机边玩着单人纸牌游戏。乔治关掉收音机，说："听我说，布莱泽。我有主意了。"

三个月后，乔治死了。

他们经常参与掷双骰子的赌博活动，以前从来没有出过事。

这是一种无法耍花招的游戏。布莱泽从来不玩,但常常替乔治接受赌注。乔治的运气非常好。

十月的那天晚上,乔治连着坐了六次庄。他们在地上铺了张毯子,跪坐在乔治对面的那家伙每次都下注,而且每次下注赌的点数都与乔治相反。他已经输了四十块钱。赌博的场地是码头旁的一家仓库,里面各种气味都有:烂鱼味、谷物发酵后的酸味、盐腥味、汽油味。大家安静下来后,你可以听到海鸥在屋顶上行走发出的"嗒—嗒—嗒"的响声。已经输了四十块钱的那家伙名叫瑞德,他说他身上有一半佩诺布斯科特印第安①血统,而且他那样子也像。

当乔治连着第七次拿起骰子,而不是将坐庄权让给别人时,瑞德在下注线的后面扔下二十块钱。

"拜托,骰子,"乔治轻声嘀咕着。他那张瘦脸泛着红光,帽舌朝向能带来好运的左边。"拜托你了,来一个大的,拜托,拜托,拜托!"两个骰子落到毯子上后变成了十一点。

"连赢了七把!"乔治那沙哑的嗓子喊道,"小布莱泽,快把赢的钱收起来,老爸现在要赢第八把了。要像德凯特②那样再赢一把大的!"

"你要赖。"瑞德说,声音不大,也不露声色。

乔治那只捡骰子的手停在了半空中。"你说什么?"

"你换了骰子。"

"好了,瑞德,"有人劝道,"他没有——"

---

① 美国缅因州佩诺布斯科特河一带使用阿尔冈昆语的印第安人。
② 德凯特(1779—1820),美国海军少将,在一八一二年对英作战和后来反击地中海北非海盗的军事行动中屡建战功。

"把我的钱还给我。"瑞德着,将手伸到了毯子对面。

"你要是再胡说八道,我就打断你的胳膊,"乔治说,"那就是你会得到的,小子。"

"把我的钱还给我。"瑞德的手没有缩回去的意思。

大家立刻安静了下来,布莱泽可以听到海鸥在屋顶上发出的"嗒—嗒—嗒"的响声。

"回家玩你的鸡巴去。"乔治对着瑞德伸出来的那只手吐了口痰。

每次都是这样,接下来的一切发生得太快,快得脑子都反应不过来,快得难以置信。瑞德将那只被吐了痰后亮闪闪的手伸进裤子口袋,掏出来一把弹簧刀。瑞德用拇指按了一下人造象牙刀柄上的镀铬按钮,毯子周围的人立刻散了开来。

乔治喊叫了一声:"布莱泽!"

布莱泽向毯子对面的瑞德扑去,但瑞德已经向前一扑,将弹簧刀扎进了乔治的腹部。乔治尖叫一声,布莱泽一把抓住瑞德,将他的头狠狠向地面砸去。瑞德的脑袋像被折断的树枝一样发出了破裂声。

乔治站起来,低头望着露在自己衬衣外面的刀柄。他抓住刀柄,想把它拔出来,但立刻痛得扭歪了脸。"妈的,"他说,"哦,浑蛋。"他重重地坐到了地上。

布莱泽听到有扇门砰的一声关上了,接着又听到脚奔跑在架空的木板上发出的咚咚声。

"快带我离开这儿,"乔治说。他身上穿了件黄色衬衫,刀柄周围现在已经变成了红色。"把钱带上——啊,上帝!痛死我了!"

布莱泽拿起散落在地上的钱,将它们塞进口袋,他的手指没有任何知觉。乔治在大口大口地喘着气,呼哧呼哧的声音像狗在大热天喘气时一样。

"乔治,我来把它拔出来——"

"不行,你疯了?你一拔,我肠子就出来了。布莱泽,快抱我走。啊,痛死我了!"

布莱泽抱起乔治,乔治又痛得尖叫起来。鲜血滴落在毯子上,也滴落在瑞德那锃亮的黑发上。衬衣下面,乔治的腹部硬得像块木板。布莱泽抱着他出了仓库,来到了外面。

"不,"乔治说,"你忘记面包了。你得把那该死的面包带上。"布莱泽以为乔治是指他赢的钱,就说自己已经把钱装进口袋了,但乔治突然说道,"还有蒜味香肠。"他的呼吸变得急促起来,"我有那本书。"

"乔治!"

"那本书有照片——"乔治开始咯血,鲜血又堵住了他的呼吸。布莱泽将他翻过来,使劲拍打他的后背。对于自己该怎么做,他能想到的只有这一点。可是当他将乔治再翻转过来时,乔治已经死了。

布莱泽将他放在仓库外的木板上,一步步地向后退去。然后他又慢慢走上前,合上乔治的眼睛。他再次后退,又再次走到乔治身旁,跪下来。"乔治?"

乔治没有吭声。

"你死了吗,乔治?"

乔治还是没有吭声。

布莱泽一直跑到汽车旁,上车后一屁股坐到驾驶座上。他一踩油门,汽车向前疾驰了十米,轮胎发出刺耳的尖叫声,上面的橡胶纷纷剥落。

"别开这么快!"汽车后座上传来了乔治的声音。

"乔治?"

"开慢一点,你这浑蛋!"

布莱泽放慢了车速。"乔治!坐到前面来!爬过来!等等,我把车先停到路边。"

"不,"乔治说,"我喜欢坐在后面。"

"乔治?"

"什么事?"

"我们现在干什么?"

"继续我们的计划,"乔治说,"把那孩子弄到手。"

23

布莱泽跟跟跄跄地钻出小洞穴，站了起来。他不知道外面有多少人。他估计有几十个。他不在乎。乔治的手枪从他的裤腰带上掉了下来，他也不在乎。他大步踩着积雪，向他看到的第一个家伙冲去。那家伙就在不远处，胳膊肘支撑着趴在雪地上，双手握着一把手枪。

"举起手来，布莱斯德尔！不许动！"格兰杰喊道。

布莱泽向他扑去。

格兰杰连开了两枪，第一枪擦伤了布莱泽的前臂，第二枪射向了漫天雪花。接着，布莱泽扑到了他身上，一百二十多公斤的身躯压在了开枪打伤乔的那家伙的身上。格兰杰的手枪飞了出去，那条断腿的骨骼发出了刺耳的响声，他痛得尖叫起来。

"你伤了那孩子！"布莱泽冲着格兰杰那张惊恐万状的脸吼道。他的手指卡住了格兰杰的喉咙。"你伤了那孩子，你这愚蠢的狗东西。你伤了那孩子，你伤了那孩子，你伤了那孩子！"

格兰杰的脑袋不停地摆动着，仿佛在说他明白，他已经听懂了。他的脸失去了血色，眼睛从眼窝里突了出来。

他们来了。

布莱泽停下手，看了看四周，没有一个人影。除了风声以及雪花落在地上轻微的沙沙声外,树林里一片寂静。

他听到了另一个声音,乔的哭声。

布莱泽赶紧跑回洞穴。乔正在地上打滚,高声啼哭着,双手在空中乱抓。飞溅起的那块小碎屑给乔造成的伤害比他从摇篮里摔下来时额头上的伤还要严重,他的脸颊上都是血。

"浑蛋!"布莱泽吼道。

他一把抱起乔,擦了擦他的脸颊,将他重新塞进毯子里,再把自己的帽子扣到乔的头上。乔咳了几声,放声号哭起来。

"我们现在得开溜了,乔治,"布莱泽说,"全速开溜,对吗?"

没有声音。

布莱泽将孩子抱在怀中,倒退着出了洞穴,然后迎着风雪向那条伐木公路跑去。

"科利斯将他留在哪儿了?"斯特林气喘吁吁地问弗兰克林。大家都在树林边停了下来,一个个大口喘着气。

弗兰克林用手一指:"就在那里。我应该能找到。"

斯特林转身命令布拉德利:"通知你的手下,还有坎伯兰县的警长。命令他们在两头堵住那条伐木公路。万一他逃过去了,公路那边是什么?"

布拉德利笑了起来:"罗亚尔河,我倒想看看他趟那条河。"

"河上结冰了吗?"

"当然,不过还没有厚到可以在上面走过去的程度。"

"那好,我们继续前进。弗兰克林,准备点射,近距离点射。这家伙非常危险。"

他们下了第一个山坡,向树林走了不到五十米,斯特林看到一棵大树旁靠着一个人,身上穿着蓝灰色的制服。

弗兰克林最先赶到那里。"是科利斯。"

"死了?"斯特林问,也赶了过来。

"是啊。"弗兰克林指了指地上的脚印,现在只是一些模模糊糊的凹坑。

"我们走。"斯特林说。这次他也拔出了枪。

五分钟后,他们发现了格兰杰,脖子上的指印至少有两厘米多深。

"这家伙是个畜生。"不知谁说了一声。

斯特林朝着雪花飞舞的前方指了指:"那里有个洞穴。我几乎可以肯定。也许他把孩子留在里面了。"

两位州警小心翼翼地向那块三角形的黑影爬去,其中一人停下来,弯下腰,从积雪中捡起了什么东西,然后举起来大声喊道:"一把手枪!"

好像我们其他人都是瞎子似的,斯特林心中暗想。"别管那该死的手枪,看看孩子在不在!小心点!"

一个州警跪下来,打开手电筒,跟在手电筒的光柱后爬了进去。另一个州警探身向前,双手搁在膝盖上,聆听着,然后回头冲着斯特林和弗兰克林喊道:"不在这里!"

爬进洞穴的州警还没有出来,他们就已经看到了地上的脚印,从洞口一直朝伐木公路方向延伸。在纷纷扬扬的大雪中,那些脚印只是地上微微隆起的小凸面。

"他最多比我们早十分钟。"斯特林对弗兰克林说,然后他提高了嗓门,"大家散开!我们要将他赶到那条伐木公路上去!"

他们快速出发,斯特林紧紧跟踪着布莱泽的脚印。

布莱泽在狂奔。

他跌跌撞撞地大步向前奔跑着。他没有想方设法绕过灌木丛，而是直接踩着灌木丛向前跑。他弯腰保护着乔，不让扎人的树枝伤着他。冰冷的空气被他大口吸进肺里，再被他大口地呼出来。他隐隐约约地听到身后有喊叫声，而这喊叫声让他感到万分惊恐。

乔在哭闹，在挣扎，在咳嗽，但布莱泽紧紧地抱着他。再往前跑一点，再往前跑几步，他们就能赶到公路上。那里会有汽车，是警车，而他不在乎。只要车上有钥匙就行。他可以将车开走，能开多远就开多远，能开多快就开多快，然后丢下警车，换一辆别的车，最好是一辆卡车。这些念头像巨大的彩色漫画一样在他的脑子里进来又出去。

他高一脚低一脚地跑过一小片沼泽，沼泽中央有一块块隆起的肥沃高地，上面覆盖着积雪，周围结了薄冰。薄冰突然在他的脚下破了，他掉进了齐膝深的水中，水冰冷刺骨。他继续向前奔跑，来到了一人多高的刺藤前。他不顾一切地背对着那些刺藤直接钻了过去，为的是保护乔。不过，有根枝条钩住了戴在乔头上的帽子，将它向沼泽方向弹去。已经来不及去捡了。

乔睁大眼睛望着四周，眼睛里充满了恐惧。他的脸上一直罩着那顶帽子，所以没有感觉到寒冷，可现在帽子没了，他的呼吸变得更加急促，啼哭声也弱了一些。他们身后代表着法律的声音在依稀呼喊着什么。布莱泽不在乎。除了赶快跑到公路上外，他什么都不在乎。

脚下的大地开始慢慢上升，奔跑比刚才容易了一些。布莱泽加大了步伐。他在逃命。也是为了乔。

斯特林也在拼命奔跑，领先其他人二十多米。他与布莱泽之间的距离在缩短。为什么不呢？那狗娘养的浑蛋在给他开道。他腰带上的对讲机咔啦响了一下，他拿起对讲机，没有说话，而是用眼角的余光瞥了一眼。

"我是布拉德利，听到了吗？"

"嗯。"没有多余的话。斯特林需要保持呼吸来追赶布莱泽。在他的脑海里，只有一个挥之不去的念头像一层鲜艳的红色胶片一样蒙住了其他一切，那就是这该死的凶手杀死了格兰杰，杀死了一名特工。

"头儿，县警长已经在那条伐木公路上布置了警力。州警将尽快增援。完毕。"

"好的。完毕。"

他继续向前跑去。五分钟后，他看到雪地上有一顶红帽子。他将帽子塞进外套口袋里，然后继续向前奔跑。

布莱泽上气不接下气地向前跑着，再跑五十米，上坡后就是伐木公路。乔已经不再啼哭——他已经没有多余的呼吸可以浪费在啼哭上了。他的眼睑和睫毛上落满了雪花，压得他睁不开眼睛。

布莱泽两次滑倒在地，但两次都将胳膊紧贴着身体两侧来保护孩子。他终于爬到了公路上。太好了。公路上至少停着五辆空无一人的州警察局的警车。

阿尔伯特·斯特林从下面的树林里冲了出来，抬头望着布莱泽已经爬了上去的那个小坡。浑蛋,他就在那里。终于看到那狗娘养的大笨蛋了。

"站住,布莱斯德尔!联邦调查局的。站住,举起手来!"

布莱泽回头望了一眼。从公路上向下望去,下面那警察显得非常小。布莱泽转身跑上公路。他在第一辆警车旁停住脚,向里面望去。太棒了,钥匙就插在点火器上。他正准备把乔放到警官的传票簿旁的座位上,突然听到了发动机的响声。他回头望去,看到一辆白色警车正沿着公路向他驶来。他扭头朝另一个方向望去,看到了另一辆警车。

"乔治!"他高声喊叫道,"哦,乔治!"

他紧紧搂着乔。孩子的呼吸现在已经变得又快又浅,就像乔治被瑞德刺了之后那样。布莱泽砰的一声关上车门,跑到发动机前。

从北面驶来的警车上,坎伯兰县的一位副警长探出了上半身,戴着手套的一只手握着一个装了电池的喇叭筒。"站住,布莱斯德尔!一切都结束了!站在那里别动!"

布莱泽向公路对面跑去。有人向他开了一枪,他的左边腾起一片雪花。乔开始发出一连串断断续续的哭泣声。

布莱泽从公路另一边大步跑了下去。又一颗子弹嗖地从他头顶上飞过,击中了旁边的一棵白桦树,噼噼啪啪地打飞了一些碎屑和树皮。护坡下新落下的积雪遮住了一根圆木,他被这根圆木绊了一跤,摔倒在一个雪堆上,孩子压在他身下。他挣扎着站起来,用手拂去乔脸上的雪花。"乔,你没事吧?"

乔呼哧呼哧地大口喘着气,像得了惊厥一样。每一次呼吸似乎都异常艰难。

布莱泽继续奔跑。

斯特林跑上公路后头也不回地向对面奔去。县警察局的一辆警车车轮打滑、歪歪扭扭地停在了一边。警长的几位副手下了车，站在那里，望着公路下面，枪对着那里。

斯特林的脸颊拉长了，牙龈冰冷，所以他估计自己是在狞笑。"我们快抓住那浑蛋了。"

他们一起从护坡上跑了下去。

布莱泽跑进了树林，在光秃秃的白杨和白蜡树之间躲闪穿行。出了树林后，一切突然变得豁然开朗。这里没有了树木，没有了灌木丛。横在他面前的只有一条静悄悄的白色带子，那就是罗亚尔河。河对岸是一片墨绿色的云杉和松树，一直伸向白雪覆盖的天边。

布莱泽在冰封的河面上刚走了几步，冰就突然跨了，他随即掉进了齐腰深的冰冷河水中。他使劲喘着气，摇摇晃晃地退了回来，爬上了河岸。

斯特林和两名副警长已经从最后一片树林里冲了出来。"联邦调查局的，"斯特林喊道，"把孩子放下，往后退！"

布莱泽转向右边，开始奔跑。他呼入的空气已经变得很烫，顺着他的喉咙进入他的肺里。他四处寻找着飞鸟，最好是在河面上飞行的鸟儿，可是他一只也没有看到。他只看到了乔治。乔治就站在他前方七十多米处，虽然差不多完全被飞雪遮挡着，布莱泽还是可以看到他的帽子，帽舌歪向左边——能带来好运的一边。

"快点，布莱泽！快点，你这慢吞吞的家伙！让他们看看你能跑得多快！让他们瞧瞧我们是怎么行动的，浑蛋！"

布莱泽加快了速度。第一颗子弹射中了他的右小腿。警方为了保护孩子，故意将枪口压得很低。他仍然没有放慢速度，甚至都没有感觉到。第二颗子弹从后面射中了他的膝盖，穿透了膝盖骨，鲜血和碎骨头立刻飞了出去。布莱泽没有感觉到。他继续向前跑去。斯特林事后说，他从来没有想到会有那种可能性，但那狗杂种继续向前跑着，就像中了一枪后的驼鹿。

"救救我，乔治！我遇到麻烦了！"

乔治已经不见了，但布莱泽仍然可以听到他那沙哑的声音从风中刮了过来："是啊，但你快要解脱了。快跑，宝贝。"

布莱泽使出了最后一点力气。他已经渐渐将他们抛在了后面，他已经看到了新的希望。他和乔到底还是逃脱了。虽然几乎功亏一篑，但现在一切都会好起来的。他眯起眼睛望着前面的河流，想再次看到乔治，或者看到一只鸟，哪怕是一只鸟。

第三颗子弹射出时枪口的角度稍稍抬高了一点，子弹击中了他的右屁股，击碎了他的臀骨，子弹也碎了，最大的一块从左边飞了出去，撕破了他的大肠。布莱泽打了个趔趄，差一点摔倒，然后继续向前跑去。

斯特林一条腿跪在地上，双手紧握手枪。他瞄准的速度很快，几乎不假思索。关键就是不要有太多私心杂念。你得信赖手和眼睛的协调一致，然后让这种协调控制一切。"耶稣啊，帮我一把吧。"他说。

第四颗子弹——也是斯特林的第一颗子弹——击中了布莱泽的后腰，射断了他的脊髓。那种感觉就像被一只戴了拳击手套的大手狠狠揍了一拳一样,就在肾的上方。他倒在了地上,乔从他怀里飞了出去。

"乔!"他喊道,开始用胳膊肘支撑着向前爬去。乔睁大了眼睛,正望着他。

"他要对孩子下手!"其中一个副警长大声喊道。

布莱泽将自己的一只大手伸向了乔,乔的手正在四处乱抓,碰到布莱泽的手之后立刻握住了布莱泽的拇指。

斯特林站在布莱泽身后,喘着粗气。他压低了嗓门,免得那几位副警长听到。"宝贝,这是替布鲁斯给你的。"

"乔治?"布莱泽喊了一声,斯特林扣动了扳机。

24

下文摘自二月十日的一场新闻发布会：

问：杰拉德先生，乔的情况怎么样？

杰拉德：大夫们说他没事，真是谢天谢地。起初是有些危急，可他的肺炎现在已经好了。他是好样的，毫无疑问。

问：您对联邦调查局处理这个案子的方式有什么评价？

杰拉德：那当然，他们干得太漂亮了。

问：您和您夫人现在有什么打算？

杰拉德：我们准备去迪士尼乐园玩一玩！

[一片笑声]

问：说正经的。

杰拉德：我是在说正经的！只要医生说乔已经没事了，我们就去度假，去一个暖和的地方，还有海滩。然后，我们回家，尽量努力忘掉这场噩梦。

布莱泽被埋在了南坎伯兰，离赫顿之家不到十六公里，与他父亲将他从楼上扔下来的那地方相距也是不到十六公里。他像缅因州大多数穷人一样,由坎伯兰市出钱掩埋。下葬那天没有太阳,也没有奔丧的人。只有天上的鸟儿,而且大多是乌鸦。乡间的墓地总会有乌鸦出现。乌鸦飞来,落在树枝上,然后再飞走,飞往鸟儿们该去的地方。

乔·杰拉德四世躺在医院里平板玻璃后的童床上。他已经完全好了。他的父母今天就要来接他回家,可他并不知道。

他只知道自己又长出了一颗新牙,很痛。他仰面朝天地躺在那里,望着童床上方的鸟儿。那些鸟儿站在电线上,只要一有风就能将它们吹动起来,然后它们就会飞舞。可它们现在没有动。乔哭了起来。

一张脸立刻凑到了他的眼前,一个声音开始哄他,可这张脸不对,他哭得更凶了。

那张脸撅起嘴,朝那些鸟儿吹了口气,鸟儿开始飞舞。乔不哭了。他望着那些鸟儿。鸟儿逗得他笑了起来。他忘记了那些陌生的脸庞,忘记了新牙的疼痛。他望着鸟儿飞呀飞。

(一九七三)

记 忆

记忆常常自相矛盾,一旦你不再竭力回忆它们,一旦你对它们不理不睬,它们便会常常不请自来。卡曼就是这么说的。我告诉他,我从来没有去竭力回忆事故发生的经过。我说有些事情还是忘了为好。

　　或许吧,可那也不重要。卡曼就是这么说的。

　　我叫埃德加·弗里曼特,以前也是建筑业响当当的角色。那是在明尼苏达州,我曾经有过的生活。在我曾经有过的生活中,我是个货真价实的美国孩子发奋成功的典型,历尽千辛万苦才一步步出人头地。对我而言,一切都如我所愿。明尼阿波利斯—圣保罗市繁荣时,弗里曼特公司也兴旺。行情不顺时,我从来不勉为其难。不过,我凭直觉办事,大多数事情的结果还算不错。到我五十岁时,我和帕姆拥有的资产已经达到了四千万美元左右。我们仍然相亲相爱。虽然我有时也会看一眼别的女人,但我从来没有花心。在我们那黄金岁月结束的时候,我们的一个女儿进了布朗大学,另一个女儿参加海外交流项目,在国外教书。就在出事前,我和妻子正计划去那里看望她。

　　我在一个建筑工地遭遇了横祸,情况就是这样。我当时正开着我的皮卡车。我右边的颅骨碎了,肋骨断了,右髋骨粉碎性骨折。虽说我的右眼保住了百分之六十的视力（天晴的时候要高一些），我却失去了整个右臂。

大家都以为我保不住这条命，但我硬是活了下来。大家都以为我会变成一个植物人，一个深度昏迷的废物，可这也没有发生。我苏醒过来时脑子里一片混乱，不过最糟糕的时刻终于过去了。而等这一切过去时，我妻子也已投入了别人的怀抱。她已经重新嫁人，对方是开保龄球馆的。我的大女儿喜欢那家伙，小女儿觉得他是个喜欢自慰的家伙。我妻子说她会来看我的。

也许会，也许不会。卡曼是这么说的。

我刚才说我脑子里一片混乱，那是因为我起初记不得谁是谁，想不起究竟发生了什么，也不明白自己为什么浑身痛得这么厉害。我现在已经不记得那种疼痛到了什么程度，有多厉害。我只知道那是一种难以承受的痛苦，不过这种说法似乎学究味太浓，就像《国家地理》杂志上刊登的一幅高山的照片。只可惜当时我没有学究味，当时的感觉更像在爬山。

或许最难受的是头痛。总也停不下来。我的额头里面总是像午夜时分世界上最大的钟表店，里面时钟滴滴答答地响个不停。由于我的右眼毁了，我总是隔着一层血红的薄膜打量着周围的世界，而我几乎不知道世界是什么样的。我总是想不起名字和名称。我记得有一天帕姆在我的病房里——我当时还在住院，还没有进疗养所——她就站在我的床边。我知道她是谁，可让我生气的是明明角落里就有可以坐在上面的那玩意儿而她却站着。

"把那朋友拉过来，"我说，"坐到那朋友上。"

"你在说什么,埃德加?"她问。

"那个朋友,那个伙计!"我嚷了起来,"把那该死的伙计拉过来,你这没用的婊子!"我的头痛得简直要我的命。她开始流泪。我最恨她流泪。她凭什么要哭,又不是她被困在床上,只能隔着一层红色的雾霭去看周围的一切。又不是她像猴子一样被困在笼子里。我突然想起来了。"把那好朋友搬过来,看在上帝分上,坐下来!"这是我那完全乱了套、完全毁了的脑子能想起来的最接近"椅子"的说法。

我无时无刻不在发火。医院里有两名年纪较大的护士,我叫她们自慰一号和自慰二号,就像她们是某一本黄色苏斯博士①故事书里的人物一样。还有一个志愿给护士做助手的小姑娘,我叫她"菱形尿不湿"。我也不知道为什么,不过这个名字含有一丝淫秽色彩,至少我觉得是的。稍稍有了点力气后,我就开始揍人。我刺伤了帕姆两次,第一次成功了,只可惜扎向她的是一把塑料餐刀。她的前臂还是缝了几针,而我那天则被绑在了床上。

对于我的前半辈子,有一件事我记得最清楚。有天下午天特别热,我在那费用昂贵的疗养院康复的日子快要结束了。空调坏了,我被困在床上,电视上正在播放一部肥皂剧,我的脑子里有一千只铃铛在响,疼痛像拨火棒一样炙烤着我的右半身,右臂断了的地方在发痒,失去的右手指仿佛仍在抽搐。床边的吗啡注射器发出空洞的嘭的一声,表明你一时半刻别想再得到

---

① 苏斯博士,即西奥多·苏斯·盖塞尔(1904—1991),美国著名儿童文学作家和漫画家,以"苏斯博士"为笔名创作儿童文学,代表作有《绿鸡蛋与火腿》《帽子里的帽》等,许多作品已被改编为电视剧和电影。

吗啡。一个护士闯进了我的红色视野里，一个生灵进来观看关在笼子里的猴子。她问："你夫人来看你了，你可以见她吗？"我说："除非她带了把枪来干掉我。"

你以为那种疼痛不会消失，可它却真的消失了。他们把我送回了家，我视线中的红色薄膜渐渐消退，这时卡曼来了。卡曼是心理学家，专门从事催眠疗法。他教了我几招，让我学会控制断臂处幽灵般的疼痛和瘙痒。他还给我带来了瑞芭。

"这并不是大家认可的控制怒火的心理疗法。"卡曼博士说，不过我觉得他很可能是在骗我，目的是让瑞芭显得更加可爱。他要我给她起一个可恨的名字，于是我用一位姨妈的名字来叫她。我小时候每次没有把蔬菜吃完时，这位姨妈都会掐我的手指。可是，得到她还没有两天，我就忘记了她的名字。我只能想起男孩的名字，而每一个男孩的名字都让我变得更加狂躁：兰德尔、罗素、鲁道尔夫，甚至还有该死的凤凰河。

帕姆端着我的午餐走了进来，我可以看出她在竭力克制，不让自己发作。不过，就算我一时忘记了那个让我发泄怒火的毛茸茸的金发娃娃的名字，我也没有忘记我在这种情况下应该如何运用它。

"帕姆，"我说，"请给我五分钟的时间，让我控制住自己。我能做到。"

"你肯定——"

"是的，你他妈的只管从这里滚出去，再往脸上扑点粉。我能做到。"

我不知道自己是否能做到，可我只能那么说——我能做到。我想不起来那该死的布娃娃的名字，却能记得我能做到。在我的另一半生活中，疗养院这部分的事情记得非常清楚。就算我知道我在那场瓢泼大雨中毁了，真的毁了，彻底地毁了，我还是不停地说着我能做到。

"我能做到。"我说，于是她一言不发地走了出去，手中仍然端着盘子，杯子和碟子相碰时发出咔嗒的响声。

她出去后，我将那布娃娃举到我的面前，使劲盯着它那双愚蠢的蓝眼睛，将拇指塞进了它那愚蠢的瘪肚子里。"你叫什么，你这脸蛋像蝙蝠的婊子？"我冲着它吼道。我绝对没有料到帕姆正和值白班的护士一起通过厨房的对讲机偷听。不过，即使对讲机没有坏，她们站在门外也能听到我的吼声。我那天的声音特别大。

我使劲摇晃着布娃娃，它的脑袋前后晃荡着，愚蠢的头发在空中飞舞，那双蓝色的卡通眼睛似乎在说："噢哦，你这讨厌的男人！"

"你叫什么名字，婊子？你叫什么名字，臭婊子？你叫什么名字，你这廉价的塑料废物？告诉我你叫什么，不然我就杀了你！告诉我你叫什么，不然我就杀了你！告诉我你叫什么，不然我就抠出你的眼睛，挖掉你的鼻子，剥掉你的——"

我的脑子突然短路了，这种情况四年后的现在仍然会发生，只是远不像当初那么频繁。我在那一刻又回到了自己的小皮卡车上，身旁放着我的苹果笔记本，旧不锈钢午餐盒就放在副驾驶座前的脚坑中，书写夹板靠在上面发出嗒嗒嗒的响声。我相信我不是美国仍然工作的百万富翁中唯一一个带午餐盒的，我估计至少会有几十个。收音机里传出了一个女人几近狂热的喊声"是红的！"只有三个字，但三个字已经足够了。这是一首歌，描写一个穷女人将自己的漂亮女儿当做妓女驱赶了出去，歌名叫《幻想》，演唱者是瑞芭·麦克英泰尔。

我将布娃娃搂在怀里。"你叫瑞芭，瑞芭—瑞芭—瑞芭，我永远不会再忘记了。"虽然我后来还是忘记过，但我再也没有生过气。没有。我像搂着一位小情人那样将她搂在怀里，闭上眼睛，想象着在事故中变成一堆废铁的皮卡车。我想象着不锈钢的午餐盒与书写板上的铁夹子相互碰撞时发出的响声，想象着收音机里再次传出那个女人的声音，带着福音传道者般的狂热："是红的！"

卡曼博士说这是一个突破。我妻子似乎根本不像卡曼博士那么乐观，她亲吻我脸颊时完全是在例行公事。大约两个月后，她告诉我她想离婚。

这时，要么是疼痛已经大大减轻，要么是我的脑子在处理这种事时已经进行了至关重要的调整。我虽然还会经历头痛，但次数少多了，而且很少像原来那么厉害。尽管我每天仍然急不可待地等着他们五点钟给我注射维柯丁，八点钟注射奥施康定①——如果不注射这两样东西，我几乎无法拄着那副加拿大产的鲜红的拐杖一瘸一拐地行走——但我那重新修复的髋骨正开始愈合。

"康复女王"卡迪·格林每星期一、星期四和星期五来家里。每次开始她的特殊治疗之前，她会给我多打一针维柯丁，但每次以屈腿训练结束康复锻炼时，我的叫喊声会在整个屋子里回荡。我们的地下娱乐室被改成了治疗室，里面有个热

---

① 维柯丁和奥施康定均为镇痛药。

水浴缸,而且设计得可以让我自己进出。经过两个月的理疗后——差不多是那场意外事故发生六个月后——我晚上开始进浴缸去泡一会儿。卡迪说每天到地下室去锻炼一两个小时可以释放内啡肽,我可以睡得更香。我不懂内啡肽是什么,但我的睡眠确实有所改进。

有天晚上,正当我在地下室锻炼时,和我一起生活了二十五年的妻子下楼来告诉我,她要和我离婚。

我正做着仰卧起坐,立刻停了下来望着她。我坐在一块小地毯上,她站在最下面一级台阶上,谨慎地与我保持着距离。我本可以问她是否当真,可地下室里安装的荧光灯非常亮,我不必再开口问她。再说了,我也觉得女人在自己的丈夫死里逃生六个月后是不会拿这种事开玩笑的。我本可以问她为什么,但我已经知道了答案。我可以看到她手臂上那块白色的小伤疤,那还是我住院时用塑料餐刀扎伤的,而那还只是众多原因中最微不足道的。我想起自己不久前曾要她滚出去,往脸上扑点粉。我想要她再考虑考虑,但我心头的无名之火再次油然而生。在那些日子里,卡曼博士所说的不恰当的怒火常常突然出现,而我当时的感受似乎也的确并不那么恰当。

我当时正好脱了上衣,右臂还剩下大约十厘米,耷拉在肩膀下。我将剩下的这截胳膊挥向她——胳膊上只剩下一部分肌肉,我能做到的只是将它抖了抖。"这就是我,"我说,"在向你表示我对你的鄙视。如果那就是你的感受,立刻给我从这里滚出去。滚出去,你这抛家弃夫的瓢子①。"

---

① 主人公车祸后出现语言障碍,时有失语症状。

泪珠已经开始从她的脸颊上滚落下来，但她还想挤出一丝笑容。"婊子，埃德加，"她说，"你是想说婊子。"

"我就是那意思。"我说，继续做起了仰卧起坐。失去一条胳膊后，做仰卧起坐真是极大的折磨，我的身体总是想朝断臂方向倾倒、旋转。"我要告诉你的是，换作是我，我不会离开你。我不会离开你。我会继续与你同甘共苦，陪伴你经历人生的风风雨雨。"

"这是不一样的，"她说，任由眼泪从她脸上滚落下来。"这是不一样的，你也知道。如果我发火，我不可能把你掰成两半。"

"我现在只有一条胳膊，要想把你掰成两半也不容易。"我说，加快了仰卧起坐的频率。

"你用刀扎了我。"仿佛这就是最重要的理由。

"那只是把塑料餐刀，我当时脑子都快疯了。'埃德加用一把塑料刀捅了我，再见了，这残酷的世界。'你大概到死都会把这句话挂在嘴边上。"

"你差一点把我掐死。"她的声音低得我几乎听不见。

我停了下来，目瞪口呆地望着她。"我差一点掐死你？我从来没有掐过你！"

"我知道你不记得了，可那是真的。"

"闭嘴，"我说，"你是想离婚，那就离好了。别在这里假惺惺地流鳄鱼。你给我滚。"

她走到楼梯顶上后关上了门，没有再回头看我一眼。她走了之后我才意识到我其实想说"鳄鱼的眼泪"，别在这里假惺惺地流鳄鱼眼泪。

哦，算了。反正也差不多，足以引发一场大战。卡曼是这么说的。结果从家里搬出去的却是我。

除了从前的帕梅拉·古斯塔夫松之外，在我的另一半生活中，我从来没有过其他性伴侣。不过，我的确有一位会计，而且我也很信任他。我带着几样所需的东西离开了我们位于蒙多塔高地的家，搬到了我们在三十多公里外法伦湖畔的小别墅里，而帮我搬家的正是这位会计汤姆·赖利。汤姆离过两次婚，为我目前的处境感到万分担忧。"你现在这种状况不能不要那房子，"他说，"除非法官把你赶出去。这就像在加时赛中放弃自己的得分优势一样。"

"康复女皇"卡迪·格林虽然只离过一次婚，但在这一点上却和汤姆的看法完全一致。她认为我搬出去住真是疯了。她穿着紧身连衣裤，交叉着腿，坐在别墅临湖一边的游廊上，握着我的脚，怒气冲冲地望着我。

"什么，仅仅因为你在连自己名字都差一点想不起来的时候用一把塑料刀捅了她一下？发生意外创伤后情绪反常或者短时间失去记忆是常有的事。看在上帝分上，你有三块硬膜下虚肿！"

"你能肯定不是血肿吗？"我问她。

"见鬼，"她说，"只要找一个好律师，你就可以让她为做出这种没骨气的事付出代价。"几缕头发从她那盖世太保式的马尾辫上耷拉了下来，她将头发从额头上捋开。"她必须为此付出代价。埃德加，你给我好好听着，这一切根本不是你的错。"

"她说我想掐死她。"

"如果真是那样，被一个只剩下一条胳膊的病人掐住脖子肯定是不舒服。好了，埃德加，让她付出代价。我相信我这是在管闲事，但我不在乎。她真不该这样做。让她付出代价。"

我搬到法伦湖畔后不久，两个女儿一起来看我——都成大姑娘了。她们带来了一个野餐食品篮，我们坐在散发着松木清香的游廊上，一面望着湖水一面吃着三明治。劳动节[①]已过，大多数游艇都已收了起来，等待着来年。篮子里还有一瓶葡萄酒，但我只喝了一点点。除了止痛药外，另一样让我受不了的便是酒精，只要一杯酒就能把我放倒。两个女儿——两个成年女人——分着喝完了那瓶酒，然后变得随意起来。自从我与那辆大吊车发生那场不幸的争执并且后果恶劣以来，这是梅琳达第二次从法国回来。她问我是不是所有五十多岁的成年人都有这种令人不快的退化阶段，还问我她将来是否也会这样。她妹妹伊瑟靠着我，开始流泪，问我为什么不能像从前那样，为什么我们——指她母亲和我——不能像从前那样。

梅琳达的怨气和伊瑟的眼泪虽说无法令我开心，但至少是真诚的。和她们在同一个屋檐下生活了那么多年，看着她们长大成人，我当然知道她们的这些反应是真实的。我熟悉她们的反应，就像我熟悉伊瑟下巴上的那颗痣，熟悉梅琳达两眼之间那条隐约可见的垂直皱纹一样——那条皱纹将来会加深，变成她母亲脸上那样的皱纹。

梅琳达问我有什么打算，我说我不知道。这话也没有说错。我好不容易才下定决心了结自己的生命，但我知道如果我真的

[①] 美国的劳动节为九月的第一个星期一。

那么做,那也绝对要显得像一个意外。我可不愿意让这两个孩子在刚刚开始自己的生活时背负着父亲自杀所带给她们的负疚感;我也不愿意让那个女人有一种沉重的负疚感,因为她毕竟曾和我一起躺在床上共同分享过奶昔,两个人赤条条地躺在那里,欢笑着,听着组合音响传出的塑料洋子乐队①的曲子。

等到她们彻底发泄完——按照卡曼的说法,等到她们完全彻底地交流了感情之后——一切慢慢平静了下来,在我的记忆中那个下午过得还真是很愉快。伊瑟在抽屉里找到一本旧相册,我们便一起看那些照片,一起回忆从前的岁月。我记得我们还开心地笑了一两次,不过我对另一半生活的记忆并非完全可靠。卡曼说只要一提起从前的事,我们都会做一些手脚。

或许是,或许不是。

说到卡曼,下一位造访法伦别墅的恰好是他。那大概是三天后的事,也许是六天后。就像车祸发生后那几个月里我的其他记忆一样,我的时间感乱成了一锅粥。我没有请他来,我有帮助我康复的女虐待狂,根本用不着他。

虽说他肯定不到四十岁,赞德·卡曼走路的时候却一副老态龙钟的样子,即便坐下来也是一直气喘吁吁。他那双眼睛透过厚瓶底似的眼镜窥视着周围的世界,肚子大得像一个巨型梨子。他个子很高,长相具有非洲裔美国人的典型特点,脸上那仿佛雕刻出来的五官大得让人觉得不真实。那双时刻睁得老大的眼珠,那只像船艏一样高耸在外的鼻子,还有那双图腾似的

---

① 塑料洋子乐队,约翰·列侬和大野洋子一九六九年创立的乐队。

嘴唇，都让人惊叹不已。卡曼穿着从男士服装店买来的西装，那副尊容简直像个微不足道的小神。他也像五十岁前必然会突发致命心脏病或中风的最佳人选。

我问他是否来点咖啡或者来瓶可乐，他谢绝了，说他马上就走，然后又像要反驳自己的话一样将公文包放在了沙发旁。他一屁股坐到沙发上，沙发立刻深深地陷了下去（而且一直在往下陷，我不由得开始为沙发的弹簧感到担心）。他望着我，轻轻喘着气。

"什么风把你吹来了？"我问他。

"哦，卡迪说你打算了结自己，"他说，那若无其事的口吻仿佛在说卡迪说你打算搞一个露天招待会，还会请大家吃刚出锅的甜甜圈。"此话当真？"

我张开嘴，然后又闭上。我十岁那年，在奥克莱尔一家杂货店里从转盘书架上拿了一本漫画书，将它塞进牛仔裤里，再把T恤衫拉出来遮住那里。就在我自以为很聪明，慢慢向店门口走去时，一个营业员抓住了我的胳膊，然后用另一只手撩起我的T恤衫，露出我藏在那里的宝贝漫画书。"这本书怎么到了那里？"她问我。在此后的四十年里，我再也没有遇到过让我哑口无言、回答不上来的一个简单问题。

最后——早过了任何答案会让人相信的时间——我说："这太荒唐了。我不知道她怎么会有这种念头？"

"没有？"

"没有。你真的不来一瓶可乐？"

"谢谢，我不要。"

我站起身，走进厨房，从冰箱里拿出一瓶可乐。我将瓶子塞在那条断胳膊和前胸之间——可以做到，但很痛，我不知道大家在电影中都看到过什么情节，但是断了的肋骨会痛很久——然后用左手拧开了瓶盖。我本来就是左撇子。我慢慢回过神来，正像卡曼所说的"缓兵之计"。

"我很惊讶，你居然会把她的话当真，"我回到客厅后说，"卡迪是个很不错的理疗师，但绝对不是精神分析家。"我停了停，然后坐了下来。"说实在的，你也不是，至少从专业的角度来说你不是。"

卡曼将一只手窝在耳朵后——他那耳朵大得像书桌的抽屉。"我是不是听到……有老鼠磨牙的声音？还真是的！"

"你在说什么？"

"这是中世纪一个人的辩解站不住脚时发出的那种迷人的声音。"他想冲我挤眉弄眼来表达他的讥讽，可他那张脸实在是太大了，结果他的讥讽充其量只是滑稽可笑。不过，我还是听懂了他的意思。"说到卡迪·格林，你的评价没错。她知道什么呢？她只知道帮助别人康复，截瘫病人，四肢瘫痪病人，像你这种车祸造成的截肢病人，以及从脑部创伤中恢复过来的病人——比方说你。整整十五年了，卡迪·格林一直干着这项工作，有机会目睹上千名肢残病人沉湎于对一去不复返的往事的回忆中，因此她怎么可能看出自杀前的抑郁迹象呢？"

我坐到沙发对面那张高低不平的安乐椅上，身子向左倾侧，竭力照顾我那破碎的髋骨。然后，我默默地怒视着他。这就是麻烦所在。无论我把自杀过程设计得多么巧妙，还是会有麻烦，而卡迪·格林更是大麻烦。

他向前探过身子……不过就他那腰围，最多也就是向前凑了十厘米。"你得等待。"他说。

我目瞪口呆地望着他。我怎么也没有料到他会说出这种话来。

他点点头："你感到很意外。我就是那意思。我不是基督徒，更不是天主教徒，所以在自杀这个问题上，我非常开明。不过我相信人总得有责任感，所以我要告诉你这一点：如果你现在自杀……或者六个月后自杀……你妻子和女儿都会知道的。就算你安排得再巧妙，她们还是会知道的。"

"我不——"

"为你承保的那家公司——我相信你的保险额一定是笔大数字——他们也会知道的。他们可能无法证明……可他们一定会竭尽全力去调查。不管你认为你的孩子对人们的议论准备得多充分，流言飞语还是会严重伤害她们。"

梅琳达倒是全副武装，可伊瑟就完全不同了。

"他们最终会证明一切的。"他那宽阔的肩膀耸了耸，"我不敢妄加猜测那意味着多少遗产税，但我知道那会将你终身积累的财富抹掉很大一块。"

我根本没有考虑钱的问题。我在想着保险公司雇来的一群调查人员围着我设下的圈套不停地嗅着，试图推翻理赔的结论。我突然放声大笑起来。

卡曼坐在那里望着我，那双黑色的大手放在木头门挡似的膝盖上，脸上带着那种"这种事我见得多了"的微笑，只是他的脸太大，即使是微笑也不一般。他等我笑完后才问我有什么好笑的。

"你是在告诉我，我太有钱，舍不得结果自己的生命。"

我说。

"我是在告诉你不要那么急。我对你的病情有一种强烈的直觉——正是这种直觉驱使我把那个布娃娃送给了你,还让你给它取一个名字……你给它取了什么名字?"

我一时忘记了,但随即想了起来,是红的!我把自己给那个供我泄怒用的金发娃娃取的名字告诉了他。

他点点头:"不错。正是这种直觉驱使我把瑞芭送给了你。我对你病情的直觉是,时间会慢慢抚慰你。时间和记忆。"

我没有告诉他我想记住的事情全都记得清清楚楚。他知道我对他那句话的看法。"卡曼,我们说的时间究竟是多长?"

他叹了口气,那样子就像什么人要说出让自己后悔的话一样。"至少一年,"他紧紧盯着我脸上的表情,"这对你而言似乎是个非常漫长的过程,尤其是你现在这副样子。"

"是啊,"我说,"对于现在的我来说,时间已经改变了它原来的意思。"

"那当然,"他说,"痛苦的时光总是不一样,孤独的时光也不一样,而将这两者合二为一,你得到的东西的确与众不同。因此,你就假装自己是个酒鬼,然后像所有酒鬼那样去生活。"

"过一天算一天。"

他点点头:"过一天算一天。"

"卡曼,你的歪道理太多了。"

他从那张旧沙发的深处望着我,脸上没有笑容。如果没有人拉他一把,他恐怕永远想从那沙发上站起来。

"或许是的,或许不是。"他说,"至于现在嘛……埃德加,有没有什么让你高兴的事?"

"我不知道……我以前画过画。"

"什么时候?"

我突然意识到,除了读高中时为了多拿几个学分选过美术课外,我唯一的艺术实践就是在接电话时信手涂鸦。我本想骗骗他——我羞于承认自己居然会喜欢这样一种让人上瘾的苦差事——却还是说了实话。只剩下一条胳膊的人应该尽可能说实话。这可不是卡曼说的,而是我的话。

"那就重新把它捡起来,"卡曼说,"你需要树篱。"

"树篱?"我感到迷惑不解。

"是的,埃德加,"他显得有些吃惊,又有些失望,仿佛我没有能理解一个非常简单的概念一样。"能抵挡黑夜的树篱。"

卡曼造访后大概过了一个星期,汤姆·赖利来看我。树叶已经开始变色,我记得在这位我以前的会计来访前几天,我去沃尔玛买素描板和各种绘画用品时,商店里的营业员正在张贴万圣节前夕的广告宣传画。我只记得这些。

对于汤姆那天的来访,有一点我记得最清楚:他显得非常尴尬,非常不安。他是来完成一项他根本不愿意完成的任务的。

我问他要不要喝可乐,他立刻迫不及待地说要。我从厨房回来时,他正望着我刚刚画完的一张钢笔画——一泓湖水映衬出三棵棕榈树,一个铺了瓦的屋顶在左边的前景中露出一角。

"真不错,"他说,"是你画的?"

"不是,是小精灵们画的,"我说,"他们晚上进来,替我修鞋,偶尔还画这么一幅画。"

他哈哈大笑起来,把那幅画放到书桌上。"可惜不太像明尼苏达。"他说,带有一点瑞典口音。

"是我从一本书上临摹的。"我说,"汤姆,你找我有什么事?如果是生意上的事——"

"跟你说实话,是帕姆让我来的。"他低下了头,"我不太想替她跑腿,可我又觉得无法拒绝她。"

"汤姆,"我说,"有什么话就说出来吧,我又不会咬你一口。"

"她找了个律师,准备和你闹离婚。"

"我早就料到了。"我说的是实话。我还是想不起来什么时候掐过她,但我记得她说我掐她时的那种眼神。我记得我说她是个抛弃丈夫的婊子,记得我当时觉得她即便倒在地下室的楼梯口死了,我也会无所谓的。根本无所谓。撇开我当时的感受不说,帕姆一旦打定主意沿着一条道走下去,她几乎从来不会再回头。

"她想问一问你是否会请布仔。"

我笑了。威廉·博兹曼三世是我们公司原来请的那家明尼阿波利斯法律事务所的律师,如果他知道我和汤姆二十年来一直叫他布仔①,他大概会气得大出血。

"我还没有考虑过。她干吗要问这个,汤姆?她究竟想要什么?"

他一口气喝了半杯可乐,将杯子放在书架上,旁边就是我那幅蹩脚的画作。他低头望着自己的鞋子。"她说她希望不要把事情做得太绝。她说:'我不想发财,也不想你争我夺。我只希望他能像以前那样公平地对待我和两个女儿,你能不能把这

---

① 布仔在美国俚语中有"笨蛋"、"傻瓜"的意思。

话告诉他?'于是我就来了。"他耸耸肩,仍然低头望着自己的鞋子。

我站起身来,走到客厅和门廊之间的大窗户前,望着窗外的湖水。等我回过头来时,汤姆·赖利的神色不对劲。我起初以为他胃痛,但随即意识到他是在竭力忍着泪水。

"汤姆,你怎么啦?"我问。

他摇摇头,想开口说话,但只是含糊地哼了一声。他清了清嗓子,再次开口:"老板,我实在是不忍心看到你只有一条胳膊。我真是太难受了。"

他这话说得太直白、太真诚,也太感人,换句话说,直接打动了我的心。我相信在那一刻我俩都想放声痛哭一场,就像奥普拉·温弗里脱口秀中两个特别敏感的观众一样。我们只需一位菲尔大夫①,慈祥地点头同意我们流泪而已。

"我也很难受,"我说,"可我在一点点地好起来。真的。我还要请你带一句话给她。只要她愿意,我们可以协商,根本不需要什么律师。自己协商就行了。"

"你说的是真心话,埃德加?"

"当然是的。你先全面地算算,看看我们最少有多少钱可以分配。什么也不要隐瞒。然后我们将所有钱分成四份。给她三份——百分之七十五——是她和两个女儿的。剩下的归我。至于离婚嘛……嗨,明尼苏达是那种谁也没有过错的州,我和她可以一起去吃顿午餐,然后再去鲍德斯书店买一本《离婚傻瓜指南》。"

---

① 常在奥普拉脱口秀节目中露面的医生。

他脸上一副茫然的神情:"有这样的书吗?"

"我还没有查过,但如果没有这样的书,我把衬衣吃了。"

"我记得应该是'把裤衩吃了'。"

"我不就是这么说的吗?"

"算了。埃德加,那样一来的话,你的家产就毁了。"

"我根本不在乎,一点都不在乎。我只是建议我们都放下自己的臭架子,因为律师之所以能常常吃大头就是因为我们放不下自己的臭架子。只要大家理智一点,人人都能得到足够的一份。"

他喝了一口可乐,眼睛始终望着我。"我有时怀疑你还是不是我原来那个老板。"他说。

"那个人死在那辆皮卡车上了。"我说。

如果大家以为我这康复场所是一座湖边别墅,四周风光旖旎,只有一条人迹罕至的土路穿过北方的树林通向那里,你们就大错特错了,因为我们现在所说的是圣保罗市郊。我们的湖边别墅位于阿斯特路的尽头,这条铺了柏油的马路从东霍伊特街一直通到湖边。十月中旬,我终于接受卡迪·格林的建议,开始练习走路。距离不长,只是走到东霍伊特街而已,可每次回来的时候,我的髋骨都在请求我可怜可怜它,眼泪也常常在我的眼眶里打转。尽管如此,我每次回来时都感觉自己像一个征服了世界的英雄——要是不承认这一点,那我就是个大骗子。那天我正慢慢往家走,突然费维勒太太的车撞上了甘道夫——一条非常惹人喜爱的杰克罗素犬,是我隔壁邻居家那女孩的。

我回家的路已经走了四分之三，突然看到这个姓费维勒的女人开着她那辆可笑的暗黄色悍马从我身旁驶过。像往常一样，她一手握着手机，一手夹着香烟；像往常一样，她的车开得太快。我几乎没有注意到，当然肯定没有看到甘道夫冲进前面的街道上，没有看到它将注意力全部集中在了全身穿着女童子军装、从街道对面走来的莫妮卡·格尔斯坦。我的注意力全都集中在我那修复的髋骨上。像往常一样，这些短距离的散步接近结束时，这种所谓的医学奇迹给我的感觉就像有一万个小玻璃碎片在扎着我。在听到悍马车的轮胎发出的刺耳响声之前，我最清晰的记忆是费维勒太太生活在与我的世界截然不同的一个宇宙里，在她那个世界里所有感觉的力度都只有我这个世界里的一半那么强烈。

接着，轮胎发出一阵哀嚎声，还伴随着一个小女孩的尖叫声："甘道夫，不！"在那一刻，我的眼前出现了一个清晰而可怕的景象：差一点要了我命的那辆吊车完全挡住了我那辆皮卡车右窗外的视线，我一直生活在其中的世界突然被一种黄色所吞噬。那种黄色比费维勒太太悍马车的颜色更鲜艳，黑色的字母向我飘浮而来，越来越大，越来越大。

甘道夫开始尖叫，我眼前的幻觉——卡曼大夫无疑会将那称作"恢复的记忆"——立刻消失得无影无踪。在四年前那个十月下午之前，我从来不知道狗也会尖叫。

我开始拖着双腿，像螃蟹一样横着奔跑，红色的拐杖重重地落在人行道上。我相信任何旁观者都会觉得我那样子非常滑稽，可当时谁也没有注意我。莫妮卡·格尔斯坦跪在街道中央她的小狗旁，身后就是悍马车那方格形的高大护栅。她脸色煞白,身上穿着墨绿色统一服装,胸前的彩带上挂着徽章和奖章,彩带的一端耷拉在甘道夫流出的那摊鲜血中。费维勒太太像是跳出又像是摔出了悍马车那高得可笑的驾驶座。艾娃·格尔斯坦高声喊叫着女儿的名字,从自己家的大门跑了出来,衬衣上的纽扣只扣了一半,脚上连鞋子都没有穿。

"别碰它,宝贝,别碰它,"费维勒太太说,手里仍然夹着那支香烟。她神情紧张地猛吸了几口。"它可能会咬人。"

莫妮卡没有理她。她摸了摸甘道夫的身体,甘道夫再次尖叫起来——那的确是尖叫——莫妮卡用掌根捂住自己的眼睛。她开始摇头。我完全能理解她。

费维勒太太想伸手去拉莫妮卡,但随即又改变了主意。她后退了两步,靠着她那可笑的黄色交通工具高大的车身,抬头望着天。

格尔斯坦太太在女儿身旁蹲下来:"宝贝,哦,宝贝,请别……"

甘道夫开始哀嚎。它躺在街上,哀嚎着,身下那摊血越来越多。我在那一刻也记起了那辆吊车发出的响声。不是它应该发出的那种"咪—咪—咪"的声音,因为它的倒车提醒系统坏了,而是柴油机发出的震颤的突突声,以及履带压在地面上发出的响声。

"艾娃,快带她回家,"我说,"快带她进屋去。"

格尔斯坦太太搂住女儿的肩膀,催促她站起来。"好了,宝贝。回家吧。"

"我决不丢下甘道夫!"莫妮卡尖声喊道。她十一岁,身材显得比她实际年龄要大,但在那一刻她却倒回到了三岁。"我决不丢下甘道夫!"她身上那条彩带最下面的七八厘米现在已经被鲜血浸透,拍打着她裙子的一侧,鲜血顺着她的小腿往下流,在那里留下了一条长长的血迹。

"快回家去给兽医打电话,"我对她说,"就说甘道夫被车撞了,他一定得来看看。我留下来陪它。"

莫妮卡望着我,眼睛里流露出的不只是震惊,还有一丝疯狂。我倒是一点也不怕她的目光,因为我在照镜子时常常见到相同的眼神。"你向我保证?你发誓?以妈妈的名字发誓?"

"我发誓,以妈妈的名字发誓,"我说,"去吧,莫妮卡。"

她去了,又回头看了一眼,伤心地抽泣了一声,然后才开始走上台阶回家。我抓住悍马车的保险杠,慢慢在甘道夫身旁蹲下来,而且像每次弯腿一样异常痛苦,身体尽量向左倾,不到万不得已尽量不让右膝盖弯曲得太多。尽管这样,我还是痛得忍不住轻轻叫了一声,心中在想如果没有人帮我一把,我是否还能重新站起来。肯定别指望费维勒太太来帮我。她迈开僵硬的双腿,摇摇晃晃地走到街道左侧,仿佛向皇室成员鞠躬那样弯下腰,对着排水沟呕吐起来,还不忘将夹着香烟的那只手伸向另一侧。

我将注意力转到甘道夫身上。汽车撞到了它的臀部和后腿上,它的脊柱断了,鲜血和狗屎正慢慢从两条骨折的后大腿之间流出来。它的眼睛向上望着我,我在它的眼睛里看到了希望这一可怕的表情。它伸出舌头,舔了舔我的左手腕内侧。它的舌头干得像地毯,而且冰凉。甘道夫活不了了,但可能一时半刻也死不了。莫妮卡很快又会回来的,而我不希望它到那时还活着,还会去舔她的手腕。

我知道自己该做什么。不会有人看到的。莫妮卡和她母亲在屋里,费维勒太太仍然背对着我。如果这段街道上有人走到窗户前(或者走到自家的草坪上),悍马车也会挡住他们的视线,让他们看不到我坐在狗的身旁,看不到我那条受伤的右腿别扭地伸在那里。我有片刻时间,但只是片刻时间,而如果我停下来左思右想的话,就会失去这机会。

于是,我用那条没有受伤的胳膊抱住甘道夫的上半身,而就在那一霎那,我又回到了萨顿大街的工地上——弗里曼特公司正准备在那里建一座四十层高的银行大楼。我开着那辆皮卡车,收音机里正在播放帕特·格林演唱的《浪叠浪》。我突然意识到,虽然我没有听到倒车的提醒声,但那辆吊车的声音太响了。我向右边望去,车窗外的世界不见了,被一片黄颜色取代。黑色的大字映入我的眼帘:林克贝尔①。字迹越来越大。我知道自己已经来不及了,赶紧将方向盘打向左边,一直打到底。我听到了金属被压垮时发出的刺耳响声,那响声淹没了收音机里的歌声。驾驶室在自右向左缩小,吊车在侵占我的空间,偷走我的空间,皮卡车开始侧翻。我想打开驾驶座这边的车门,可怎么也打不开。我应该一开始就打开那扇车门,可我还没有来得及为时已晚。我眼前的世界不见了,挡风玻璃变成了乳白色,上面出现了数不清的裂纹。然后我又看到了建筑工地像装在铰链上一样晃荡着;挡风玻璃向外鼓起,像一张扑克牌那样中间弯曲着飞了出去。我用两个胳膊肘死死按着喇叭,我的右臂在尽着自己最后的责任。吊车发动机的响声震耳欲聋,我几

---

① 林克贝尔,美国重型机械制造公司,以生产重型卡车、吊车以及工程用车著称。

乎听不到汽车喇叭声。林克贝尔仍然在向我逼近，挤压着副驾驶一侧的车门，摧毁了副驾驶座前的脚坑，吞噬了仪表板，将它变成了四处飞舞的锯齿状塑料块。放在仪表板下储物箱里的那些乌七八糟的东西像五彩纸屑一样到处飞舞，收音机没有了声音，我的午餐盒"当"的一声撞到了书写板上。林克贝尔压了过来，就在我的上方，我伸出舌头就能舔到中间那该死的连字符。我开始尖叫，因为压力就是在那一刻开始的，先是我的右臂顶着我的身体一侧，然后慢慢扩散，破裂开来。鲜血像一桶热水那样泼到我的膝盖上，我听到有什么东西在断裂。也许是我的肋骨，听上去像用靴子后跟去踩鸡骨头一样。

我紧紧搂着甘道夫，心中在想：把那朋友拉过来，坐在那朋友上，坐在那该死的伙计上，你这没用的婊子！

我现在正坐在那朋友上，坐在那该死的伙计上，回到了家中，可世界上所有的钟表仍然在我那破裂的脑子里鸣响着，我想不起卡曼给我的那个布娃娃叫什么，我只记得几个男孩用的名字：兰德尔、罗素、鲁道尔夫，甚至还有操蛋的凤凰汤。当她端着我不想吃的午餐进来时，我让她别来烦我，要么给我五分钟时间，让我平静下来。我能做到，我说，因为这是卡曼教我的句子。它表示滚出去，帕梅拉，就像"咪—咪—咪"的响声表示要当心，我在倒车一样。可是她不但没有离去，反而拿起午餐盘里的餐巾，开始擦我额头上的汗珠。就在她给我擦汗时，我一把抓住了她的喉咙，因为在那一刻我觉得我想不起布娃娃的名字全是她的错，一切都是她的错，包括那林克贝尔。我用没有受伤的左手抓住了她，紧紧抓住了她，用力抓住了她。我在那一刻真想杀了她，谁知道呢，也许我真的差一点要了她的命。我只知道我宁愿记住世界上所有的意外事故，也不愿记住她像渔叉上的鱼那样在我手中挣扎时眼睛里流露出的表情。然后我想起"是红的！"松开了手。

我将甘道夫紧紧搂在胸前，就像我曾经将刚出生的女儿抱在胸前一样。我心中在想：我能做到，我能做到，我能做到。我感到甘道夫的鲜血像热水一样浸透了我的裤子。我心中在想：快，你这悲哀的浑蛋，快逃呀。

我搂着甘道夫，想象着被活生生碾压时的感觉——驾驶室里的空气被挤压走了，呼吸在离你而去，血从鼻子和嘴巴里冒出来，知觉在渐渐失去，还有那些噼噼啪啪的响声，是骨头在你的体内断裂：你的肋骨、手臂、髋骨、大腿、颌骨，还有那该死的颅骨。

我抱着莫妮卡的狗，几乎带着一种凄凉的胜利感。我在想：是红的！

在那一刻，我的眼前一片漆黑，我只能看到那种红色。我用左胳膊的弯曲处钩住甘道夫的脖子。由于我的左臂承担着两条手臂的功能，所以它现在变得非常强壮。我用尽所有力气死死收紧我的胳膊，就像我用十磅重的哑铃进行曲臂锻炼那样。然后我睁开眼睛。甘道夫已经没有了任何动静，那双眼睛凝视着我的身后，凝视着我身后的天空。

"埃德加，"说话的是黑斯汀，就是住在格尔斯坦家再过去两家的那位老先生。他一脸的惊愕。"你可以松手了。那条狗已经死了。"

"是的，"我松开了胳膊，"能扶我站起来吗？"

"我不知道是否有那力气，"黑斯汀说，"恐怕我只会让我们俩都摔倒在地上。"

"那你进去看看格尔斯坦母女吧。"我说。

"那是她的狗,"他说,"我不知道是否应该进去。我原来希望……"他摇摇头。

"那是她的狗。我不想再让她看到它那副样子。"

"当然是的,可是——"

"我来扶他。"费维勒太太说。她的脸色稍微好了一点,手中的香烟也扔掉了。她将手伸到我右边的腋窝下,然后又犹豫起来。"你会痛吗?"

会痛,可是像现在这样坐在地上更痛。黑斯汀向格尔斯坦家的车道走去时,我抓住了悍马车的保险杠,然后在费维勒太太的帮助下终于站了起来。

"你车上大概没有什么东西可以盖在这条狗的身上吧?"我问她。

"我车上还真有地毯破了后剩下来的那么一小块,就在车后面。"她转身向车后面走去——悍马车只有那么长,所以她很快就回来了。"感谢上帝,这狗在那小女孩回来之前就死了。"

"是啊,"我说,"感谢上帝。"

"可是——她永远都不会忘记的,是不是?"

"嗯,"我说,"费维勒太太,这个问题你恐怕问错人了。我只是个退休的建筑承包商。"可是当我问卡曼时,他却突然变得非常乐观,完全出乎我的意料。他说首先淡忘的总是坏的记忆。然后他又说,这些坏的记忆撕开一条裂缝,让亮光照射进来。我说他尽在胡说八道,他放声大笑。

他说,或许是的,或许不是。